STEPHAN R. MEIER

RIVIERA EXPRESS
Schatten über Triora

STEPHAN R. MEIER
RIVIERA EXPRESS
Schatten über Triora

GMEINER

**EIN FALL FÜR
COMMISSARIO GALLO**

Die automatisierte Analyse des Werkes, um daraus Informationen insbesondere über Muster, Trends und Korrelationen gemäß § 44b UrhG (»Text und Data Mining«) zu gewinnen, ist untersagt.

Immer informiert

Spannung pur – mit unserem Newsletter informieren wir Sie regelmäßig über Wissenswertes aus unserer Bücherwelt.

Gefällt mir!

Facebook: @Gmeiner.Verlag
Instagram: @gmeinerverlag

Besuchen Sie uns im Internet:
www.gmeiner-verlag.de

© 2024 – Gmeiner-Verlag GmbH
Im Ehnried 5, 88605 Meßkirch
Telefon 0 75 75 / 20 95 - 0
info@gmeiner-verlag.de
Alle Rechte vorbehalten
1. Auflage 2024

Lektorat: Claudia Senghaas, Kirchardt
Herstellung: Mirjam Hecht
Umschlaggestaltung: U.O.R.G. Lutz Eberle, Stuttgart
unter Verwendung eines Fotos von: © Aleh Varanishcha / stock.adobe.com
Druck: GGP Media GmbH, Pößneck
Printed in Germany
ISBN 978-3-8392-0667-6

Personen und Handlung sind frei erfunden.
Ähnlichkeiten mit lebenden oder toten Personen
sind rein zufällig und nicht beabsichtigt.

1. KAPITEL

Nachts am Meer
Riva Ligure, 31. Oktober

Die Jäger waren in ihrer Tarnkleidung kurz nach Mitternacht aufgebrochen. Jetzt, eine Stunde später, marschierten sie durch die dichte Macchia die Hügel hinauf. Sie bildeten eine imaginäre Kette, die sich stetig aufwärts an den terrassierten Hängen parallel zur Strada Provinciale Passo della Guardia nördlich von Triora hinaufarbeitete.

Sie waren auf Wildschweinjagd. Am besten scheuchte man sie beim ersten Morgengrauen talwärts. Sie würden sich deshalb bald trennen müssen. Drei der Jäger würden noch weiter hochklettern und auf das verabredete Zeichen anfangen, Lärm zu machen. Das trieb die Tiere nach unten ins Tal, wo der Reste der Truppe sie erwartete.

Es war stockfinstere Nacht. Aber sie alle kannten die Gegend sehr gut. So war es kein Problem, dass sie sich im dichten Gestrüpp beim Erklimmen der Hänge öfters aus den Augen verloren.

Ein Kauz fühlte sich gestört und markierte sein Revier mit einem lauten »Huu-hu-hu-hu-huu«. Aus der Krone einer mächtigen Eiche flatterten ein paar Raben auf und krächzten.

Eine Wolke schob sich vor den sichelförmigen Neumond. Es wurde schwarze Nacht.

Ein Wildschwein schreckte auf und brach sich mit wütendem Grunzen eine Schneise zwischen zwei der Jäger hindurch. Diese zuckten mit ihren Gewehren, aber es wäre zu gefährlich, in tiefschwarzer Nacht einen Schuss abzugeben. Leicht hätte es einen anderen Jäger treffen können.

Nach dem Schreck kletterten sie wieder weiter nach oben. Plötzlich brach die Hölle los: Ein Schuss krachte weiter unten und sein Echo hallte von den Hängen der anderen Talseite wider. Der ganze Hügel schien schlagartig zu erwachen: Tiere stoben im Dunkeln umher und Vögel erhoben sich von ihrem Nachtlager und kreischten mit lautem Getöse am nächtlichen Himmel.

»Wer war das? Porca miseria! Seid ihr noch bei Trost?«

»Keine Ahnung«, antwortete eine Stimme aus dem Dunkel weiter vorne.

»Wo kam das her? Wer ist dort unten?«

»Ich seh' absolut nix!«

»Sollen wir durchzählen?«, kam eine geisterhafte Stimme von weiter oben.

»Was sollen wir tun?«

Als die Mondsichel wieder ein fahles Licht auf die Konturen der nächtlichen Hügel warf, sammelten sie sich am nördlichen Ende einer der Terrassen, auf denen seit vielen Jahrhunderten Nutzpflanzen angebaut wurden.

»Wer hat geschossen?«, fragte wütend einer der Jäger seine Kollegen, die schwere Jagdflinte abgeknickt über den Unterarm balancierend. »Jetzt ist alles für die Katz! Wir können auch gleich abbrechen!«, schrie er und spuckte verächtlich auf den Boden.

»Hier! Hierher!!!«, rief jemand von unterhalb der Steinmauern aus dem Dunkeln. »Hier liegt einer!« Die Männer erstarrten. Der Schrei klang nicht nach dem Fund einer Jagdtrophäe. Sie waren alarmiert.

Sekunden später waren sie über die anderthalb Meter hohe Trockensteinmauer nach untern gesprungen und sahen die Beine aus einem Gebüsch ragen.

»Mein Gott! Wer ist das? Ist er tot?«

Commissario Gallo schreckte aus dem Schlaf auf. Es war kurz nach 2 Uhr nachts. Er stand auf, um ein Glas Wasser zu trinken. Es war nicht nur der Durst, der ihn aus dem Bett getrieben hatte. Etwas hatte ihn erschreckt. Und irgendwo war ihm auch diese wundervolle deutsche Frau im Traum herumgespukt, Sonia, die er nach einem ähnlichen Treffen in der *Bar & Ristorante La Scogliera* in Riva Ligure im Juni zum ersten Mal getroffen hatte. Und dann immer wieder. Bis sich ihrer beiden Schicksale durch den damaligen Fall ineinander verhakt hatten. Sie wirkte so zerbrechlich, filigran, und war dabei so unendlich stark. Was war wohl aus ihr geworden? War sie vollkommen genesen?

Gallo schüttete das Wasser herunter. Dann legte er eine Hand auf seinen leicht gewölbten Bauch. Der gestrige Abend mit seinen Freunden in der *Scogliera* unten am Strand war feucht-fröhlich gewesen. Der Moscatello di Taggia war zu Recht auf dem Weg zu einem der besten Weißweine der Welt, vor allem wenn man ihn zu frischen Meeresfrüchten, einem delikaten Safran-Risotto und zu Tintenfischgerichten genießen durfte. Aber vielleicht hätte er sich beim Mirto-Likör, der nach dem Essen die Runde gemacht hatte, etwas mehr zurückhalten sollen.

Die Fliesen in der Küche fühlten sich unter seinen nackten Füßen kalt an, und der Wind drückte vom Meer kommend heftig gegen die Fensterscheiben. Einen Moment lang betrachtete er den schwarzen Horizont hinter den Lichtinseln der Peitschenlampen entlang der verlassenen Uferpromenade und die Palmwedel, die sich im Wind wiegten. Leise murmelte er Erinnerungsfetzen aus seiner Kindheit vor sich hin, während er seinen Bauch massierte: *Und dräut der Winter noch so sehr mit trotzigen Gebärden* ... Eines der Gedichte, die er auswendig vortragen musste, in einen Matrosenanzug gekleidet, als er noch der fünfjährige Tommaso Galimberti della Casa war, der Spross einer ehrgeizigen Mutter, die ihn gerne wie eine lebende Puppe vor ihren nicht minder adligen Freundinnen antreten ließ.

Das war lange her. Fast 35 Jahre. Seitdem war viel passiert. Er hatte einen bürgerlichen Beruf angenommen, den Beruf als Polizist, den er mit Stolz ausübte – sehr zum Leidwesen seiner Mutter.

Er sah wieder hinaus. Die Palmen fächelten heftig im Wind. Gallo öffnete kurz das Fenster und ließ sich den Wind ins Gesicht wehen. Der Oktoberwind an der Riviera war kein kalter Herbstwind. Es war ja auch noch nicht Winter. Es gab in dem Sinne gar keinen Winter an der Blumenriviera, es gab überhaupt nur drei Jahreszeiten. Der milde Herbst ging direkt in den milden Frühling über. Bis in den Dezember hinein gingen die Menschen hier noch im Meer schwimmen.

Galimberti della Casa ... jetzt war er einfach Commissario Tomas Gallo, seit Kurzem verantwortlich für das Kommissariat der Polizia di Stato in Sanremo. Gott sei

Dank. Sein beträchtliches Erbe interessierte ihn nicht. Das wurde von irgendwelchen anonymen Treuhändern verwaltet, die er nie traf. Er lebte von seinem Polizisten-Gehalt, wohnte zur Miete und freute sich, dass er das enge, lieblose Korsett seiner Familie abgeschüttelt hatte; und dass es ihm gelungen war, seinen komplizierten Nachnamen ablegen und einfach Commissario Gallo sein zu dürfen.

Er schloss das Fenster.

Das Thermometer, das er neben dem Fenster an die Wand geschraubt hatte und das mit dem Sensor draußen verbunden war, zeigte 17 Grad. In ungefähr die Temperatur, die das Meer haben musste. Das waren nun wahrlich keine Wintertemperaturen, dachte Gallo, und stellte sich vor, wie in der Metropole Mailand die Leute dick eingemummt den Kopf einzogen, um den eisigen Herbstwinden zu trotzen. Er lächelte. Welch ein Luxus! Das Meer fungierte als gigantische Klimaanlage, das im Winter die Luft wärmte, wenn sie darüberstrich, und im Sommer abkühlte. Es war an der Blumenriviera nie zu heiß und nie zu kalt. Und der Unterschied zwischen den Temperaturen tagsüber und nachts war minimal, oft nur wenige Grade. Das berühmte »beste Klima Italiens«, das einst die von Zipperlein geplagte Elite Europas angelockt hatte.

Während die Kälte in der Po-Ebene und in Mitteleuropa, nördlich der Alpen, schon mit ihren boshaften Unterminierungsarbeiten begann, blickte Thomas Gallo aus seinem riesigen Küchenfenster auf das tiefschwarze Meer. Er trug ein graues Sweatshirt und Boxershorts. Sein dichtes Haar wuschelte ihm um den Kopf und ein an manchen Stellen leicht grau werdender Bart bedeckte sein markantes Kinn.

Er kniff die Augen zusammen und suchte den Horizont

ab, auf dem Lichtpunkte auf den weit draußen sicherlich viel höheren Wellen tanzten. Fischerboote oder eine kleinere Fähre oder die spärlich beleuchteten Frachter auf dem Weg nach Genua.

Eine Katze schlich durch den kleinen, ruhigen Hafen, in dem die typischen ligurischen Fischerboote träge dümpelten. Sie suchte nach Köderresten, schnupperte hier und da, setzte sich, stand wieder auf, leckte sich die Pfoten und sah auf einmal genau in seine Richtung. Sie hatte sein Telefon im Zimmer über der Küche in seinem schmalen, bunt gestrichenen Uferhäuschen noch vor ihm gehört – von der anderen Straßenseite.

Commissario Gallo hastete die Stufen nach oben, immer zwei der steilen Treppenstufen auf einmal nehmend. Er schubste seinen Kleiderhaufen beiseite, wühlte sich durch Socken, Pullover, zwei schwarze T-Shirts und fand schließlich seine Jeans, in deren Tasche es klingelte und vibrierte. Mit der einen Hand schaltete er die Nachttischlampe ein, mit dem Daumen der anderen schob er den grünen Telefonhörer auf dem Display nach oben.

»Pronto!«

»Commissario?«

»Giulia! Ja, was ist?«

»Entschuldige die Störung so spät ...«

»...«

»Nun, es tut mir leid, aber 112 hat einen Anruf von Triora erhalten.«

»Und?«

»Unsere Wache war im Dienst und so ist eine unserer Patrouillen vor Ort.«

»Was ist passiert?«

»Eine Leiche wurde gefunden.«
»Okay, wo?«
»Im Wald auf den Hügeln oberhalb von Triora.«
»Das liegt oberhalb von Molini, oder?«
»Ja, genau, Commissario. Taggia, Badalucco, Montalto, Molini und dann Triora. Am Ende des Tals.«
»Worum geht es genau?«
»Die Leiche lag im Wald. Ein Jäger.«
»Jeden Monat werden mindestens zwei Jäger durch Unfälle angeschossen oder getötet …«
»Ja, ja, Commissario, ich weiß. Aber hier ist es anders.«
»Was ist anders?«
»Der Anruf wurde von jemandem von den italienischen Rangers getätigt.«
»Das sind die Freiwilligen, die im Wald nach Glutnestern suchen, oder?«
»Ja, das stimmt. Und sie helfen, die Wildschweine aufzuspüren. Die sind eine echte Plage geworden.«
»Giulia, und dann?«
»Die 112-Zentrale hat sofort einen Krankenwagen und den Notarztwagen mit Sanitäter und Fahrer hochgeschickt, um den Tod feststellen zu lassen. Commissario, der Ranger muss offenbar ziemlich unter Schock gestanden haben.«
»Warum?«
»Weil es wahrscheinlich kein Jagdunfall ist!«
»…«
»Er sagte, es sah aus wie eine Hinrichtung.«
»Warum denkt er, dass es sich nicht um einen Jagdunfall handelt?«
»Weil der Jäger vermutlich aus nächster Nähe erschossen wurde. Im Licht der Taschenlampe sieht man sogar die

Schussreste an der Einschussstelle. Das hat er gesagt. Das Polizeipräsidium Imperia und natürlich der diensthabende stellvertretende Staatsanwalt wurden benachrichtigt.«

»Wer ist es?«

»Dottore Bevilacqua.«

»Verstanden! Unser Bevilacqua.«

»Er ist schon auf dem Weg dorthin.«

Gallo sah sein Spiegelbild im Fenster. Er zuckte mit den Schultern, zog seinen Bauch ein wenig ein und überprüfte den Zustand seines Kopfes. Etwas zwischen Brei, Schläfrigkeit und drohenden Kopfschmerzen. Nichts, was ein paar Aspirin nicht lösen könnten.

»Ich habe auch sofort Inspektor Rubbano angerufen, nachdem ein Arzt aus Triora den Tod bestätigt hat.«

»Okay, Giulia, weck Benzina auf, er soll fahren. Ich sehe nachts nicht so gut«, log er, um nicht zugeben zu müssen, dass er sich verkatert fühlte. »Du hast Bereitschaft, also bleibst du im Büro in Sanremo. Rubbano löst dich morgen früh ab. Benzina soll erst Claudio Giostra abholen, dann mich zu Hause in Riva Ligure. Hast du die Nummer von dem Ranger?«

»Ja, Commissario, die hab ich. Klar.«

»Schick sie mir aufs Handy. Und seinen Namen. Und besorg mir bitte auch den Namen vom Postenkommandanten der Polizia Locale aus Triora. Und die Nummer vom Kommandanten der Carabinieri dort oben, am besten seine Handynummer, okay?«

»Ja, mach ich. Ich schick dir alles aufs Handy.«

»…«

»Was noch, Giulia?«

»Also Claudio wohnt oberhalb von Taggia, am Anfang

des Tals. Es wäre doch sinnvoller, wenn Benzina erst dich abholt und ihr dann zusammen Claudio auf dem Weg nach oben ins Tal abholt. Das spart Zeit, oder?«

»Meinetwegen. Ja, hast recht, Giulia. So soll er's machen.«

Gallo hörte Giulias Strahlen durchs Telefon.

»Okay, ich leite alles in die Wege. Soll ich noch jemanden verständigen?«

»Nein, Giulia, ich schau mir das erst mal selbst an. Benzina soll den Dienstwagen nehmen, da sind Taschenlampen drin und Gummistiefel.«

»Ja, das sag ich ihm.«

»Wo liegt denn der Tote? Weißt du das?«

»Neben einem Safranfeld.«

»Was?«

»Na, eben direkt neben einem Feld, auf dem Safran angebaut wird. Der Safran aus Triora, Commissario.«

Gallo erinnerte sich dunkel. Gestern Abend gab es in der *Scogliera* Risotto – mit Safran. Andrea, der Chef, war ganz stolz und hat ihnen die Geschichte erzählt, dass der Safran aus Triora stammte. Gallo hatte Safran aus Persien im Gedächtnis, aus Südspanien und anderen entlegenen exotischen Gegenden der Welt. Aber hier? An der Riviera? Rubbano, der autistische Analyst, hatte bestimmt die ganze Story, wenn er ihn fragte.

»Dann schick mir auch die Geolocations auf Maps, Giulia. Sonst laufen wir da stundenlang herum und finden nichts.«

»Okay, Commissario. Mach ich. Und ich werde einen Treffpunkt um 3.30 Uhr mit der Polizia Locale vereinbaren, am Ortsausgang nördlich von Triora.«

»Okay. Gut. Das ist sogar noch besser.«
»Um 6.30 Uhr wird es hell.«
»Um 6.30 Uhr?«
»Ja, Commissario. Du bist kein Frühaufsteher, oder?«
»Äh, nein. Aber gut zu wissen.«
»Rubbano hat mir die Uhrzeit durchgegeben. Er wollte wissen, ob du die ›Zivile Dämmerungszeit‹, die ›Astronomische Dämmerung‹ oder die ›Nautische Dämmerung‹ haben möchtest.«
»Typisch Rubbano. Keine Ahnung. Gibt's da einen Unterschied?«
»Oh ja. Das ist erstaunlich. Anscheinend beginnt die Dämmerung über dem Meer viel früher, also man sieht schon was, bevor die Sonne zu sehen ist, und das spielt anscheinend eine Rolle …«
»Giulia«, unterbrach Gallo sie, »das ist mir egal. Lass stecken. Wir sind Polizisten. Keine Kapitäne auf Kriegspfad. Mir ist nur wichtig, ab wann wir da oben was sehen. Ich glaube nicht, dass die in Triora über das Equipment verfügen, um einen Tatort nachts im Wald taghell erleuchten zu können.«

Es war jetzt 2.15 Uhr, plus circa eine Stunde Fahrt insgesamt – mehr oder weniger –, dann hätten sie noch ungefähr zweieinhalb Stunden in absoluter Dunkelheit in den Schluchten oberhalb von Triora. Dann käme die Dämmerung. Hoffentlich waren die Taschenlampen im Dienstauto geladen.

»Gut. Danke, Giulia. Bis später.«

Gallo legte auf und machte sich einen Plan. Aspirin war dringend. Kaffee auch. Dusche konnte durch eine Katzenwäsche ersetzt werden. Anziehen dauerte nur wenige

Minuten. Ein wärmender Pullover machte Sinn, es war ja Ende Oktober und es ging ganz schön weit rauf ins Tal. Da herrschte ein anderes Klima. Im Schatten des Monte Saccarello.

Also auch eine winddichte Jacke.

Gallo lief die Treppe hinab in seine Küche, schraubte die Mokkakanne auf und angelte im Schrank nach dem gemahlenen Kaffee. Dann wühlte er in einer Schublade nach dem Aspirin. Gerade als er die angebrochene Packung gefunden hatte, erschrak er zu Tode. Mit aufgerissenen Augen starrte er auf den Schatten, der sich an seiner Küchenwand bewegte. Es sah diabolisch aus, ein runder Kopf mit zwei spitzen Hörnern drauf. Das Ganze überdimensional vergrößert durch den Schein der Laterne draußen an der Uferpromenade, in deren Licht die Katze aus dem Hafen auf seiner Fensterbank saß und neugierig zu ihm hereinschaute.

2. KAPITEL

Riva Ligure, 31. Oktober

Commissario Gallo hatte eine Jeans mit einem Loch über dem Knie angezogen. Auch deshalb, weil diese über dem Stuhl im Schlafzimmer lag und als Erstes greifbar war. So musste er nicht suchen.

»Wird schon passen«, murmelte er und stellte dankbar fest, dass seine Kopfschmerzen bereits nachgelassen hatten. Er streifte ein schwarzes, langärmeliges T-Shirt über, schlüpfte in seine Socken, angelte im Schrank nach einem warmen Pullover mit engem Halsausschnitt und ging die halsbrecherisch steile Treppe nach unten. Die Mokkamaschine auf dem Herd röchelte laut vor sich hin und die ganze Küche duftete nach dem besten Morgenduft: frisch gebrühter Kaffee. Er stellte die Gasflamme ab, goss den heißen Mokka in eine kalte Tasse, schüttete Zucker hinterher, einen kleinen Schwapp Milch obendrauf und goss sich den Inhalt anschließend in den Mund.

Er fühlte sich schlagartig besser. Jetzt war er langsam für den nächsten Einsatz bereit. Sein Kopf wurde klarer. Trotzdem vermisste er das Morgenritual, bei dem Paolina unten von der Bar ihm einen frischen Cappuccino und ein Stück knuspriger Focaccia, das wunderbar duftende Olivenbrot Liguriens, in einen Korb legte, den er nach oben zog. Aber dafür war es jetzt viel zu früh.

Der Mokka tat seine Wirkung. Bin mal gespannt, was diesmal auf uns wartet, dachte er. Von Kapitalverbrechen wimmelte es an der Riviera nicht. Die wachsende Berühmtheit Sanremos, die vielen Veranstaltungen, die Superjachten im Porto Sole, das zog natürlich auch vermehrt Verbrechen an. Aber ein so komplizierter und bedrohlicher Fall wie Mitte des Jahres, als er gerade in Sanremo angefangen hatte und gleich zu seinem Einstand jemand die Villa von Alfred Nobel in die Luft sprengen wollte – das war was!

Aber sein Team hatte bewiesen, dass es auch mit so einer großen Herausforderung zurechtkam. Der Fall wurde gelöst. Das Kommissariat Sanremo war zu einer schlagkräftigen Truppe geworden, die felsenfest hinter ihm stand. Das wusste er jetzt.

Er sah auf die Uhr: 2.30 Uhr. Gleich müsste Benzina hier sein. Um diese Uhrzeit im Oktober war kein Verkehr auf der Aurelia, der Küstenstraße, die sich um den halben italienischen Stiefel herumschlang. Er sah aus dem Fenster hinunter auf die Uferpromenade. Alles war verwaist, der Wind hatte nachgelassen, ein paar Möwen kreisten um die Wellenbrecher vor dem Hafen und kreischten sich gegenseitig an, als seien sie völlig irre geworden. Er blickte die Straße hinab Richtung Westen. Von dort müsste der Wagen kommen, aus Richtung Sanremo. Ein Kellner einer der Bars an der Promenade versuchte seinen Roller anzulassen. Gallo sah einen Kopf in einem Helm, der bei jedem Tritt auf den Anlasser im Licht der Laterne auf und ab nickte.

Dann sah er Scheinwerfer, die auf dem Lungomare von Riva Ligure eingebogen waren, und Sekunden später hielt ein kleiner, nagelneuer koreanischer SUV mit der Aufschrift »Polizia di Stato« vor seinem kleinen, schmalen Haus, das eingequetscht in der ersten Reihe auf der Meeresseite mit zwei Dutzend anderen ähnlichen bunten Häusern die Meeresfront bildete.

Gallo ging die lange Treppe ins Erdgeschoss hinab, nahm den schmalen Flur, der das Haus von der Garage trennte, die, als das Haus gebaut worden war, als Unterstand für das Fischerboot, die Netze und andere Utensilien, die Fischer so brauchen, gebaut worden war. Jetzt standen seine Fahrzeuge dort: sein heiß geliebter Alfa Romeo Junior GT, ein Oldtimer, seine moderne Vespa und eine ausgemusterte Moto Guzzi California der State Trooper aus Arizona.

Er schloss die schwere Holztür zu seinem Haus ab, trat auf den Bürgersteig, blickte kurz über das Meer und steuerte auf den SUV der Polizia di Stato mit seinen blauen Lichtern auf dem Dach zu. Er stutzte. Eigentlich sollte nur Benzina im Auto sitzen. Giulia hatte richtigerweise vorgeschlagen, erst ihn, den Commissario, abzuholen und dann Claudio unterwegs ins Tal hinauf aufzugabeln. Sodass Benzina allein sein müsste. Aber es saß eine weitere Person auf dem Rücksitz: Der Mann trug einen Anzug, ein weißes Hemd und eine schmale Krawatte. Es war Rubbano. Sub-Commissario Antonio Rubbano.

Benzina ließ das Fenster herunter. Zwischen seinen Lippen klemmte der obligatorische Zigarrenstummel. Gallo konnte erkennen, dass er seinen Arbeitsoverall auch mitten in der Nacht immer noch – oder schon wieder – trug. Auf dem Kopf trug er eine Schiebermütze, speckig und an vielen Stellen schon fadenscheinig.

»Guten Morgen, Commissario!«, nuschelte er an seiner Zigarre vorbei.

Gallo bückte sich und sah ins Auto. Auf dem Rücksitz saß tatsächlich Rubbano. Benzina lächelte und deutete mit seinem Daumen auf den stocksteif dasitzenden, inselbegabten Kollegen im Anzug auf dem Rücksitz, der es sich wohl nicht hatte nehmen lassen, bei so einem unverhofften nächtlichen Einsatz dabei zu sein und das Team nach Kräften zu unterstützen.

»Guten Morgen zusammen!«, sagte Commissario Gallo und war froh, dass er auf dem Beifahrersitz Platz nehmen konnte. Gallo wusste, dass die Fahrt in die Hügel in einer endlos scheinenden Abfolge enger steiler Kurven bestand, teilweise sogar Spitzkehren, die sich in halsbrecherischer Weise auf schmalen Steinbrücken über Schluchten und Grate nach oben schlängelte. Er wusste, dass Benzina rasch – nein, höllisch schnell – fahren würde, er wusste aber auch, dass sein Magen weniger an die gebirgige Fahrt gewöhnt war als die seiner Kollegen, die allesamt hier geboren und aufgewachsen waren. Vor allem heute Morgen fühlte er sich nicht gewachsen, Benzinas Fahrweise auf einer Straße, die eher einer Achterbahn glich als einer Strada Provinciale, aushalten zu können. Allein bei dem Gedanken daran begann der eben getrunkene Kaffee in seinem Magen munter hin und her zu schwappen.

Commissario Gallo umrundete den Wagen und setzte sich neben Benzina. Er blickte nach hinten und sah Antonio Rubbano in die Augen:

»Antonio, was machen Sie denn hier? Von Ihnen war nicht die Rede gewesen. Warum sind Sie nicht im Bett geblieben?«

»Commissario, ich habe über Funk die Kommunikation über den Vorfall in Triora mitgehört.«

»Von zu Hause aus?«

»Jawohl, Commissario, ich habe für Notfälle ein Polizeifunkgerät zu Hause.«

»Aber Antonio, wir wissen ja noch gar nicht, ob überhaupt ein Fall für uns vorliegt. Wir werden uns das erst einmal ansehen müssen und dann sortieren, ob es uns überhaupt etwas angeht oder nicht. Ob es nicht doch ein Jagdunfall war.«

»Dafür bin ich ja mitgekommen, Commissario. Fürs Sortieren.« Würde er nicht auf der Rückbank eines Autos sitzen, hätte Rubbano bei diesen Worten salutiert. Antonio Rubbano hatte autistische Züge. Aber das war kein Nachteil – ganz im Gegenteil. Sein fast fotografisches Gedächtnis, seine Fähigkeit, Zusammenhänge herzustellen, weil er Fakten so zuverlässig wie eine Maschine behielt, war für Gallos kleines Team unschätzbar wertvoll. Seine mangelnden emotionalen Fähigkeiten konnten die übrigen Teammitglieder locker wettmachen. Gallo hatte nach dem ersten gelösten Fall, der sich als äußerst vertrackt entpuppt hatte, aus einer kleinen, zusammengewürfelten Truppe eine schlagkräftige, fähige Mannschaft geschmiedet, bei der jeder sich auf die Talente der anderen jederzeit verlassen konnte. Er musste sie nur machen lassen, sie beschützen, und mit dem Erfolg des Einzelnen stellte sich automatisch der Erfolg der ganzen Truppe ein. Rubbano war ein wichtiges Element in dem Puzzle. Und Gallo war stolz darauf, dass er das Team führen durfte.

Gallo bemerkte jetzt, dass Benzina ihn von der Seite beobachtete, und blickte hinüber. Gallo sah ein zerknautschtes Gesicht unter einer Schiebermütze, einen Mund, dessen Oberlippe wegen Zahnmangels eingefallen war (Benzina hatte noch höchstens eineinhalb Zähne im Mund, schätzte Gallo), und ein kräftiges Kinn, vor dem ein erloschener Zigarrenstummel tanzte. Vor allem aber sah Gallo die hellwachen, blitzenden Augen im Gesicht des einstigen Rallyemechanikers, der jetzt, mit Mitte 70, sich als externe Hilfskraft um den Fuhrpark der Polizei kümmerte und manchmal – so wie heute Nacht – als Fahrer fungierte, was er extra bezahlt bekam.

Und aus diesen schlauen und wissenden Augen Benzinas empfing Gallo eine stumme, unmissverständliche Botschaft: Ist schon okay, Commissario, sagten diese Augen, wenn Rubbano dabei ist. Ein Mann mit Asperger-Syndrom kann immer nützlich sein. Man weiß ja nie, was einen da oben in der sagenumwobenen, geheimnisvollen Stadt Triora erwartet.

3. KAPITEL

Valle Argentina, 31. Oktober

In der undurchdringlichen Dunkelheit, die nur von einem fahlen Schein des Mondes und den vereinzelten Lichtern entlegener Bauernhäuser an den Hängen durchbrochen wurde, schlängelte sich der kleine koreanische SUV der Polizia di Stato behände durch die kurvigen Straßen des Hinterlandes der Blumenriviera. Das Fahrzeug, ein zuverlässiger Gefährte in Diensten der Beamten, das sich mit seinem Elektromotor wie an einer Schnur bergauf gezogen perfekt in die nächtliche Stille einfügte, war mit einer ungewöhnlichen Crew besetzt: Benzina, ein fast zahnloser Virtuose der Serpentinen, dessen Lebensgeschichte sich in den Linien seines wettergegerbten Gesichts widerspiegelte, saß am Steuer. Benzina spielte so sicher und so gefühlvoll mit der Physik des Wagens, dass der kleine SUV sich weder in Kurven neigte noch Beschleunigungs- oder Abbremsmanöver zu spüren waren. Mit dem richtigen Druck aufs Gaspedal im exakt richtigen Moment reduzierte Benzina die Querbeschleunigung in den Kurven auf ein Minimum. Gallos noch vom Vorabend überlasteter Magen dankte ihm.

Von Riva Ligure, dem malerischen Ort, der in der Nacht wie ein schlafender Wächter am Meer ruhte, führte ihre

Reise tief ins Herz des ligurischen Berglandes. Vorbei an Taggia, wo sie kurz anhielten und Claudio Giostra, den Inspektor in seiner Uniform, der an der alten römischen Brücke aus dem ersten Jahrhundert wartete, zusteigen ließen.

»Da muss er irgendwo stehen«, murmelte Benzina, als sie an der verwaisten Brücke anhielten. »Das ist doch die römische Brücke, oder?«, fragte er mehr in Richtung Rubbano als zu Gallo.

»Die Brücke ist nicht römisch. Das ist ein Irrtum. Sie ist romanisch. Erbaut im 13. Jahrhundert. Alle nennen sie die römische Brücke, dabei stimmt das gar nicht. Sie wurde auch erst im 17. Jahrhundert vollendet.«

»Na ja, also Mittelalter. Aber sie steht noch und ist begehbar, oder?«, fragte Gallo.

»Ja«, versicherte Rubbano, »die ist noch in Betrieb. Zu schmal für Autos, natürlich, aber sie steht noch immer fest auf ihren 15 steinernen Bögen. Der Fluss war im frühen Mittelalter ein Bach, der weiter östlich verlief. Da reichten zwei Bögen. Dann gab es zahlreiche Überschwemmungen, und der Bach wurde zu einem Fluss, über den die Menschen dann immer weitere Bögen bauen mussten, bis es jetzt seit dem 17. Jahrhundert 15 an der Zahl sind.«

Benzina seufzte und trommelte ungeduldig auf dem Lenkrad. Dann blinkte er mit der Lichthupe, weil Claudio in seiner Uniform von vorne auf sie zutrabte und dabei seinen Pistolenhalfter mit der Hand festhielt.

»Da ist er ja«, murmelte Benzina, »Antonio: rutsch rüber.«

Nach Taggia, dessen altertümliche Mauern im Dunkel verborgen lagen, ging es zu viert in zügiger Fahrt durch Badalucco und Montalto Ligure – Dörfer, die sich an die steilen Hänge klammerten, als wollten sie der Schwerkraft trotzen. Molini di Triora war das letzte Dorf auf ihrem Weg, bevor sie nach einigen Haarnadelkurven Triora erreichten, das berüchtigt war als die Hexenhauptstadt Italiens, umhüllt von den Mythen und Legenden vergangener Jahrhunderte.

Die nächtliche Fahrt war mehr als eine bloße Überwindung von Distanzen; sie war eine Reise durch die Zeit, ein Eintauchen in eine Welt, in der das leise Flüstern jahrhundertealter Geschichten noch immer in der Luft lag. Die Scheinwerfer streiften eine Landschaft, die sich auf dem stetig bergauf führenden Weg um sie herum entfaltete und waren ein stummer Zeuge von menschlicher Anstrengung und Beharrlichkeit, die diese steilen Hänge rechts und links von ihnen seit Jahrtausenden geformt hatten. Die terrassierten Felder, im Mondlicht und im Schein der darüber huschenden Scheinwerfern nur schemenhaft erkennbar, sprachen von der Hartnäckigkeit und dem Einfallsreichtum der Bauern, die dieses steile Gelände in eines der fruchtbarsten Anbaugebiete des gesamten Mittelmeerraums verwandelt hatten. Weil sie durch die Terrassierung mit Trockensteinmauern genau die richtige Mischung aus Durchsickern und Rückhaltung des Regenwassers erzielt hatten, sodass sich in vielen Jahrhunderten ein fast PH-neutraler Humus gebildet hatte. All das wusste Rubbano auswendig abzuspulen.

»Aber das weiß keiner so richtig«, bemerkte Claudio von hinten.

»Ist das ein Geheimtipp?«, fragte Gallo.

»Nein, das wohl nicht. Aber die exzellente Qualität all dessen, was hier wächst, gibt es nur in sehr begrenzter Menge. Die Hänge sind zu steil, zu zerklüftet, zu schwierig zu beackern. Alles muss von Hand gemacht werden oder ist nur mit kleinen, zweirädrigen Zugmaschinen erreichbar, die man nebenherlaufend steuern muss.«

»Und die Taggiasca Olive wächst nur hier?«, wollte Gallo wissen. »Was ist so besonders an ihr?«, setzte er hinzu, weil es ihn wirklich interessierte.

»Die Oliven sind mit die kleinsten Oliven, die es gibt, aber die Pflanze, also der Baum, ist mit bis zu 15 Metern Höhe der höchste Olivenbaum überhaupt. Besonders ist der sehr hohe Gehalt an Öl mit bis zu 26 Prozent und die extrem geringe Säure von weniger als 0,5 Prozent. Das Öl ist elegant, fruchtig und leicht scharf. Es ist seit 1997 als ›Riviera di Ponente‹ Öl ein eingetragenes, geschütztes Markenzeichen und wird heute vor allem in der Provinz Imperia angebaut.«

»Das grüne Gold der Riviera«, nuschelte Benzina und zwang den SUV in die nächste Kurve. Bei diesem Manöver tauchte ein steinerner Wachtturm im Scheinwerferkegel auf, mit Efeu bewachsen und an der Spitze schon etwas eingefallen.

»Ein Sarazenerturm«, referierte Rubbano, »von dem aus müsste man bis runter zum Meer sehen können, um die Dörfer hier oben frühzeitig warnen zu können, wenn Piraten – also die Sarazener, die Völker des Ostens aus Arabien, die das südliche Mittelmeer bewohnten – übers Meer kamen.«

»Die kamen bis hier rauf?«, fragte Gallo erstaunt.

»Ja, die Sarazener landeten an den Stränden und zogen dann landeinwärts, plünderten die Dörfer und brannten alles nieder. Manchmal, wenn ein Schiff dieser Piraten sichtbar wurde, haben die Ligurer selbst große Feuer entfacht, um die Sarazener glauben zu machen, dass sie schon eingenommen worden sind.«

»Das Öl«, steuerte Claudio bei, »am besten probiert man es pur, auf Weißbrot. Aber man kann damit eigentlich alles machen. Salate, Gemüse, Fisch, Fleisch – es passt zu allem und ist sehr gesund.«

Gallo öffnete das Fenster einen Spalt breit und sah hinaus.

Die Luft war erfüllt vom Duft der kurz vor der Ernte schwer an ihren Früchten tragenden Olivenbäume, deren silbrige Blätter im nächtlichen Wind ein sanftes Rascheln von sich gaben.

Rubbanos Stimme, sonst so zurückhaltend und in sich gekehrt, begann immer wieder die Stille des Fahrzeuginneren zu durchbrechen. Mit einer fast hypnotischen Monotonie teilte er sein umfangreiches Wissen über die geografischen und historischen Besonderheiten der Gegend. Seine Worte malten Bilder von üppigen Gemüse- und Obstgärten, die auf den antiken Terrassen gediehen, von engen Tälern, die sich tief in das Herz der Erde schnitten, von Städten und Dörfern, die geplündert, verkauft und geschliffen worden waren, nach denen mal die Grafen von Ventimiglia, mal die Savoyer, mal die mächtige Republik Genua, dann wieder die Piraten, Napoleon oder Karl VI. ihre begierigen Hände ausgestreckt hatten, ein Hin und Her, das in der Römerzeit begonnen hatte und mit dem die Ligurer – die nie einen mächtigen Protektor an der

Seite hatten – ganz allein fertig werden mussten, und nicht zuletzt von Triora selbst, einem Ort, der sowohl von seiner atemberaubenden Schönheit, seinem einstigen, märchenhaften Reichtum als Kornkammer der Republik Genua als auch von seiner schaurigen Vergangenheit geprägt war.

Gallo kam es vor, als hätte er auf den gerade mal 35 Kilometern seit der Küste eine Zeitreise unternommen. Niemals zuvor hatte er auf dieser nächtlichen Fahrt durch das Valle Argentina, das nach dem Fluss, der sich in den Schiefer und den Kalkstein gegraben hatte, benannt, die magische Anziehungskraft zwischen Bergen und Meer, den beiden großen Gegensätzen der Natur, so stark gespürt. Eben noch am Meer, mit seinem heiteren, lichtdurchfluteten Flair, der unendlichen Weite und den Hunderten Blaus, die die Sonne, das Plankton und die Wolken zauberten, und hier – wenige Kilometer weiter – steile Schmugglerpfade neben wispernden Bächen, Partisanenverstecke in mächtigen Kastanienhainen, Füchse und Hermeline, die durch Benzinas Scheinwerferlicht huschten, Tafeln, die auf Steinböcke und Bergziegen hinwiesen, überall am Straßenrand Rosmarin und Thymian, Beeren und Pilze – und all das in üppiger, verschwenderischer Menge.

Oder wie Rubbano es ausdrückte: die Riviera dei Fiori. Von den Thunfischschwärmen zu den Wildschweinrotten sind es nur zwei Kilometer.

Ein begnadetes Land. Nach dem sich Jahrhunderte, wenn nicht Jahrtausende begehrliche Hände ausgestreckt hatten. Heute kämpfte das Tal darum, seinen Teil am modernen Tourismus abzubekommen. Viele Schilder hatten sie im Scheinwerferlicht aufblitzen sehen. Da wurden Mountainbike Pfade angepriesen, Agrarprodukte im

Direktverkauf beworben – und alle paar 100 Meter sah man hässliche Schilder von Immobilienmaklern, die wie der Ersatz von Familienwappen an den malerischen Steinfassaden klebten. Die wenigen Alten, wusste Rubbano, die noch hier wohnten, kämpften zusammen mit ihren Bürgermeistern um den letzten Dorfladen und mussten mitansehen, wie immer mehr holländische, deutsche oder englische SUVs in den Dörfern auftauchten, der örtlichen Bauindustrie mit den Renovierungsarbeiten ein kurzes Aufbäumen bescherten, bis dann die Dörfer hübsch renoviert und ans Internet angeschlossen vollkommen leblos an den Hängen vor sich hindämmerten, weil die Deutschen, Holländer oder Schweizer nur zwei Wochen im Jahr hierher kamen. Ein Dorfsterben in Schönheit, wie Gallo sinnierte.

Benzina zischelte zwischen seinen eineinhalb Zähnen und dem Zigarrenstumpen hindurch vom Fahrersitz her etwas, das wie »Die haben hier schon Schlimmeres überlebt – wirst schon sehen« klang.

Gallo genoss die nächtliche Fahrt und die vielen Dinge, die er wie nebenbei von seinen Teammitgliedern lernte. Aber etwas anderes, was er vor den anderen verborgen hielt, nagte an ihm. Es war der letzte Fall, den sie gelöst hatten, der ihn beschäftigte. Er war ein großes Risiko eingegangen und hatte – wenn auch völlig nichts ahnend – einen schweren Fehler gemacht, der sie alle, vor allem aber die Ermittlungen in große Gefahr gebracht hatte. Es ging um eine Liebelei, die zunächst harmlos schien – bis sich herausstellte, dass ... aber das hatte er nicht wissen können, als es passierte. Sein Team jedenfalls hatte ihm die Absolution erteilt und unerschütterlich zu ihm gehalten.

Und keiner, wirklich niemand, hatte es ihm als Schwäche vorgehalten. Im Gegenteil, der Vorfall hatte das Team erst so richtig zusammengebracht.

Als sie am Ortseingang von Triora ankamen, wurden sie von einem blauen Blitzlichtgewitter empfangen. Der örtliche Polizeiwagen, ein Carabinieri Patrouillenauto, der Krankenwagen und der BMW, der den Notarzt heraufgebracht hatte, standen am Ortseingang mit eingeschaltetem Blaulicht und warteten auf sie. Benzina brachte den SUV schwungvoll zum Stehen. Die Beamten, trotz der vorgerückten Stunde wach und aufmerksam, grüßten die Ankömmlinge mit einer Mischung aus Respekt und einer leichten Spur von Erleichterung. Sie wussten, dass die Ankunft des neuen Commissario und seines Teams den Beginn einer intensiven Untersuchung bedeutete, die die dunklen Schatten, die wegen eines möglichen Mordes über diesem malerischen Ort lagen, lichten könnte. Sie waren froh, dass der stellvertretende Staatsanwalt Bevilacqua die Ermittlungen in die Hände der Experten für Kapitalverbrechen aus Sanremo gelegt hatte, nachdem sie Bereitschaftsdienst hatten und ihr Patrouillenwagen als Erstes eingetroffen war. Und im Übrigen war es immer schwer für die lokalen Polizeikräfte, in einem kleinen Dorf mit weniger als 400 Einwohnern in einem Kapitalverbrechen zu ermitteln. Jeder kannte jeden – oder anders ausgedrückt: Jeder wusste etwas über jeden anderen im Dorf. Da die Spreu vom Weizen zu trennen, war fast nur mit einem scharfen Blick von außen zu bewerkstelligen, ohne dass Gallo – oder etwa Bevilacqua – auch nur im Mindesten die Fähigkeiten der lokalen Polizei vor Ort infrage stellen würde.

Aus dem Dunklen schoss ein untersetzter Mann auf Gallos Wagen zu, und Gallo stieg aus. Dottore Bevilacqua.

»Guten Morgen«, sagte er ernst.

»Herr Vize-Staatsanwalt! Guten Morgen.«

»Gut, dass Sie da sind, Gallo. Also: Der Notarzt war schon bei der Leiche und hat mich darüber informiert, dass der Mann tot ist. Diese Bestätigung haben wir also. Er teilt die Einschätzung, dass der Mann erschossen worden ist, aus nächster Nähe. Er hat, außer das, was notwendig ist, die Leiche nicht angerührt und wartet auf Instruktionen zum Abtransport mit dem Krankenwagen.«

»Gut, Dottore. Wie soll es dann weitergehen?«, fragte Gallo.

»Also, ich muss zurück nach Imperia. Ich kann die Leiche ohne ein erstes Gutachten vor Ort nicht zum Abtransport freigeben. Da es am Fundort stockdunkel ist, schlage ich vor, Sie sehen sich das mal an und besprechen alles Weitere mit der Rechtsmedizinerin. Glauben Sie, sie kann hochkommen?«

»Sie ist schon unterwegs, das ist kein Problem, Dottore.«

»Gut. Dann geben Sie die Leiche frei, wenn sie fertig ist. Dottoressa Percivaldi, richtig?«

»Ja, Dottore, wir werden sie gleich informieren. Aber als Allererstes möchte ich den Tatort in Augenschein nehmen.«

»Gut. Sie übernehmen ab jetzt die Ermittlungen. Durchsuchungsbeschlüsse und Festnahmen ordnen Sie ab jetzt in Absprache mit mir an.«

»Wir werden die Wohnung des Toten durchsuchen müssen.«

»Selbstverständlich, Gallo, selbstverständlich. Volle Rückendeckung.«

»Ausgerechnet heute ist die Sitzung mit dem Innenministerium, alle Quästuren der Provinzhauptstädte treffen sich online wegen neuer Direktiven zur Sicherheit. Um 8.30 Uhr geht's los, Gallo.«

»Ich bin ja jetzt da, Dottore. Fahren Sie ruhig. Sollte ich Sie brauchen, kann ich Sie dann am Telefon erreichen?«

»Ja, absolut. Aber schicken Sie mir eine WhatsApp, dann kann ich kurz stummschalten oder rausgehen.«

»Gut, kein Problem. So machen wir es.«

»Jetzt lasse ich Sie mit den örtlichen Kräften weitermachen. Die Carabinieri sind schon von mir instruiert worden. Da drüben ist der Maresciallo, ein fähiger Mann. Viel Glück, Gallo, und bis später.«

Der ranghöchste Gesetzesvertreter, ein Maresciallo Amadori, ein hochgewachsener, freundlich und hellwach blickender Mann mit raspelkurz geschnittenem Haar in der makellosen Uniform der Carabinieri, stellte sich vor und salutierte vor Gallo.

»Wie kommen wir am schnellsten zum Tatort? Zum Fundort der Leiche?«, wollte Gallo wissen.

»Wir fahren vor. Folgen Sie uns einfach. Wir müssen kurz durch den Ort und dann am nördlichen Ende den Hang hoch.«

Gallo streifte den Vertreter der Rangers und die beiden Kollegen der örtlichen Polizei, der Polizia Locale, deren Vorgesetzter der Bürgermeister war, mit einem grüßenden Blick und bedankte sich stumm bei ihnen, dass sie auf sie gewartet hatten. Es war fast 3.30 Uhr und noch stockdunkel. Vom Ort, der wie eine riesige Burg über ihnen thronte, waren die Lichter der Straßenlaternen die einzige Lichtquelle. Alles lag noch im Tiefschlaf.

Es war der Tag von Halloween.

Heute ist die Nacht der Nächte, die Nacht der Hexen.

Fast 10.000 Menschen wurden erwartet.

Gallo sah nach oben, wo Triora wie eine schlafende Trutzburg aus Stein auf einem großen Felsrücken thronte, dessen Flanken auf drei Seiten in tiefe Bergfalten hinabfielen.

Gemeinsam machten sie sich im Konvoi auf den Weg vorbei an den engen, verwinkelten Straßen des Dorfzentrums und an den stummen Zeugen einer bewegten Vergangenheit: alten Steinhäusern, deren Gemäuer von Kriegen, Hexenverfolgungen und uralten Ritualen zu erzählen schienen. Der SUV kroch durch die nächtlichen Gassen, sein elektrischer Motor ein leises Summen in der stillen Nacht, vorbei am Palazzo Stella, von dem aus als Gast der Adligen von Stella der fähigste General Napoleons, André Masséna, eigentlich Andrea Massena, geboren im damals zu Ligurien gehörenden Nizza, der die französischen Schlachten gegen die österreichisch-ungarische und sardische Armee von Triora aus beaufsichtigte, gewohnt hatte. Bis sie nördlich von Triora, etwas außerhalb der Stadtmauern, den abgelegenen Tatort auf einem Plateau neben einem Eichenwald an einem Steilhang erreichten, der von der örtlichen Polizei sorgfältig abgesperrt und mit einigen improvisierten Lichtern beleuchtet worden war. Gallo staunte, wie groß Triora wirkte. Mit unzähligen verwinkelten, steilen Gassen, Steinbögen zwischen den Häusern, kleinen Plätzen überall, Torbögen, steilen Treppen und alles auf Felsen gebaut.

»Ich hatte es mir nicht so groß vorgestellt«, sagte Gallo, »das wirkt ja riesig. Auf jeden Fall nicht so wie ein 400-Seelen-Dorf.«

»Triora war von Anfang an als Wehrdorf gebaut. Das heißt, alles musste innerhalb der Stadtmauern untergebracht werden: Ställe, Waren-Lager, das Vieh, Bäckereien, Kochstellen, Esel, Brennmaterial und alles, was das Dorf das ganze Jahr über zum Leben benötigte. Deshalb wirkt es so groß«, sagte Rubbano.

Nach kurzer Fahrt ging es aus dem Dorf wieder hügelaufwärts über einen befestigten Feldweg und durch einen Kastanienhain hindurch. Dann sahen sie den Geländewagen der Rangers und den zweiten Patrouillenwagen der Polizia di Stato.

Das Flatterband, das im schwachen Licht der Fahrzeugscheinwerfer flackerte, markierte die Grenze zwischen der alltäglichen Welt und dem Schauplatz eines grausamen Verbrechens. Im Zentrum der Aufmerksamkeit lag der Körper des Opfers, mit verdrehten Beinen und das Gesicht abgewandt zum dunklen Tal hin, so als würde er sich schämen.

Die Ermittler stiegen aus dem Fahrzeug, jeder gefangen in seinen eigenen Gedanken über das, was vor ihnen lag. Die nächtliche Fahrt, eine Reise durch die Dunkelheit und durch die Geschichte, mündete für Gallo und sein Team in dieser stillen Konfrontation mit der brutalen Realität eines Verbrechens, das nicht nur ihre Fähigkeiten als Ermittler, sondern auch ihre Entschlossenheit, in einer Welt voller Schatten Gerechtigkeit zu suchen, auf die Probe stellen würde.

Dass die Schatten sich auch über ihn legten, davon ahnte Commissario Tomas Gallo noch nichts in dieser frühen Morgenstunde.

4. KAPITEL

Genua, Silvester 2022

Lenas hypnotisierter Blick löste sich langsam von der Zimmerdecke. Sie verließ die tanzenden Schatten, die von den Scheinwerfern der vorbeifahrenden Autos gezeichnet wurden, durchbrochen von den bunten, grellen Blitzen des Feuerwerks, mit dem das neue Jahr in der ganzen Stadt begrüßt wurde. Und langsam, ohne den Kopf vom Kissen zu heben, richtete sie ihren Blick auf den Wecker. Mit Zahlen so groß und grün wie die Blätter eines dunklen Waldes zeigte er eine Minute nach Mitternacht an. Eine weitere verdammte Minute ihres nutzlosen Lebens war bereits verstrichen. Draußen tanzten und grölten Menschen in obsessivem Rhythmus, Geräusche, die sich zu einem Brei aus Lärm verdichteten. Gewaltige Böller detonierten draußen, die sie im Halbdunkel zusammenzucken und fluchen ließen und ihre Katze zu Tode erschreckten. Auch dieses neue Jahr konnte nur abscheulich werden, dachte sie grimmig.

So wie sie dalag, fühlte sie sich weniger wie ein Mensch aus Fleisch und Blut, eher wie eine gestaltlose Materie aus Teleplasma: Die wirkliche Magdalena Dallobosco, die junge Frau mit der vielversprechenden Universitätslaufbahn, die gab es nicht mehr. Sie war ein Geist geworden, ein Schattenabdruck ihrer selbst. Nichts erinnerte mehr an das, was sie einmal gewesen war. Nichts war übrig von dem, wovon sie einmal überzeugt war, dass es das ihr bestimmte Leben war, bevor die Welt mit all ihren Ungerechtigkeiten über ihr zusammengebrochen war.

Sie hielt sich immer noch für schön, elegant und für eine sehr extravagante Erscheinung mit ihrem langen, gewellten rabenschwarzen Haar. Mit einem trotzigen Lächeln auf ihrem blassen Gesicht dachte sie an den Uni-Abschluss, den sie mit Bravour bestanden hatte, und wie sie danach bereit gewesen war, sich energisch in die Arbeitswelt zu stürzen.

Mit Begeisterung und vollem Elan, in der Tat.

Ein Enthusiasmus, von dem sie jetzt wusste, dass sie ihn nie mehr zurückgewinnen würde, so niedergeschmettert wie sie von allem war, was in den letzten Monaten geschehen war. Eine ununterbrochene Abfolge von Katastrophen, von denen sie genau wusste, dass sie diese nicht einem widrigen Schicksal zu verdanken hatte, sondern dass sie ein Opfer von Gehässigkeit, Niedertracht und psychischer Gewalt geworden war – ein Elend also, das Vornamen und Nachnamen hatte.

Gesichter und Stimmen von Menschen, die sie fertigmachen wollten und deren Präsenz sich mit anderen Ereignissen verknüpfte, die sie schließlich nicht mehr voneinander trennen und auch nicht mehr abschütteln wollte – auch, weil sie das gar nicht mehr konnte.

Jetzt war es zu spät für eine Umkehr, denn ihre Daseinsberechtigung war ein Wühlen in diesen tiefen, schwarzen Löchern ihrer Seele geworden. Das war ihr neuer Lebensinhalt.

Angefangen hatte alles vor ein paar Jahren mit ihrem ersten akademischen Abschluss, in der Phase der Vorbe-

reitung ihrer Dissertation. Der letzte Schritt vor dem Eintritt als Akademikerin in das Forscherteam, in dem sie mit ihrem Doktorvater zusammenarbeiten würde. Sie wollte den Namen dieses verfluchten Bastards nicht mehr aussprechen, auch nicht den des Fachgebietes, das er unterrichtete, und noch weniger wollte sie die Namen ihrer Kommilitoninnen, dieser Huren, in Erinnerung behalten. Mädchen, mit denen sie ein ganzes Semester lang Pläne und Träume, Vertraulichkeiten und unbeschwerte Nachmittage auf dem Uni-Campus, in den Studenten-Cafés und den angesagten Bars geteilt hatte, und die dann versucht hatten, ihr die Assistentenstelle zu entreißen, die ihr – nur ihr – zustand. Denn ihrer unbestrittenen Meinung nach war sie die Beste und Fleißigste, sicherlich die Begabteste und diejenige, die ihre Aufgabe mit Stolz und Ernsthaftigkeit ausfüllte. Sie war diejenige, die jeder andere Student vor einer Prüfung um Rat oder Unterstützung bat. Diejenige, bei der alle an die Tür klopften, um die strittigsten Punkte in den Prüfungsunterlagen noch mal durchzugehen. Ihre Kommilitoninnen, die sich plötzlich als Möchtegern-Kollegen angebiedert hatten, deren Quoten durch Leistungen in die Höhe geschnellt waren, die – da war sie sich absolut sicher – nichts mit dem Studium zu tun hatten.

Aber das Mobbing ging noch viel weiter. Sie hatten nicht gezögert, sie von jeder Art von Geselligkeit auszuschließen, sie geradezu zu ächten. Sie war aus sozialen Profilen geflogen, erst lächerlich gemacht, dann ganz gelöscht, aber vor allem hatten sie eine Intrigenkampagne der Diskreditierung um sie herum gestartet, vor allem bei den Dozenten, die prompt damit begonnen hatten, sie zu meiden und sie für eine ausgebrannte Verrückte zu halten.

Professoren, die, wie sie zwischen den Zeilen ihrer Kommentare nachlesen konnte, bestrebt waren, die Verbissene, Durchgeknallte, gefährlich Manische – die Rede war von ihr, Magdalena Dallobosco – zu isolieren. Sie hatten aus einer vielversprechenden Jung-Akademikerin eine Aussätzige gemacht. Schlimmer, als hätte sie Lepra.

Sie war immer noch eine gebildete Frau, die jetzt allerdings keine politischen Netzwerke und keine fördernden Paten an der Uni mehr hatte. Das war der Todesstoß für ihre akademische Laufbahn. Sie war zu einer fallengelassenen Frau, einer Gebrandmarkten geworden, mit der man sich nicht sehen lassen konnte und mit der keiner mehr etwas zu tun haben wollte. Die nicht bereit war, ihre Schenkel zu öffnen, um ihre Karriere zu fördern.

Sie alle hatten sie verraten und verdienten es nicht, von ihr beim Namen genannt zu werden. Man ruft die, die man hasst, nicht beim Namen. Denn Dottoressa Magdalena Dallobosco, angehende Universitätsdozentin, rausgeekelte Forscherin, hasste alle, mit denen sie an der Universität Genua zu tun gehabt hatte.

Und noch viel mehr hasste sie den gut aussehenden Mann aus einem anderen Unibereich, mit dem sie Hoffnungen und zarte Pläne von einer gemeinsamen Zukunft geteilt hatte. Er sei Träger des Wissens!, Pah!, hatte er sich aufgespielt, um sie zu beeindrucken. Als Hüter einer tieferen Wahrheit versuchte er sie und alle um ihn herum zu blenden, dieser arrogante Pinkel. Dahinter steckte aber auch nur ein junger Mann, der keine Sekunde gezögert hatte, sie für eine Studentin im zweiten Jahr zu verlassen. Eine dumme Ziege, die noch dazu von einer nur eingebildeten Schönheit strotzte, so vulgär, kalt und leer wie ein

Reagenzglas im Labor, in dem sie ihre jämmerliche Karriere mit nichts anderem als mit dem Einsatz ihrer Eierstöcke zum Erfolg führen wollte, weil sie zudem auch noch so schlau war, das einzusehen. Er erkannte nicht, dass sie nur darauf aus war, ihm ein Kind anzuhängen. Und dieser Idiot war so geschmeichelt, dass er darauf hereinfiel.

Er war ein Trottel, der in Lenas Gedanken perfekt durch das Konzentrat an Exkrementen definiert war, das er mit erstaunlicher Regelmäßigkeit ausstieß. Und der in ihren Gedanken per Definition Scheiße war. Der Scheißer, so nannte sie ihn, wenn sie an ihn dachte. Und so hatte sie ihn in den Posts, die sie ihm seit Wochen schickte, bis zum Erbrechen genannt. Bis eines Tages seine Telefonnummer nicht mehr erreichbar war, ihre Posts blockiert wurden und ihre Rache und Gerechtigkeitskampagnen ins Leere liefen.

Während sie diese erschreckende Bilanz ihres scheiternden Lebens mit Bestürzung abwog, nahm sich Lena kurz die Zeit, einen Blick auf ihren Wecker zu werfen, um festzustellen, dass die Zeiger langsam, aber stetig weitergekrochen waren: Seit dem Beginn dieses neuen Jahres, das von allen mit Begeisterung begrüßt wurde, waren erst wenige Minuten vergangen. Erstaunlicherweise schien der Sog, der von der unaufhaltsam verrinnenden Zeit auf ihrem tickenden Wecker ausging, mächtiger zu werden.

Sie starrte wieder verzweifelt an die Decke und beschloss, aufzustehen und zum Schrank zu gehen, in dem sie ihren Schnaps aufbewahrte. Es war, so schloss sie gerade, auch nur eine weitere Demütigung gewesen, dass niemand, absolut niemand auf die Idee gekommen war, sie zur Feier des letzten Abends des Jahres zu einer der zahllosen Silvesterpartys, die von den Studenten und Unimitarbeitern organisiert worden waren, einzuladen. Wut stieg in ihr auf.

Und Enttäuschung.

Ein Gefühl, an das sie sich nicht gewöhnen konnte. Sie war keine von denen, die irgendwann resignierten und nur noch vor sich hinvegetierten. Und sie wusste, was sie jetzt tun musste, um ihren Geist so weit zu vernebeln, dass ihre täglichen Demütigungen und Leiden verblassten und sie in eine andere Dimension eintreten konnte. Sie wusste, welche Flasche sie wählen musste. Sie stieg aus dem Bett und versuchte, in ihre Pantoffeln zu schlüpfen, ohne dass ihre Füße den eisigen Boden berührten, und sie spürte das kurze, graue Fell von Checca, ihrer Katze. Checca, die treue Checca, dachte sie. Für sie empfand sie eine tiefe Dankbarkeit, weil sie sie nicht enttäuscht, zurückgewiesen und verlassen hatte wie alle anderen. Allein schon wegen des Futters, das Lena ihr nie vorenthalten hatte, selbst in den trübsten Augenblicken ihrer Depression, in denen sie sich nur noch unter die Bettdecke verkriechen und warmhalten wollte. Sie, ihre Katze und der unbeugsame Geist Franchettas, ihrer neu entdeckten Gefährtin, waren die Einzigen, die sie nicht allein gelassen hatten. Die sie nicht verraten und im Stich gelassen hatten.

Und um Checca und ihr kurzes, graues Fell zwischen den Füßen zu spüren, brauchte sie nur aufzustehen. Um hingegen Franchettas Geist zu finden, musste sie sich nur wieder in ihre Laken legen, die schwerste und wärmste ihrer Bettdecken bis zum Kinn hochziehen, ihren Kopf auf das ganz platt gedrückte Kissen legen und einfach still daliegen. Es brauchte nur ein paar Gläser, vielleicht drei, von irgendeinem Schnaps, am besten aber von dem verführerischen Absinth, fast 70 Prozent Alkohol, und Franchetta Borelli würde an die Tür ihres Herzens klopfen. Und sie ließ sie ein, spürte die Wärme, die sie durchströmte, und ließ sich bereitwillig in Besitz nehmen.

Sie konnten eins werden. Sie beide könnten etwas empfangen, was bedeutender als der Kampf, die Niedertracht dieser Welt war. Dazu mussten sie in einer einzigen Existenz verschmelzen, in der es dann möglich wurde, sich wispernd das jeweilige tiefe Leid und die schweren seelischen Verletzungen in Demut und Offenheit gegenseitig zu gestehen. Und schließlich gemeinsam auf die Erlösung zu warten.

Die kommen würde.
Irgendwann.

Sie bewunderte Franchetta, diese starke, unnachgiebige Frau, weil Franchetta in ihrer Vorstellung haargenau so eine Dame war wie eine Frau zur damaligen Zeit – im 16. Jahrhundert – sein sollte: gebildet und großzügig, durchströmt von einem Geist der Brüderlichkeit und Nächstenliebe, und von wohltätigem Großmut gegenüber all jenen, die ihr Wissen brauchten. Es war dieses alte Wissen über die Heilkunst, das mit den Zutaten der Natur praktiziert wurde und flüsternd von der Großmutter zur Mutter und schließlich zur Tochter und Enkelin weitergegeben wurde. Seit Jahrtausenden.

Kräuter, die in den geheimsten Ecken des Landes beim richtigen Mondlicht gesammelt und dann gestoßen, zerrieben oder gekocht als Medizin verwendet wurden. Um körperliche Schmerzen zu lindern. Ein Wissen, das in dem wunderschönen Dorf Triora des 16. Jahrhunderts Franchetta und vielen anderen Frauen zum Verhängnis wurde, als 1587 der Wahn um sich ging und über dem kleinen, wunderschönen Dorf im Hinterland der Riviera die Hölle der Hexenhysterie ausgebrochen war.

Das Verhängnis war, dass Frauen wie Franchetta zwar heilen konnten, damit aber der Kirche und ihren Interpreten des allmächtigen himmlischen Geistes, die sich alleinig für Leid und Tod genauso wie für wundersame Heilung zuständig wussten, als ein unerhörter Affront empfunden wurden. Denn Heilen und Töten mit den Wundern der Tinkturen, Salben und Pülverchen waren für die Kirche zwei Seiten derselben Medaille.

Denn die Dosis macht das Gift.

Satan höchstpersönlich musste dahinterstecken – in den Augen der Kirche –, und er hatte die Heilerinnen besessen, und das auch durchaus im wörtlichen Sinn. Orgien und andere Ausschweifungen mit dem ziegenfüßigen Teufel, hysterisch befeuerte Unkeuschheit vor Gott, nackte, ekstatische Hexentänze waren zwar allesamt nur Erfindung und Dichtung der Ankläger. Aber gleichwohl ernst gemeinte und im Zweifelsfall Anklagen, die mit Folter und der Todesstrafe geahndet wurden.

Auch seelische Schmerzen wussten diese Frauen mit ihren Ölen und Wässerchen und vor allem auch mit ihren milden wissenden Worten zu lindern.

Ja, vor allem die seelischen Schmerzen.

Wurde ein Mädchen auf dem Feld vom Lehnherrn oder Pachtaufseher vergewaltigt und deshalb schwanger – die Heilerinnen wussten, wie man den armen Geschöpfen helfen konnte und die ungewollte Frucht im Leib wieder los-

wurde. Und diese Heilerinnen nahmen nicht einmal Geld für ihr Wissen und ihre Hilfe.

Frauen wie Franchetta, so sinnierte Lena weiter, gab es nicht mehr. Und heute gab es umso weniger noch jemanden, der ihren verlorenen Geist würde empfangen können, nachdem Franchetta auf so mysteriöse Art und Weise verschwunden war, nachdem sie sich nach der entsetzlichen Folter mit letzter Kraft aus dem Fenster des Palazzo Stella in Triora gestürzt hatte, ihre Leiche aber nie gefunden worden war. Es hieß, dass Satan höchstpersönlich sie im Sturz aus dem Fenster aufgefangen und sie in das Reich der Finsternis entführt habe. Seitdem quält sich Franchettas Seele und bettelt um Erlösung. Und diese Erlösung konnte nur mithilfe einer ebenbürtigen Frau gelingen, einer Schwester im Geiste, als die sich Lena Dallobosco zunehmend fühlte.

Einer Schwester, die im Hier und Jetzt die gleiche Grausamkeit und Verfolgung durch ihre Umgebung ertragen muss, der sich Franchetta damals auch ausgesetzt sah.

Und deshalb hatte Lena – Dottoressa Magdalena Dallobosco – sich eingeredet, dass die Öffnung ihres eigenen Geistes für die Erscheinung Franchetta Borellis ein ganz wunderbares Privileg sei, dessen nur sehr wenige Frauen würdig waren.

Lena fühlte sich dazu wie auserkoren.

Für den Rest der Welt war Franchetta Borelli eine Hexe, die vor vier Jahrhunderten in den berühmten Triora-Prozessen angeklagt und grausam gefoltert worden war. Eine Figur, die an die dunkle Zeit der Inquisition erinnerte und tiefen Respekt vor der Tragödie weckte, in die

Franchetta auf schreckliche Weise hineingezogen worden war. Doch alles, was Lena bei Tageslicht im strahlenden Sonnenschein Genuas klar war, wurde bei Einbruch der Dunkelheit zu etwas völlig anderem. Denn Franchetta hörte auf, die Schwester zu sein, die sie nicht hatte und mit der sie gerne eine Freundschaft für die Ewigkeit geschlossen hätte. Franchetta und ihr grausames Schicksal wurden schleichend zum Mittelpunkt ihres eigenen Lebens. Lena brauchte keinen Trost mehr bei anderen Menschen zu suchen. Kein Mitgefühl oder Verständnis. Denn da war Franchetta Borelli. Und in einem langsamen, unaufhörlich voranschleichenden Prozess – ähnlich wie die Zeiger ihres Weckers sich weiter drehten – wurde sie selbst zu der Frau, die der Hexerei bezichtigt worden war. Bis Lena und Franchetta zu einer Person wurden. Fähig, sich gegen eine Welt zu behaupten, die sie beide nicht verdiente.

Magdalena Dallobosco hätte für immer in dieser Dimension gelebt, für jede einzelne Stunde ihres Lebens, wenn sie nur gekonnt hätte. Wenn sie den geheimen Zaubertrank gehabt hätte, der diese Leichtigkeit und Kraft, die sie in den authentischsten Momenten ihrer tiefsten Gefühle empfand, für immer festhalten konnte.

Aber das war unmöglich.

Es gab eine unheimliche, albtraumhafte Präsenz, eine weitere nächtliche Erscheinung, die auf ihrem Bett saß und die Reinheit und Klarheit von Franchettas Anwesenheit trübte.

Es war ein Mönch.

Ein hagerer Mönch mit einem langen Bart, der sein Gesicht verbarg, das unter der Kapuze seiner Kutte nur an den leuchtenden Augen zu erkennen war. Ein Mönch, der am Fußende ihres Bettes saß und ihren Schlaf mit einem unverständlichen Klagelied begleitete, das bis in die Anfänge der Zeit zurückreichen musste. Und dann weckte der Mönch sie auf. Sie war atemlos, schweißgebadet und konnte weder schreien noch zum Trost ihre Katze rufen. Schwitzend und hilflos horchte sie auf ihr rasendes Herz und ihren flachen, hastigen Atem in der Gegenwart dieser Gestalt, die pünktlich jede Nacht auftauchte. Und immer die gleiche Klage wiederholte: »Franchettas Seele ist verloren. Du musst sie retten aus den Klauen Satans! Nur ein Akt der Rache kann ihre Seele aus den Fängen des Leibhaftigen befreien. Vollbringe es!«

So murmelte der Mönch mit den glühenden Augen monoton, am Ende von Lenas Bett sitzend, Nacht für Nacht. So lange, bis ihre Seele anfing zu brechen und sie anfing, sich geschlagen zu geben und der Wille in ihr, der Forderung des Mönchs auf ihrem Bett nachzukommen, mächtiger und mächtiger wurde. Und nichts würde sie, Magdalena Dallobosco, ablenken oder gar davon abhalten können, ihre Rachepläne zu verwirklichen. Tag für Tag ausgearbeitet, Monat für Monat. Seit nun zwei Jahren schon. Pläne, die sie mit ihrer seelenverwandten Schwester, Franchetta Borelli, in die Tat umsetzen würde.

Anscheinend brauchte niemand Lena in diesem Leben mehr, niemand wollte etwas von ihr wissen, alle hatten sie verraten oder einfach verlassen, wie einen streunenden, überflüssigen Hund. Sie würde ihre Schwester nach 400 Jahren der Qual befreien, das wusste sie.

Dafür lebte sie. Zusammen mit ihrer Hilfe würde sie es schaffen.

Sie brauchte nur Geduld.

Und Zeit.

Und Wissen.

Und Franchettas Hilfe.

Und wenn es das Letzte wäre, was sie mit jemandem gemeinsam tun würde.

Lena schubste die Katze Checca mit dem Fuß beiseite, schlurfte durch ihr Zimmer und stützte sich an dem Ungetüm von Kredenz aus dunklem Holz ab. Gerade als ein Böller mit fürchterlichem Krach unter ihrem Fenster explodierte, öffnete sie die Schranktüre und nahm die grüne, halb leere Flasche Absinth, die sie bei einem Händler im Hinterland gekauft hatte, in die Hand. Aus Triora stammte der Assenzio, das Wermut-Kraut, aus dessen Blüten und Blättern die lange Zeit verbotene Spirituose Absinth hergestellt wurde. Unter der Hand gekauft – das hatte der Händler ihr versichert – war in seinen Flaschen besonders viel Thujon enthalten, der vor allem anderen psychoaktive Wirkstoff, der Absinth so besonders machte und dem schon Genies wie Paul Gauguin, Ernest Hemingway oder Vincent van Gogh verfallen waren. Die grüne Fee, so nannte man den Absinth, verhalf auch heute noch zu kreativen Höchstleistungen.

Lena nahm einen kräftigen Schluck – direkt aus der Flasche.

5. KAPITEL

Triora, 31. Oktober

»Und?«, fragte Gallo den Maresciallo Amadori, »haben Sie sich schon eine Meinung bilden können, ob es sich tatsächlich um Mord handelt und wenn ja, um welche Art?«

Claudio Giostra nestelte an seinen Gummistiefeln herum, die wohl einige Nummern zu klein für ihn waren. Er war ein schwerer Mann, mit großen Füßen. Er schielte nach den anderen verfügbaren Paaren, aber sie waren alle mehr oder weniger von der gleichen Größe. Er spitzte jetzt die Ohren und war gespannt, was der erfahrene Chef der Carabinieri zu sagen hatte.

»Der Mann ist nicht zufällig erschossen worden. Sie werden es ja selbst sehen, wenn wir oben bei der Leiche sind. Über das Motiv kann ich nicht spekulieren, da kommt jede Art von Motiv infrage. Es wäre voreilig, sich jetzt schon auf eine Richtung festzulegen. Aber ja, der tote Mann ist umgebracht worden. Das steht in meinen Augen fest.«

Gallo nickte. Er traute dem Commandante der Carabinieri.

Claudio Giostra zog die Augenbrauen nach oben. Das sah nach Arbeit aus, nicht nur nach einem Ausflug. »Ich bleib dann mal hier beim Wagen und hör mich mal um«, sagte er an Gallo gewandt. »In diese Stiefel hier komme ich auf jeden Fall nicht rein.«

»Okay, Claudio. Sprich mit den Kollegen von der Polizia Locale. Lass dir erklären, wann sie kontaktiert worden sind, von wem und was sie dann gemacht haben. Den genauen Ablauf, seit dem Zeitpunkt, wo die Leiche entdeckt worden war. Routine halt. Schreib alles auf, damit wir es uns später ansehen können.« Und an Benzina gewandt: »Benzina, ich möchte, dass du mit den Rangers hier redest. Die kennen sich am besten aus. Versuch mal, ob du was rauskriegst. Wann sie losgegangen sind, wer, wo und wann der Schuss gehört worden ist, von wo sie kamen und wohin sie gehen wollten. Okay? Alles ganz informell im Plauderton. Bring sie zum Reden, lass sie sich an alles erinnern. Du kannst das. Antonio und ich gehen mit dem Maresciallo Amadori zum Fundort der Leiche. Wir nehmen einen der Rangers und den jungen Mann von der Polizia Locale mit. Ich sehe mir das mal an, um vor allem der Kriminaltechnik Hinweise geben zu können, mit welchem Gelände sie es zu tun haben.

Im freien Gelände, mitten in der Natur, ist es kompliziert. Da müsste schon ein größeres Team aus Imperia, wenn nicht sogar aus Genua kommen.«

Gallo prüfte, ob die Taschenlampe voll aufgeladen war, und blinkte zweimal mit dem hellweißen, weit reichenden gebündelten Lichtstrahl, der, wenn er auf die Netzhaut traf, vorübergehende Blindheit verursachen konnte.

»Danach treffen wir uns wieder hier am Auto.«

Benzina legte zu einem angedeuteten militärischen Gruß zwei Finger an seine Schlägermütze, und blitzschnell wanderte der Zigarrenstumpen von einem Mundwinkel zum anderen.

Gallo grinste. Unser Mann.

Er war fertig und stand auf. Mit einem prüfenden Blick sah er zu Antonio. Rubbano trug jetzt zu seinem dunklen Anzug und dem weißen Hemd mit Krawatte dunkelgrüne Gummistiefel. Seltsamerweise hatte er ein Hosenbein im Stiefelschaft stecken, das andere Hosenbein aber trug er oberhalb der Stiefel. Commissario Gallo sah zu ihm auf, wollte etwas sagen – und ließ es bleiben.

Er sah sich das abschüssige Terrain an, auf das sie gehen mussten, um zum Fundort der Leiche hinabklettern zu können. Erste Umrisse waren bereits erkennbar. Der Tag ließ nicht mehr lange auf sich warten. In der feuchten Frühmorgendämmerung, die langsam die Dunkelheit des ligurischen Hinterlands vertrieb, stapften sie in den ungewohnten Gummistiefeln los, und Commissario Gallo, hinter ihm im Gänsemarsch sein treuer Begleiter Antonio Rubbano, vor ihm der Rücken des Maresciallos der Carabinieri, bahnte sich einen Weg durch das dichte Unterholz, das den steilen Aufstieg bis zum Monte Saccarello säumte. Die Luft war erfüllt vom feuchten Duft der Erde und dem würzigen Aroma der mediterranen Vegetation, die in dieser abgelegenen Region Italiens so üppig gedieh. Es war zwar noch dunkel, aber nicht mehr die undurchdringliche Schwärze der Nacht, denn ein erster Lichtreflex der Atmosphäre sorgte zumindest dafür, dass sie Umrisse erkennen konnten. Die kompakten, aber starken LED-Taschenlampen in ihren Händen ließen im Rhythmus ihrer Schritte taghelle, kreisrunde und scharf umrissene Lichtkegel tanzen.

Während sie durch das dichte Grün erst sanft, dann abrupt steiler hinabstiegen, kam das Gespräch auf die Wildschweinplage, die die Gegend heimsuchte.

»Hat sich die Zahl der Wildschweine so stark vergrößert in letzter Zeit?«, fragte Gallo nach hinten.

Der zwei Mann hinter ihm gehende Hüter erklärte: »Ja, Commissario. Die Jagd auf diese robusten Tiere ist das ganze Jahr über notwendig, um ihre Zahl in Schach zu halten und die empfindliche Balance des Ökosystems zu wahren. Die Wildschweine, die in den dichten Wäldern und auf den verlassenen Feldern der Berge Zuflucht finden, sind sowohl eine Bedrohung für die natürliche Flora als auch für die mühselig bewirtschafteten landwirtschaftlichen Flächen, die sich hier überall mutig an die steilen Hänge klammern.«

Er keuchte im Gehen, wollte dem Commissario aber einen möglichst geschliffenen Bericht abgeben.

»Sie kommen seit Neuestem auch in die Dörfer, wühlen überall alles durch. Die Bachen mit den Kleinen sind die Schlimmsten. Selbst unten an der Küstenstraße, 30 Kilometer weit weg, führt das immer wieder zu Unfällen.«

Rubbano ratterte los: »In ganz Ligurien nimmt man an, dass es 100.000 Wildschweine gibt. Davon sind 45.000 zum Abschuss freigegeben. Tendenz steigend. Der Mensch ist ihr einziger natürlicher Feind. Die paar Wölfe oder Bären, die sich in Ligurien herumtreiben, spielen bei der Eindämmung der Population keine Rolle. Es stimmt, die Jagd auf Wildschweine ist ganzjährig erlaubt. Aber es reicht bei Weitem nicht aus, um das Gleichgewicht zu halten.«

Als sie eine überwucherte Steinterrasse überquerten, die so charakteristisch für das ligurische Bergland sind, wiesen die Waldhüter auf die Spuren alter Weizenfelder hin, die sich einst bis zu den unglaublichen Höhen von 1.900 Metern über Meeresspiegel erstreckten. Korn von unglaublicher Qualität wuchs hier bis dicht an die Baumgrenze.

Gestrüpp, dachte Gallo, zumindest war es in Gallos Augen Gestrüpp, durch das er stapfte. Aber die fein duftenden Aromenbomben, die bei jedem Schritt in seine Nase stiegen, konnte er nicht ignorieren. Aber für ihn sah es aus wie Gestrüpp. Das geschulte Auge eines Botanikers oder eines Heilkräuterpädagogen würde Folgendes entdecken: Salbei, wilden Thymian, die Alraune, Wermut, den berühmten und gefürchteten Absinth, Johanniskraut, süß duftende Robinien, Frauen-Farn und Frauen-Minze, Knoblauchrauke und wilden Fenchel, Pimpernelle und Origano, dazu grünen und lilafarbenen Spargel, Beeren wie Myrte, Him- und Brombeeren und das alles wild, überall spontan wuchernd und in Massen.

Gallo, tief in Gedanken versunken, lauschte den Erklärungen der Waldhüter über das milde Mikroklima des Monte Saccarello, das ein Paradies für die vielfältigsten Pflanzenarten des Mittelmeerraums schuf. Hier, in diesem abgeschirmten Tal in der westlichsten Ecke Italiens, gediehen Heilpflanzen wild und ungezähmt, ein lebendiges Archiv der Naturheilkunde, das seit Jahrhunderten von den weisen Frauen der Region genutzt wurde. Wermut und Wildblumen, Gewürze und aromatische Sträucher bildeten nicht nur den Kräuter- und Gewürzgarten der ligurischen Küche, sondern waren auch ein unerschöpfliches Reservoir für die Naturapotheke der Menschen, seitdem frühe Siedler versucht hatten, damit zu heilen. Es war ein dichtes Gewebe des Lebens, das sich seit Jahrtausenden über die Hänge ausbreitete.

Rubbano, dessen Geist wieder tief in der Geschichte und den Traditionen eingetaucht war, bestätigte die Bedeutung dieser Heilpflanzen. Er erzählte Gallo, während er im Gänsemarsch hinter ihm her stapfte, von den weisen Frauen, deren Kenntnisse und Fähigkeiten weit über die Grenzen Trioras hinaus bekannt und geschätzt wurden. Diese Frauen, die einst als Heilerinnen verehrt wurden, waren die Hüterinnen eines uralten Wissens, das von Generation zu Generation weitergegeben wurde.

Doch während sie so durch die Wildnis stiegen, konnte Gallo nicht umhin, sich zu fragen, warum diese Frauen, die so viel Gutes bewirkt hatten, so vehement verfolgt worden waren. War es Angst, Unwissenheit oder vielleicht Neid, der die Hexenjagden antrieb, die einst diese friedlichen Täler und Hügel heimsuchten?

Und noch etwas geschah mit Gallo: Rubbanos Erzählungen, die nächtliche Fahrt weg von der turbulenten, heiteren Küste in das üppige Hinterland hatten Gallos Empfindung verändert. Das blieb nicht ohne Wirkung auf ihn. Jetzt, wo seine Füße in den Gummistiefeln den Boden berührten und Äste und Blätter seine Arme und sein Gesicht streiften, er die frische, würzige Bergluft atmete, war es, als spüre er einen Kraft-Ort, von dem er wusste, dass man ihn im Laufe eines Lebens zwar finden konnte, aber den er für sich noch nie gefunden hatte. Vielleicht war es nur der Nachhall der Gedanken an das, was er an Informationen aufgenommen hatte und was sein Gehirn, das über eine enorme Vorstellungskraft verfügte, damit anstellte, aber trotzdem spürte er es fast körperlich: Hier war etwas anders. Hier ging etwas vor sich, was ihn nicht kaltließ. Es war ein Gefühl der Tiefe. Es spürte eine Verbindung zwischen den Sträuchern und Bäumen, den Felsen und Tälern, der Erde unter seinen Füßen und der Luft des Himmels in seinen Lungen, den Düften in seiner Nase und schließlich dem Firmament, dessen Sterne im langsam heller werdenden Licht verblassten. Wasser hatte in Jahrmillionen den Stein um sie herum geformt. Bäume und Pflanzen hervorgebracht, und wie an sonst keinem Ort, den Gallo bisher besucht hatte, spürte er hier, dass es eine perfekte Balance gab zwischen dem, was die Urkräfte des Universums geschaffen hatten, und dem, was die Menschen damit anstellten. Hier war nichts von einer brutal vorangetriebenen Umformung der Natur durch den Menschen spürbar, wie in anderen Teilen der Welt. Das lag auch daran, dass das Gebiet des Valle Argentina zerklüftet, bergig und von tiefen Schluchten durchzogen war.

Hier war vieles noch im Einklang. Hier waren Mensch und Natur eine Symbiose eingegangen, die Sinn machte und den natürlichen Fluss der Dinge nicht störte. Dieses Empfinden und seinen Bezug zu seiner unmittelbaren Umgebung wurden mit jedem Schritt, den Gallo zurücklegte, deutlicher.

Er war auf einmal wacher. Verbunden. Und respektvoll seiner Umgebung gegenüber.

Verbunden, grübelte er im Gehen. Das war es. Er war Teil der Erde, auf der er ging. Was er so noch nicht kannte. Er war mit den Dingen verbunden. Selbst die Schauermärchen über Krieg und vor allem den Hexenwahn, den Rubbano und Claudio Giostra erwähnt hatten, verloren ihre Abstraktion, sie wurden für Gallo auf einmal real.

Dass das alles Jahrhunderte zurücklag, spielte auf einmal keine Rolle mehr.

Er wusste nur noch nicht, wie alles verbunden war und warum er das so deutlich spürte.

»Vorsicht, Tomas«, rief Antonio Rubbano ihm plötzlich von hinten zu, »nicht da hintreten, das ist ein Safranfeld.«

Gallo hatte es nicht erkannt. Er stoppte. Vor ihm lag ein gepflügtes Feld, das etwa 150 Meter lang und zehn Meter breit war. Erst bei näherem Hinsehen im Schein der Taschenlampe erkannte Gallo, dass hier etwas angepflanzt worden war: In ordentlichem Spalier standen Reihen von etwa sechs bis zehn Zentimeter hohen kleinen Pflänzchen, deren grüne Blütenkelche fest geschlossen waren. Ein sorgfältig gepflegtes Safranfeld breitete sich über die ganze Länge des Plateaus aus, Gallo stellte sich ein Mosaik aus zarten, blassen Blüten vor, die ihre Blütenkelche allerdings jetzt noch fest geschlossen hatten. In der milden Oktobersonne, in ein paar Stunden, läge ein Meer aus sanften Purpur- und Lilatönen vor ihnen.

Dieses Plateau, bemerkte Gallo erst jetzt, war ein verborgenes Juwel in den ligurischen Alpen. Es war ein atemberaubender Anblick. Etwa 100.000 Safranpflanzen waren auf mehreren übereinanderliegenden Terrassen in akkuraten Reihen angeordnet, jede einzelne sorgfältig gepflegt, um das kostbare Gewürz zu produzieren, das seit Jahrhunderten als das rote Gold Liguriens galt. Die Sonne, wenn sie hoch am Himmel stehen würde, tauchte das Feld in ein warmes Licht, das die Farben der Blüten zum Leuchten brachte und eine fast unwirkliche Atmosphäre schuf. Und jetzt war die beste Erntezeit. Kurz vor Morgengrauen, wenn die Kelche noch geschlossen waren. Im

August gepflanzt, wuchsen die wertvollen Blütenstempel, die von Hand herausgezupft werden mussten, zu voller Reife heran.

»Safran wird im Morgengrauen geerntet«, sagte der Ranger, »würde mich nicht wundern, wenn die Pflücker gleich auftauchen.«

»Sie werden sich gedulden müssen«, sagte Gallo, »bis wir die Gegend wieder freigeben.«

Am nördlichen Ende des Feldes, dort, wo das Plateau sanft zu den angrenzenden Wäldern abfiel, hatte sich die Jagdgesellschaft versammelt. Die Gruppe, bestehend aus sechs lokalen Jägern und zwei Carabinieri aus der örtlichen Kaserne, wirkte fast deplatziert in dieser friedvollen Szenerie.

Die Jagdgesellschaft begrüßte die Ankömmlinge mit einer Mischung aus Respekt und einer gewissen Zurückhaltung. Sie traten verlegen von einem Fuß auf den anderen, nestelten an ihren Gewehren mit den geöffneten Läufen herum, die lässig über ihre Unterarme hingen, und zwei von ihnen, die geraucht hatten, traten ihre Zigaretten in der Erde aus. Es war offensichtlich, dass die Anwesenheit der Polizei eine Unterbrechung ihrer Routine darstellte, doch die Ernsthaftigkeit der Situation ließ keinen Raum für Missverständnisse. Ein Verbrechen hatte sie alle hierhergeführt, an diesen abgelegenen Ort.

6. KAPITEL

Genua, Frühjahr 2023

Schon sehr früh am Tag saß Lena in der großen, altehrwürdigen Bibliothek von Genua. Immer öfter war sie in den letzten Monaten vor sich selbst hierhin geflohen. Sie war überzeugt davon, dass sie sich von der Welt, die da draußen ihrem banalen Leben nachging, endgültig abwenden musste. Diese Welt war schuld daran, dass sie sich unrein fühlte, besudelt und der Liebe oder des Vertrauens ihrer Mitmenschen unwürdig. Und dass es niemanden da draußen mehr gab, der ihre Liebe oder ihr Vertrauen verdiente.

Mit einer einzigen Ausnahme.

Wenn der Mönch, der nachts an ihrem Bett saß, vor dem Tageslicht floh und bis zur nächsten Nacht, bis zu ihrem nächsten Traum verschwunden war, floh Lena immer öfter in die große Bibliothek der Universität Genua und beschäftigte sich mit dem Studium alter, staubiger Folianten. In ihnen suchte sie nach der Zauberformel, die es ihr ermöglichte, die Aufrechterhaltung ihrer besonderen Form des Überlebens noch viel mehr zu vertiefen und mit deren Hilfe sie sich gleich einer totalen Symbiose in Franchetta verwandeln konnte.

Um sich gegen ihre Schwermut zu wappnen, konzentrierte sie sich ganz auf ihre kleine, eng begrenzte Welt, in der sie die Zeit meistens liegend verbrachte. Denn sie vermied es zu gehen, wenn sie stehen, zu stehen, wenn sie sitzen oder zu sitzen, wenn sie schlafen konnte. Sie versuchte vor allem, nicht zu denken – so spürte sie ihre Einsamkeit weniger.

Sie hatte sich etwas zu essen mitgebracht. Ein Stück Gebäck, das berühmte Olivenbrot, die Focaccia, erworben mit gesenktem Blick an einem Stand auf dem Markt. Ihre Hände glänzten jetzt von dem Olivenöl, als hätte sie beschlossen, sich mit einer heilenden Wunder-Salbe zu beträufeln, die all ihre irdischen Leiden lindern könnte. In Wirklichkeit hatte sie nur beschlossen, ihren Geist mit ihrer Lieblingslektüre zu nähren und gleichzeitig zwei Slerfe (Stücke) der typischsten Genueser Focaccia an ihren Körper zu verfüttern, über den sie, ihrer Meinung nach, keine Kontrolle mehr hatte. Denn mit einer Resignation, die oft an Selbstgefälligkeit grenzte, nahm sie an Gewicht zu und schwoll wahrscheinlich sogar durch den Alkohol noch mehr an. Absinth. Eine Art Zaubertrank zur Aufrechterhaltung ihrer Illusionen.

Alles andere spielte für sie keine Rolle mehr. Sie war nur noch ein Schatten des Teenagers, der sie einst gewesen zu sein glaubte. Interessant, aufgeweckt, mit einem Körper wie eine Gazelle, und hübsch genug, um an einem Samstagabend nie allein zu sein. Und später eine unabhängige und forsche junge Frau, die es sich leisten konnte, sich nicht jede Nacht allein im Bett wiederzufinden, wenn sie es wünschte. In der Lage, jedes männliche Exemplar, das auch nur daran gedacht hatte, ihre Erwartungen zu enttäuschen, ohne Bedauern abzuservieren, was auch immer diese Erwartungen sein mochten.

Lena Dallobosco, die die 40 überschritten hatte, war sich bewusst, dass sie zu einer anderen Person geworden war, die von fast allen, mit denen sie einst aus den unterschiedlichsten Gründen Beziehungen hatte, gemieden wurde.

Die Bibliothek, eine der vielen, die sie regelmäßig besuchte, hatte vor Kurzem ihre Tore geöffnet. Der Lesesaal, der mit prächtigen Stilmöbeln und kostbaren Bänden aus allen Epochen ausgestattet war, war hell und verwaist. Die durch die schweren Möbel gedämpfte Atmosphäre ließ einen Hauch von Freiheit zu, mit Blick auf die Dächer von Genua und das Meer in der Ferne, auf dem große Schiffe sich durch die Wellen des Meeres an der Levante pflügten.

Sie hatte wahllos ein Buch ausgesucht und auf den Tresen am Empfang gelegt, um es registrieren zu lassen. Inzwischen kannte man sie, und mit dem diensthabenden Mädchen, einer Studentin, hatte sie noch nicht einmal die üblichen Höflichkeiten austauschen müssen. Small Talk war ihr verhasst. Er war lästig zu jeder Tageszeit, unerträglich früh am Morgen.

Bei dem Buch handelte es sich um einen seltenen Bericht über eine Seereise, der auf Originaldokumenten aus dieser Zeit beruhte und alle Aspekte der damaligen Neuen Welt abdeckte. Es war weder verstaubt, wie man vielleicht erwartet hätte, noch war es ramponiert. Und auch Lena würde es weder zerfleddern noch Eselsohren umknicken oder mit fettigen Fingern Flecken darauf hinterlassen. Denn sobald sie ihren üblichen Platz am Fenster mit Blick auf die sonnenverwöhnten Gärten Liguriens eingenommen hatte, schlug sie die Abhandlung sorgfältig auf. Und gleich darauf hatte sie ein anderes Buch aus ihrer Tasche geholt. Eines von den Büchern, nach denen sie mit zielge-

richtetem Eifer die Stände der Buchhändler durchkämmte. Es war eines von den inzwischen beachtlich vielen Büchern ihrer Sammlung, die von den Hexenprozessen von Triora erzählten, aber auch von der Inquisition im Allgemeinen oder ganz einfach von den armen Schluckern, die in dieser tragischen Falle gelandet waren, die die brutale Ignoranz der Menschen vor bald 400 Jahren gestellt hatte.

Was sie heute mitgebracht hatte und gut getarnt hinter dem Reisebericht studieren wollte, enthielt nicht etwa verschollene Gerichtsakten, sondern lediglich eine Reihe von Briefen und Dekreten, die zwischen den verschiedenen kirchlichen und zivilen Behörden in den turbulenten Jahren Ende des 16. Jahrhunderts zirkulierten. Es war die Korrespondenz, die sich die echten Akteure der Inquisition hin- und hergeschickt hatten. Sie enthielten Namen, Zahlen, Anklageschriften und detaillierte Beschreibungen, welche der grausamen sogenannten peinlichen Befragung zu erfolgen hatte, denen die Frauen von Triora sich ausgesetzt sahen: die Arme auf den Rücken gebunden und dann die gefesselten Handgelenke nach oben gezogen, bis die Schultern auskugelten. Nackt ausgezogen, in ein Leinenhemd gesteckt und dann stundenlang rittlings auf einen scharfkantigen hölzernen Bock gesetzt. Franchetta musste 32 Stunden so verharren, das Blut aus ihrem zerquetschten Schoß rann ihre Beine hinab, die Schmerzen waren unerträglich, und sie begriff, dass sie nie wieder Kinder bekommen könne.

Und doch gestand sie nichts von dem, was man von ihr verlangte. Sie biss die Zähne zusammen und litt stumm. Und Lena würde diese Beschreibungen zum hundertsten Mal immer wieder lesen. Um immer wieder in den dazu

angefertigten Protokollen diese unsinnigen Rechtfertigungen nachzuvollziehen und die kaum verschleierte Lust an den grausamsten Folterungen zu erfassen. Auch das war eine überlebenswichtige Übung für Lena geworden. Denn es diente ihr dazu, nicht zu vergessen.
Und um sich selbst daran zu erinnern zu hassen.

Lena sah aus dem Fenster. Ihr Blick verlor sich in den verschwommenen Konturen der bereits herbstlichen Bäume vor dem Fenster.
Ihre langen, schwarz emaillierten Nägel versenkten sich nun in den Teig des Fladenbrotes, als würde sie sie in das Fleisch derer graben, die ihr – und ihrer Schwester im Geiste, der stolzen Franchetta – wehgetan hatten. Mit der anderen Hand blätterte sie schnell die Seiten um, auf denen sich die Spuren eines jeden einzelnen Tages fanden, an dem sie sie gelesen hatte. Wie das Öl auf dem Gebäck oder die Röte ihrer Wangen, die sich zu einem starren, grausamen Ausdruck verzogen. Oder wie die Tränen, die ihr nicht selten über das Gesicht liefen, wenn sie über die dramatischsten Momente im Leben ihrer anderen Schwestern las, die an dem schrecklichen Triora-Prozess beteiligt waren. Dieselben, die Franchettas tragisches Schicksal geteilt hatten. Und damit auch ihr eigenes Schicksal. Denn inzwischen waren ihres und Franchettas Leben eins, wie sie es sich jeden Abend wiederholte, bis ihr Blick unter der Wirkung des starken Alkohols verschwommen war. Und sie an ihrem Bett den murmelnden Mönch mit seinen Beschwörungen erwartete: Sie gab ihm das anspruchsvollste Versprechen, das sie in den Momenten ihrer größten Verzweiflung geschworen hatte. In die-

sen Momenten, wenn die Ungerechtigkeiten der Welt an sich und die Ignoranz und Gleichgültigkeit der Menschen im Besonderen sie in dunkle Abgründe der Verzweiflung stürzten, konnte sie durch ihren Schwur aus Raum und Zeit fliehen, weg von all denen, die sie verraten hatten und mit denen sie nicht mehr sein wollte. Wie Franchetta es gemacht hatte: sich aus dem Fenster stürzen und zu einem Geist werden.

Ihre Leiche war schließlich nie gefunden worden. Damit war sie ein höheres Wesen geworden. Franchetta musste sich mit einem Schlag nicht mehr der Niedertracht ihrer Mitmenschen aussetzen. Genauso, wie sie – Lena – es lange Zeit in ihrem eigenen Leben tun musste. Die loyale, mit allen befreundete Studentin Lena, oder später die stets hilfsbereite Möchtegern-Akademie-Forscherin. Nicht als das Mädchen, das feste Beziehungen gemieden hatte, um sich ihrer Karriere zu widmen, in die sie alle Energie investiert hatte, wollte sie weiterleben.

Sondern als Hexe.

Immerhin das zwangsläufigste Versprechen. Wenn die Welt unbedingt böse Hexen brauchte, dann würde sie die beste sein. In der Tat die schlimmste. Diejenige, die kein Bischof oder irgendein anderer Amtsträger sich jemals trauen würde, in einen feuchten Turmkerker zu sperren. Eine Hexe, die niemand je vergessen würde, nicht einmal im obszönsten Heulen stürmischer Nächte.

Mit fieberroten Augen wünschte Lena, von der Bibliothek nach Hause zu fliehen, sich nackt auszuziehen, sich ein grobes Leinenhemd über den Kopf zu ziehen, wie es Franchetta tragen musste, und sich mit hämmerndem Herzen ins Bett zu legen.

Die Augen zu schließen, damit ihr Atem sich beruhigte und ihr Puls wieder runterkam. Nachdem dieser Moment vorüber war und sie ihr feierliches Versprechen mit all der Heftigkeit, zu der sie fähig war, erneuert hatte, stellte sich dann der übliche nächtliche Albtraum ein.

Der Mönch saß auf ihrem Bett. Gekleidet in seine Kutte, die mit einer blutroten, ausgefransten Schnur um seine Taille geschnürt war. Eine Kordel, die vom Blut so nass war wie ihre schweißgetränkte Stirn. Oder wie ihr Schoß, in den seltenen Momenten, in denen das Fleisch sie an ihr biologisches Wesen erinnerte, das sie tagsüber mit aller Macht unterdrückte. Eine Schnur, die aussah, als sei sie in Blut getränkt und die drohte, ihre Laken, die in ihren Augen bereits mit einer abscheulichen Bosheit und Verkommenheit durchtränkt waren, noch mehr zu beschmutzen, und die sich ebenso schnell oder gar noch mehr ausbreitete als ihr anschwellender Körper.

Ein Schütteln durchzuckte Lenas Leib. Sie schluchzte innerlich. Nur langsam kam sie wieder zu sich, nur allmählich ließ die Obsession nach.

Wie lange hatte sie so dagesessen, versunken, träumend und zitternd vor Aufregung?

Sie sah auf. Der Duft des Gebäcks schwebte noch immer in dem Winkel der Bibliothek, in dem die tief stehende Herbstsonne jetzt ihre Lichtinseln zeichnete. Auf der Bank aus massivem Holz waren die Krümel in sicherem Abstand zu dem bald zurückgegebenen Traktat über die Neue Welt geblieben, während jetzt allmählich die Zeit gekommen war, das mit Öl und Tränen beschmutzte Buch über Franchetta zu schließen. Lena steckte es zurück in ihren Rucksack. Dann wischte sie sich die Hände mit einem feuchten

Hygienetuch ab und zog mit noch feuchten Fingerspitzen ein kleines Märchenbuch heraus, so eines, wie sie es als Kind immer wieder gelesen hatte. Als sie noch glaubte, die Welt sei in Gut und Böse unterteilt. Und diese Märchenbücher hatten ihr den Glauben eingeflößt, dass Hexen böse und hässliche Frauen waren, die gute und schöne Mädchen jagten.

Jetzt wusste sie, dass das nicht stimmte.

Um sie herum hatte sie schon lange keine schönen und guten Mädchen mehr gesehen. Achtlos riss sie eine Seite aus dem Heft, das falsche Märchen erzählte, heraus und trocknete sich mit diesen Lügen die Hände. Es gab keine gute Welt, und in ihr gab es gar keine guten Menschen.

Das galt jetzt – und für immer.

7. KAPITEL

Safranfeld Triora, 31. Oktober

Triora, ein Safranfeld.

Commissario Gallo schloss zu Maresciallo Amadori auf, der vor der Jagdgesellschaft angehalten hatte.

»Das hier ist Commissario Gallo aus Sanremo von der Polizia di Stato. Dahinter ist Vize-Inspektor Antonio Rubbano. Das Kommissariat in Sanremo hat die Ermittlungen übernommen, nachdem der PM, der Vize-Staatsanwalt Bevilacqua, das so angeordnet hat.«

Er machte eine Kunstpause. Gallo sah an seinem feinen Lächeln, dass er keineswegs böse war, trotz der Spitze in seine Richtung.

»Bitte beantworten Sie die Fragen nach bestem Gewissen, der Commissario wird Ihnen sagen, wann Sie wieder gehen können. Und danke, dass Sie auf uns gewartet haben«, fügte er streng hinzu.

Amadori trat einen Schritt zurück und überließ Gallo das Feld.

»Wie gesagt, Gallo ist mein Name, Tomas Gallo. Zuerst die wichtigste Frage: Wer hat die Leiche entdeckt?«

Da auf Anhieb keiner der Jäger sich zum Wortführer machen wollte, sah Gallo dem, der am forschesten aussah, direkt in die Augen.

»Sie? Haben Sie die Leiche entdeckt?«, fragte er und legte seinen Kopf ein klein wenig schief, »und wie heißen Sie, bitte?«, fügte Gallo hinzu und seine Stimme, ein tiefer Bariton, wurde fordernd.

»Es ist Gero. Also der Tote. Er heißt Gerolamo Silvestri. Genannt Gero. Er war unser Freund und Kollege.«

Rubbano schrieb mit.

»Und? Haben Sie die Leiche entdeckt? Und haben Sie auch einen Namen?«, fragte Gallo etwas sanfter.

»Pardon, Commissario, ich heiße Cosimo Penna, hier aus Triora. Gero war ein entfernter Cousin von mir.«

»Mein Beileid«, sagte Gallo, »waren Sie oft auf der Jagd zusammen?«

»Ja, so oft es ging. Wir waren zwar nur entfernte Verwandte, aber wir haben viel zusammen gemacht.« Er machte eine Pause und schluckte. »Wir alle haben viel zusammen gemacht.«

Die anderen vier nickten zustimmend mit den Köpfen.

»Das ist gut. Erzählen Sie, wie haben Sie die Leiche entdeckt?«

Cosimo Penna zog ein Taschentuch aus einer der zahllosen Taschen an seiner dunkelgrünen Jagdweste und schnäuzte sich die Nase, wobei er sich verstohlen mit einem Zipfel die Augen trocknete.

Ein anderer Jäger, der die aufgeklappte Flinte über dem Arm trug, antwortete:

»Wir haben ihn alle gemeinsam gefunden. War ja nicht schwer. Der Schuss kam hier aus nächster Nähe. Dann sind wir hierhin geeilt und haben ›Gero! Gero!‹ gerufen. Aber da kam keine Antwort mehr.«

»Also, Sie waren nicht hier, wo Sie jetzt stehen, richtig?«

»Ja, also nein, wir waren ausgeschwärmt. Es ist eigentlich zu gefährlich, den Wildschweinen nachts zu begegnen. Aber wir machen es immer so, dass wir ausschwärmen und vorsichtig in Stellung gehen.«

Er breitete seine Arme aus und beschrieb einen Halbkreis, der direkt unter ihnen begann und dann bis zu den weiter entfernten Hügeln reichte.

Gallo sah auf eine ungefähr sechs Meter hohe Steinmauer, die sich hinter den Jägern auftürmte. Sie sah aus, als sei sie vor mehr als 1.000 Jahren errichtet worden.

»Sie waren also alle da oben verstreut, waren leise und haben gewartet, dass es hell genug würde. Oder?«

»Ja genau«, antwortete Cosimo Penna, »wir wissen ja, wo ungefähr sie die Nacht verbringen, also die Wildschweine, wir wollten wie immer bei Anbruch des Tages, im allerersten Licht, so wie jetzt, uns lärmend nach unten bewegen. Die Wildschweine suchen morgens Wasser. Das ist unten. Also schneiden wir ihnen von zwei Seiten den Weg ab, treiben sie enger aneinander und machen dabei Lärm.«

»Und Gero, wo war er eingeteilt? Oder ergibt sich das zufällig, wer wo steht?«

»Nein, nein, wir haben schon einen Plan, den wir vorher besprechen. Es darf ja nicht passieren, dass wir einander gegenseitig vor die Flinte laufen. Da müssen wir schon höllisch aufpassen. Und geschossen wird nur talabwärts. Sonst treffen wir uns ja gegenseitig.«

»Okay«, sagte Gallo und prüfte mit einem Seitenblick, ob Rubbano alles mitschrieb. Er tat es.

»Wann haben Sie sich gestern verabredet? Und waren Sie zusammen, als Sie die Jagd geplant hatten? Haben Sie dabei Alkohol getrunken?«

Verlegenes Schweigen. Gallo sah von einem zum anderen. Mehr als ihre eigenen Schuhspitzen schien sie nicht zu interessieren.

Der Maresciallo räusperte sich. Mit schneidender Stimme und strenger Miene sagte er zu den Jägern:

»Sie müssen alle Fragen des Commissarios beantworten. Alle. Das hier ist eine ernste Angelegenheit, es geht hier nicht um Dorftratsch. Ist das klar? Haben Sie das verstanden?«

Sie nickten, mehr oder weniger begeistert oder bereitwillig, aber sie nickten.

»Also Sie waren zu sechst, richtig?«, übernahm wieder Gallo.

Die Truppe schwieg verdutzt. Rubbano trat einen Schritt näher heran.

»Also, Sie fünf hier und Gero. Richtig?«

Wieder Schweigen. Gallo konnte sehen, wie es in den Köpfen ratterte. Sie sahen sich untereinander an. Allmählich fing die Stimmung an zu kippen. Gallo drohte die Geduld zu verlieren.

Er trat dicht vor Cosimo Penna und legte ihm einen Zeigefinger auf die Brust.

»Ich sage Ihnen was: Sie müssen insgesamt zu siebt gewesen sein, als Sie heute Nacht zur Wildschweinjagd aufgebrochen sind, wahrscheinlich nach reichlich Alkoholgenuss. Stimmt's?«

»Wie kommen Sie jetzt darauf?«, sagte Cosimo Penna, fast entrüstet.

Rubbano von hinten war schneller:

»Weil wir hier fünf Jäger sehen. Gerolamo Silvestri liegt tot irgendwo dort weiter unten. Das ist der sechste. Und der siebte ist derjenige, der ihn erschossen hat.«

Gallo fügte hinzu: »Außer jemand von Ihnen hier hat Gerolamo Silvestri erschossen. Aber das glaube ich nicht.«

»Bitte übergeben Sie uns alle Ihre Waffen, einschließlich der Jagdmesser, die Sie sicher alle bei sich tragen. Die sind hiermit konfisziert und gelten als potenzielle Beweismittel in einem ungeklärten Todesfall«, sagte Antonio Rubbano seelenruhig, aber bestimmt. Es war noch nie vorgekommen, dass der analytische, aber unter einer Form des Asperger-Syndroms leidende Vize-Inspektor so bestimmt und dominant vor einer Gruppe von wildfremden Menschen gesprochen hatte.

»Und wir brauchen den Namen des siebten Jägers, und zwar sofort!« Rubbano atmete schwer, stand stocksteif da und redete jetzt mit metallener, tonloser Stimme. Gallo fürchtete das Schlimmste.

»Und machen Sie sich darauf gefasst, dass wir mit einem Durchsuchungsbeschluss bei Ihnen zu Hause aufschlagen werden. Wahrscheinlich heute noch.«

Gallo sah ihn verblüfft von der Seite an und nickte ernst.

Rubbano war knallrot im Gesicht. Er keuchte, stützte sich mit den Händen auf seine Knie und versuchte, die Erschöpfung nach diesem für ihn so ungewöhnlichen Ausbruch wieder in den Griff zu kriegen.

Gallo trat neben ihn, tätschelte ihm den Rücken und flüsterte: »Bravo, Antonio, sehr gut, wirklich bravo!«

8. KAPITEL

Leichenfundort, Triora, 31. Oktober

Gallo ging mit Rubbano an seiner Seite durch das Unterholz bergab. Er wollte jetzt die Leiche sehen. Alessandro Amadori begleitete sie, nachdem zwei seiner uniformierten Untergebenen aus der Kaserne eingetroffen waren, um die Waffen der Jäger zu konfiszieren.

»Danke für die Amtshilfe«, sagte Gallo zu Amadori. Gallos Einheit, die Polizia di Stato, gehörte zum Innenministerium, die Carabinieri hingegen gehörten zum Verteidigungsministerium. Zwei Einheiten mit unterschiedlicher Geschichte und Tradition, aber mit einem gemeinsamen Ziel: die Kriminalität zu bekämpfen und die Bevölkerung zu schützen.

»Sind die Wildschweine wirklich so ein Problem?«, fragte Gallo an Amadori gewandt. »Hier ist doch nun weiß Gott genug Platz für alle. Menschen und Tiere. Oder?«

»Ja, das sind sie. Es sind einfach zu viele und es werden immer mehr. Sie verwüsten Weingärten, Gemüse- und Obstanpflanzungen und werden auch für Menschen zum Problem. Vor allem, wenn sie Junge haben. Selbst ein erwachsener Mann kann gegen ein ausgewachsenes Wildschwein nichts ausrichten. Und dann ist noch der Verkehr.

Es vergeht keine Woche, dass wir nicht einen Wildunfall auf der Straße haben. Zum Glück bisher nur Blechschäden. Aber es ist nur eine Frage der Zeit, bis jemand so erschrickt, dass er mit dem Auto in den Abgrund stürzt.«

»Aber man kann sie doch nicht alle ausrotten, oder?«, fragte Gallo.

»Nein, das will auch niemand. Aber sie so dezimieren, dass sie sich wieder in höhere, entlegenere Gegenden zurückziehen. Sie suchen die Nähe zu menschlichen Behausungen, weil sie da immer was zu fressen finden. Mülltonnen, Felder mit Pflanzenresten, Obst und Gemüse. Das ist leichtes Futter für sie.«

Amadori sprang eine Steinmauer hinab, drehte sich um und bot Gallo die Hand an.

»Danke«, sagte der Commissario. »Das sind ja irre viele Terrassen hier. Hunderte, Tausende. Unglaublich.«

»Ja, das waren einmal Weizenfelder. Triora galt als die Kornkammer der Republik Genua. Bis hinauf auf 1.900 Meter wuchs hier Weizen. Von bester Qualität.«

»Die Terrassen hielten das Wasser zurück und filterten es«, sagte Rubbano, nachdem auch er nach dem Sprung gelandet war.

»Dazu kommt das extrem milde Mikroklima hier. Schon eine ungewöhnliche Mischung, die diese fruchtbaren Böden hervorbringt.«

»Diese Böden im Umland von Triora zählen zu den besten Anbaugebieten für Nutzpflanzen, die es gibt. Durch die Terrassierungen hat sich im Laufe vieler Jahrhunderte ein sehr PH-neutraler Boden gebildet. Ideale Wachstumsbedingungen«, dozierte Rubbano, der sich wieder erholt hatte.

»Hier sehen Sie«, sagte Amadori und zeigte auf einen nichtssagenden Busch, »das ist der Absinth. Wermut. Sehen Sie sich an, was für ein riesiger Strauch das ist. Der wächst hier überall.«

»Damit haben die Hexen gearbeitet, Blätter, Blüten und Wurzeln«, steuerte Rubbano bei.

»Apropos Hexen, was hat es damit auf sich? Warum so viele in Triora? Was war da los?«, fragte Gallo.

»Das ist ein anderes Kapitel. Furchtbar. Die waren weithin berühmt, als Heilerinnen erst, dann als Hexen. Die Folter muss grauenhaft gewesen sein. Wenn Sie Zeit haben, gehen Sie ins Hexenmuseum und ins Stadtarchiv. Da können Sie sich selbst ein Bild davon machen.«

»Und heute ist Halloween. Da gibt's eine Party, nicht? Die ist ja weithin berühmt«, sagte Gallo.

»Ja, heute Abend. Das Städtchen Triora und seine Bewohner stellen sich auf ihre Weise ihrer Vergangenheit. Sie gehen sehr offen mit diesen Gräueltaten um, haben ein Museum gebaut, nein, zwei sogar, und erzählen die grausame Geschichte der Hexenverfolgung schonungslos in allen Details. Daraus ist ein regelrechter Kult entstanden. Fast schon eine moderne Hexen-Hysterie. Einer der sichtbarsten Effekte ist die Nacht von Halloween. Da verwandelt sich Triora wieder in ein mittelalterliches Dorf, überall Hexen, Inquisitoren und gruselige Dekoration. Mittlerweile ist das Fest landesweit berühmt: die Nacht der Hexen in Triora. Es werden heute bis zu 10.000 Gäste zur großen Halloween-Feier erwartet. Alles open air. Deshalb muss ich mich auch beeilen. Die Sicherheit zu garantieren, wenn 10.000 Menschen über ein 400-Seelen-Dorf herfallen, ist kein Pappenstiel. Alkohol, Drogen – und alle sind geschminkt und maskiert. Da helfen selbst Überwachungskameras nichts.«

»Alkohol, Drogen – und wenn dann in der Euphorie auch noch die Hormone zwicken ...«, sagte Gallo halblaut.

»Ja, das stimmt. Es kann schon enthemmt werden. Aber das Phänomen ist nicht nur auf die eine Nacht beschränkt. Touristen kommen das ganze Jahr über nach Triora, um den schrecklichen Ereignissen von damals vor Ort nachzuspüren. Aber ausgerechnet heute haben wir einen Mordfall. Am für Triora turbulentesten Tag des Jahres.«

»Wir tun, was wir können, Maresciallo«, sagte Gallo, »aber eins nach dem anderen. Ich bin sicher, wir haben bald ein etwas klareres Bild von dem, was hier passiert ist. Ich hoffe nur, dass es kein wahlloser Akt der Gewalt war, denn dann wäre die Durchführung des Festes heute Abend ein Sicherheitsrisiko.«

»Sie denken an einen Amokläufer? Das wäre eine Katastrophe.«

»Ich denke an gar nichts. Ich habe noch keine Fakten. Außer ein paar verschreckten Jägern haben wir noch nichts.«

Sie stapften noch eine volle Minute weiter hinab, bis sie einen Blick auf die Streife der Staatspolizei erhaschten, die zum Zeitpunkt der Alarmauslösung vor Ort gewesen war, zusammen mit ihren Kollegen, die mit den ersten Routineeinsätzen begonnen hatten. Es blieb gerade noch Zeit für eine kurze Begrüßung, gefolgt vom herkömmlichen Informationsaustausch über die ersten Erkenntnisse. Dann begann eine seltsame, gespenstische Stille über der Gegend zu liegen. Das einzige Geräusch war das Rascheln der Schritte auf dem Laub. In genügendem Abstand zum

Fundort, um nicht Gefahr zu laufen, den Tatort zu verunreinigen, kamen sie näher.

»Da, Commissario, da liegt die Leiche von Gerolamo Silvestre«, sagte der Maresciallo mit feierlicher Stimme.

»Silvestri«, korrigierte Rubbano, Gerolamo Silvestri, genannt ›Gero‹«, präzisierte er.

Amadori, Verbesserungen anscheinend nicht gewöhnt, verzog das Gesicht.

»Er ist sehr genau, wissen Sie«, beschwichtigte Gallo und legte die wenigen Meter zur Leiche zurück. »Das hat manchmal enorme Vorteile«, murmelte er. Neugierig begutachtete er den Fundort.

9. KAPITEL

Frankfurt am Main, im März

Wer an Frankfurt denkt, denkt an Wind und Wirtschaft – und noch mehr Wind und noch mehr Geschäft. Auch an diesem Morgen wehten eisige Böen über die hessische Tiefebene und pfiffen durch den Parcours der wie ein gigantischer Wald in den Himmel ragenden Wolkenkratzer. Während das biologische Leben der noch im Dunkeln tappenden Stadt erst erwachte, schlug das elektronische Herz des »Big Äppel«, gleich dem von New York oder Tokyo, wie immer rund um die Uhr in rasantem Tempo und wirbelte den Reichtum in sich hinein wie einen Schluck »Äppelwoi«, den leicht säuerlichen, goldfarbenen Apfelwein, dessen Bouquet an gewisse Transaktionen erinnerte.

Aber es war nicht NUR der Wettlauf um Goldbarren und Millisekunden Vorsprung der Algorithmen, der die städtische Agglomeration der fleißigen Bewohner der hessischen Hauptstadt, dem Finanz-Power-House Deutschlands, antrieb. Die von der Geschichte der Befestigungsanlagen der alten Römer geprägte und von den Bomben des Zweiten Weltkriegs verwüstete Stadt hatte noch vieles anderes zu bieten. Es gab einen Teil der Stadt, der zwar dankbar für den Reichtum der Hochfinanz war, sich aber im Atem einer tiefen Kultur wiedererkannte, die aus der

Vergangenheit kam und in die Zukunft zu blicken wusste. Die bereit war, sich in dem Meer der Seiten der Buchmesse mit ihrer jahrhundertealten Tradition zu spiegeln und sich im Getöse der internationalen Handelsshows zu messen. Getrieben von einer immerwährenden Suche.

Genau so fühlte sich Angelika Bucher, als sie durch den Eingang des Instituts für Angewandte Biochemie schritt. Eine Wissenschaftlerin, die im Sog der immerwährenden Forschung kreiselte. Eine international renommierte Wissenschaftlerin, der kein Windstoß so schnell etwas anhaben konnte. Eine Frau, auf deren Mission kein Wind und kein Geschäft einen Einfluss nehmen konnte. Bereit, jeden irdischen Riesen herauszufordern, der sich ihr in den Weg stellen wollte.

Sie fühlte sich nicht allein auf diesem stillen Marsch die steilen Stufen hinauf zu den hypertechnologischen Räumen des Instituts, in denen sie kaum mehr als eine Nummer war und deren Aussehen keiner Erwähnung wert war. Weder ihre adrette Erscheinung noch ihr blondes Haar oder ihr drahtiger Körper, den sie durch eifrigen Sport schlank, fest und fit gehalten hatte, und nicht etwa durch modische Diäten. All das zählte nicht auf dieser Mission, auf der sie von einer Vielzahl von Kollegen begleitet wurde, die sich schweigend, wie sie es tat, auf den Weg zu ihrer emsigen Arbeit machten, mit dem einzigen Ziel, die wachsenden gesundheitlichen Probleme einer immer älter werdenden Bevölkerung in den Griff zu bekommen: gesund alt werden, und dabei geistig und körperlich fit bleiben.

Angelika Bucher hatte wie jeden Morgen auf dem Weg zwischen Wohnung und Arbeitsplatz ihren Blick auf den Campus geworfen und sich von dem Gedankenspiel treiben *lassen, sich vorzustellen, wie die ehemalige, im Krieg zerstörte Bibliothek, auf der jetzt ein innovativer Forschungsblock aus Glas und Beton thronte, errichtet worden war und wie sie ursprünglich einmal ausgesehen hatte.*

Schade, dachte sie jedes Mal, alles Alte war nicht schlecht und überholt. Und doppelt schade war, wenn altes Wissen bei der computerbasierten Suche nach Atomen und Molekülen, deren Bauplan synthetisch kopiert wurde, in Vergessenheit gerieten. Aber auch sie war in dieser ewigen, weltweiten Suche nach dem nächsten Durchbruch der Wissenschaft und Medizin gefangen. Getrieben von einem eiskalten Wind, der aus der Richtung der Krämerseelen und Geschäftemacher blies. Ein Wind aus Gier und Egoismus, der Ergebnisse forderte und auf nichts Rücksicht nahm. Es war dies das Geheimnis des Erfolges dieses monumentalen Waldes aus den Stahl- und Betontürmen in ihrer Stadt, Angelika Bucher aber hatte beschlossen, ihr Leben anderen Geheimnissen zu widmen: denen des echten Waldes.

10. KAPITEL

Bei den Jägern, Triora, 31. Oktober

»Baldassare Mandragoni«, sagte Gallo, »kennen Sie den?«, und fuhr fort, aus gebührendem Abstand die Leiche mit seinen Augen abzusuchen.

»Den siebten Jäger, der verschwunden ist?«, fragte der Carabiniere.

»Ja, wissen Sie etwas über ihn? Wie alt, was macht er, wo wohnt er. Auffälligkeiten? Strafregister?«, spulte Gallo ab und trat dabei etwas näher an die Leiche.

»Auch in einem 400-Menschen-Dorf lernt man sich nicht kennen, selbst wenn man sich immer wieder über den Weg läuft. Aber a priori fallen mir keine aktuellen aktenkundigen Vorkommnisse ein. Er stammt wohl aus einer Bauernfamilie hier in der Gegend, die Mandragonis, nicht direkt im Ort oben, sondern weit draußen. Holz, sie haben irgendwas mit Brennholz zu tun. Beliefern Pizzerien mit Holzöfen und Privatleute mit Kaminen. Da meine ich, die Aufschrift auf einem Pick-up gesehen zu haben. Ob sie darüber hinaus auch was anbauen, Safran oder Olivenöl, weiß ich nicht.«

»Bauern. Aha«, machte Gallo.

»Ja, und wir Carabinieri wechseln ja absichtlich oft die Gegend, in der wir eingesetzt werden. Eben damit keine

Verbrüderung mit der einheimischen Bevölkerung stattfinden kann. Nicht so wie bei der normalen Polizei ...«

Gallo sah auf, erwiderte aber nichts.

»Ich werde das recherchieren, nachher, wenn wir oben im Ort sind. Vielleicht finde ich etwas über die Mandragonis. Da klingelt irgendetwas«, sagte Rubbano. »Irgendeine alte Geschichte. Bin gespannt, ob ich richtigliege.«

»Kein Zweifel, Antonio, kein Zweifel. Wenn bei dir etwas klingelt, dann dröhnt das bei uns wie die Glocken vom Kirchturm.«

Gallo stemmte ein Bein in den Hang, beugte sich vor und ließ seinen Oberkörper über der Leiche pendeln. Dann riss er einen Ast vom nächsten Busch ab und schlug vorsichtig die Herzseite der Jacke zurück. Darunter kam ein wollenes Hemd zum Vorschein, in das ein kreisrundes Loch gestanzt war. Der Stoff hatte direkt um die Einschussstelle herum einen schmalen schwarzen Ring, der sich nach außen zu einem schwächeren Grau verwaschen hatte. Gallo ließ die Jacke wieder zufallen.

»Kein Zweifel, Antonio, aus nächster Nähe erschossen. Ein großes Kaliber. Das war mit voller Absicht. Der muss höchstens zwei Meter entfernt gestanden haben, als er abgedrückt hat.«

Hier, inmitten dieser Schönheit, fand ein Leben ein brutales Ende, dachte er bei sich.

Antonio Rubbano zog sein Handy aus der Tasche und prüfte, ob er Empfang hatte.

»Ruf Giulia an. Sie soll eine Nachricht bei Chiara Percivaldi hinterlassen, dass sie jetzt so schnell wie möglich herkommen muss. Sie muss die Leiche am Fundort untersuchen.«

Rubbano drückte die Taste für die Kurzwahl des Kommissariats.

»Und sie soll mit ihr zusammen hochfahren, zusammen mit Percivaldi. Weiß nicht, ob die Pathologie einen eigenen Dienstwagen hat, sonst soll Giulia sie fragen, ob sie in der Streife mitgenommen werden will. Und Inspektor Viale soll auch kommen. Wir müssen den flüchtigen siebten Jäger finden.«

Giulia war längst am Apparat und hatte alles mitgehört.

»Laura Zendroni soll die Telefonwache im Kommissariat halten. Sie wird dich ablösen, Giulia«, rief Gallo in das Telefon, das Rubbano ihm hinhielt.

»Und beeilt euch. Es war Mord. Der Tatverdächtige ist flüchtig. Aber wir haben seinen Namen. Und wissen, wo er wohnt.«

»Und«, fügte Rubbano, ebenfalls in sein eigenes Telefon laut rufend, »heute Abend ist Halloween-Party in Triora. Also wird bald die Hölle los sein. Wir müssen den Flüchtigen finden, bevor das Partyvolk eintrifft.« Er machte eine Pause, blickte ins Leere. Dann, als sei er von einer anderen Kraft durchströmt, sagte er wie in Trance: »Das Land, das ihnen Nahrung gab, wurde zur Kulisse ihres Leidens. Aber das Wissen, das sie hinterlassen haben, lebt weiter, verwoben in das Gewebe dieser Hügel.«

»Und Giulia«, Gallo sah Rubbano besorgt an und nahm Rubbano das Telefon aus der Hand, »sag in der Questura in Imperia Bescheid, dass wir wahrscheinlich die Drohnen mit den Wärmebildkameras brauchen. Die Feuerwehr in Imperia hat solche. Es kann sein, dass wir einen Menschen in einem riesigen, unwegsamen Gebiet suchen müssen.«

»Notiert, Tomas. Hat Antonio es jetzt schon mit den

Hexen?«, gluckste Giulia. »So früh soll ich da anrufen?«, fragte Giulia Brizio besorgt.

»Ja. So früh. Ruf den Diensthabenden auf dem Handy an. Das hat er immer bei sich. Das weiß ich. Du kannst ihm bestätigen, dass es Mord war. Und dass wir uns drum kümmern – wir haben noch ein paar Stunden, dann wird es wegen der Halloween-Party erschwerte Bedingungen geben, aber wir schaffen das. Ich brauche jetzt aber alle verfügbaren Kräfte hier oben, also beeilt euch.«

Gallo wartete, Giulia machte sich Notizen. Er überlegte.

»Noch was, Giulia: Mach dir schon einmal eine Notiz, wenn ich die Halloween-Party kurzfristig absagen muss, dann brauch ich die Hilfe von Bevilacqua, um mit dem Bürgermeister und dem Präfekten zu verhandeln. Aber nur wenn, Giulia, hast du das verstanden?«

Gallo balancierte an dem steilen Hangstück auf einem Bein und hielt sich mit einer Hand an einem Busch fest.

»Tomas, ich bin doch nicht blöd. Klar hab ich das verstanden. Was ist mit euch los da oben? Seid ihr vom Triora-Virus erfasst worden?«

»Was meinst du?«

»Das lässt keinen sensiblen Menschen kalt, Tomas, was da oben passiert ist. Das Wissen, das Leben retten könnte, wurde gefürchtet und verdammt. Es macht einen wirklich nachdenklich über die Geschichte und wie sie sich auf unsere Gegenwart auswirkt.«

»…«

»Tomas??«

»Ja? … Gegenwart? Nein, nein, Giulia, alles okay hier. Kein Virus. Obwohl es schon ein ungewöhnlicher Ort ist, das muss ich zugeben. Aber zurück zu unserer Agenda:

Das wird Bevilacqua ein bisschen Angst machen, Giulia, aber es ist wichtig, dass er darauf vorbereitet ist, aber jetzt noch NICHTS unternimmt. Die Halloween-Party, eines der Highlights im Touristenkalender an der Riviera, abzusagen, wird im landesweiten Fernsehen gebracht werden: Triora, die Hexenhauptstadt Italiens muss die berühmte Halloween-Party absagen: Mord! War es eine Hexe?«

»Tomas, darüber macht man keine Witze. Inmitten all dieses blühenden Lebens da oben hat man so viel Verfolgung gesehen. Die weisen Frauen von Triora, mit ihrem Wissen über diese Kräuter, wurden gefürchtet statt verehrt. Und dann angeklagt, gefoltert und ermordet.«

»Meinst du, das interessiert einen Journalisten von heute, der auf der Suche nach einer Schlagzeile ist? Man muss immer auf das Abscheulichste vorbereitet sein, Giulia, dann ist man – nun – wenigstens vorbereitet.«

»Okay, Tomas ist klar. Soll ich sonst noch was für euch machen?«

»Prüf mal, ob die Nachricht schon durchgesickert ist. Check mal die Newsportale und die Online-Ausgaben der Zeitungen, Blogger, Vlogger und so weiter. Sollte sich jemand von der Presse melden, sagst du ›kein Kommentar‹. Das ist wichtig. Zur Not gibst du ihnen meine Nummer, dann wimmel ich sie selbst ab.«

»Nein, Tomas, da hab ich schon nachgesehen. Da ist nichts gekommen.«

»Okay, gut, das gibt uns vielleicht zwei, drei Stunden Zeit, den Flüchtigen zu finden, bevor wir uns auch noch mit Journalisten abgeben müssen. Das wird knapp, aber es könnte reichen. Jetzt wird's ja auch langsam heller, und weit kann er nicht kommen. Ich lass mithilfe der Carabinieri die Straße hoch ins Tal an drei Punkten dichtmachen, Kontrollpunkte. Immer unterhalb der Abzweigungen in die Nebentäler zu den Ortschaften hoch. Dann ist ihm dieser Weg versperrt.«

Er gab Rubbano das Telefon zurück und nahm sein eigenes Diensttelefon. Er wählte die Nummer des stellvertretenden Staatsanwalts und blieb in der Warteschleife. Ein Klingeln und er hörte Bevilacquas Stimme:

»Ich bin schon fast wieder in Badalucco, Kommissar.«

»Sie sind schnell, Dottore.«

»Was gibt's, bitte bringen Sie mich auf den neuesten Stand.«

»Mord, ein Schuss aus nächster Nähe.«

»Ist ein Unfall ausgeschlossen?«

»Wir warten auf die Ergebnisse, aber ich würde es eher ausschließen.«

»Wissen Sie, wer geschossen hat?«

»Der Verdacht richtet sich auf einen Jäger, dessen Identität wir kennen und der entkommen ist.«

»Sind wir ihm auf der Spur?«

»Wir haben bereits wertvolle Informationen gesammelt. Es ist möglich, dass wir Drohnen mit Wärmebildkameras brauchen. Die Feuerwehr von Imperia hat sie. Möglicherweise müssen wir in einem riesigen und unzugänglichen Gebiet nach einer Person suchen. Und es wird ein noch engeres Rennen gegen die Zeit als sonst, Herr Doktor ...«

»Warum, Herr Kommissar?«

»Hier im Dorf beginnen gleich die Halloween-Feierlichkeiten, und Triora wird chaotisch werden«, sagte Gallo und stellte sich die Enttäuschung im Gesicht des stellvertretenden Staatsanwaltes vor. Der schwieg.

»Eine letzte Sache, Dottore Bevilacqua. Möglicherweise müssen wir die Party absagen und möglicherweise mit den Behörden verhandeln ...«

»Lasst uns den Flüchtigen finden, Gallo, um den Rest kümmern wir uns zu gegebener Zeit.«

Gallo ließ das Telefon sinken und sah den Carabinieri an: »Nach oben, gibt es da auch eine Straße? Und wenn ja, wo führt die hin?«

»Ja, die Straße wird zwar sehr schmal oberhalb von Triora, aber sie führt weiter hoch in Richtung Monte Saccarello.«

»Und dann?«

»Nach Frankreich«, brüllte Giulia aus dem anderen Telefonhörer, dem von Rubbano, »die Straße führt ins Gebirge, den Parco Nazionale degli Alpi Liguri hindurch, und es gibt einen Grenzübertritt nach Frankreich, oben am Pass.«

»Nach Frankreich? So ein Mist!«, entfuhr es Gallo.

»Bitte? Gallo? Was ist los?«, krächzte Bevilacqua aus Gallos Handy.

»Nichts, Dottore, wir haben nur gerade ein weiteres Problem hinzubekommen.«

11. KAPITEL

Genua, März 2023

Der Geistesblitz überkam sie mit solcher Wucht, als hätte man ihr einen Eimer Eiswasser über den Kopf geschüttet. Sie war betäubt und gleichzeitig auch auf so kristallklare Weise wachgerüttelt, wie sie es sich so niemals hätte vorstellen können.

Sie hatte die Botschaft des Mönches entschlüsselt.

Jetzt war ihr klar geworden: Sie musste unbedingt auf den Mönch hören, der in ihren Nächten auftauchte und sie aus einem unruhigen Schlaf riss, den sie jetzt mehr fürchtete als das Sonnenlicht. Mit seinen unverständlichen Predigten und einem Blick, der sie zu durchbohren schien und sie atemlos und hoffnungslos in dem Bett zurückließ, in dem sie eine verlorene Liebe betrauerte, eine in den Wind geschlagene Karriere beweinte und an einem gescheiterten Leben verzweifelt war. Ihre Träume als Frau und als Forscherin waren gründlich zunichte gemacht worden. Es gab ein Leben, das man sie nicht leben ließ. Das Bett, in dem sie Stöhnen und süße Worte und geheimnisvolle Perversionen an Männer verschenkt hatte, die ihr Vertrauen mit dem grausamsten aller Gifte erwidert hatten: dem der Gleichgültigkeit. Dasselbe Bett, in dem sie sich immer wieder den Tod gewünscht hatte, bis sie auf wundersame Weise Franchetta begegnet war.

An die alten Waschhäuser von Santa Brigida gelehnt, im Herzen des Universitätsviertels von Genua, ließ Lena Dallobosco jede einzelne Sequenz des langen Weges, den sie seit Jüngstem zusammen mit Franchetta zurückgelegt hatte, vor ihrem geistigen Auge wieder aufleben. Von der ersten Begegnung, die sie der Finsternis entrissen hatte, bis zu den Anrufungen, die durch den Mönch Nacht für Nacht wiederkehrten und ihre beiden weißen, vom Bösen infizierten Seelen zu einer einzigen machten. In einer Verschmelzung, die sie schon lange nicht mehr beunruhigte und die ihr ein neues Bewusstsein, eine neue Zuversicht, eine Aufgabe schenkte. Sie war nicht mehr allein. Sie war kein menschliches Wesen mehr, das auf der Flucht war. Jetzt war sie Lena und gleichzeitig Franchetta, der höchste Ausdruck menschlichen Mitgefühls und Verständnisses. Gemeinsam wären sie in der Lage, den Schmerz zu überwinden und damit eine Schwelle des Altruismus zu erreichen, die für Normalsterbliche unerreichbar war. Gemeinsam waren sie in der Lage, ihren eigenen Körper und Geist von menschlichem Leid zu befreien. Und das all derer, die sie nicht verstehen konnten. Oder die auch nur zu hoffen wagten, es zu können. Sie waren keine Hexen. Sie waren gute Feen der Hexenkunst. Im höchsten Sinne der Bedeutung dieses Wortes, das Franchetta, der fast heiligen Franchetta, schließlich alles gekostet hatte.

Die Piazza dei Truogoli umarmte Lena mit all ihrer Schönheit in diesen letzten Überlegungen. Das historische öffentliche Waschhaus schien in der Lage zu sein, ihre Gedanken von dem Schutt zu befreien, den sie jeden Tag mit unerbittlicher, methodischer Systematik mit sich herumtrug. Lena kam mit bedingungsloser Regelmäßigkeit genau zweimal pro Woche hierhin. Mitte des 17. Jahrhunderts dank der mächtigen Familie Balbi erbaut, gab es keinen Montag, den sie verpasste, der Tag nämlich, an dem sich die Fakultäten wieder mit Studenten füllen würden und den Platz mit dem Waschhaus zum stummen Zeugen sorglosen Geschnatters fröhlicher junger Menschen und dem wissenden Lächeln ehrwürdiger, vorüberhuschender Professoren machten. Und es gab auch keinen Freitag, den sie verpasste, den Tag, an dem Studenten und Professoren mit einer ihr völlig fremd gewordenen Fröhlichkeit an ihr vorbei strömten. Denn sie würden zum Bahnhof Principe oder zur Piazza della Nunziata laufen, um ihre Liebsten zu treffen. Wahrscheinlich genau jene, die eine für sie verfluchte Welt zerstört hatten. Niemand warf einen Korb mit einer Einkaufsliste für Lena Dallobosco aus dem Fenster. Sie verspürte auch nicht das körperliche Bedürfnis, sich zu ernähren. Das Einzige, was sie in ihrer resignierten Trägheit vorwärtstrieb, was ihr die nötige Kraft gab, war das volle und totale Wissen um das, was sie von nun an in Franchettas Namen tun sollte. Genau das, was der Mönch, der auf dem Bett ihrer Qualen saß, ihr befohlen hatte zu tun.

Und sie würde jetzt gehorchen. Nachdem es ihr gelungen war, einen Namen in dem trauererfüllten Gemurmel des Geistlichen an ihrem Bett zu erkennen. Nachdem sie ihn deutlich wahrgenommen und mehrmals wiederholt hatte. Befreit von jeglicher menschlichen oder jenseitigen Einmischung. Begleitet nur von einer Anrufung, die so sehr wie ein Flehen klang. »Franchetta. Franchetta Borelli. Gestehe!« Und dann stürzte der Mann, der diesen Namen trug, sie wieder in endloses Leiden, das bis an die Grenzen des unerträglichen Deliriums getrieben wurde. »Ich knirsche mit den Zähnen, und dann sagen sie, ich lache«, lallte der Mönch und gab Franchettas Bitte und flehentlichen Appell weiter. Dann ein Befehl, der mit einer Stimme aus einem angsterfüllten Abgrund der Zeit vorgetragen wurde. »Rette deine Seele! Sage die Wahrheit. Wenn du nicht die Wahrheit sagst, während du auf dem Holzpferd sitzt, wirst du verbrannt werden!« Die Aufforderung zum Geständnis. Eine nicht vorhandene Schuld zuzugeben. Sich um jeden Preis vom Schmerz zu befreien.

Und weitere Schwestern zu denunzieren.

Mit tränenverschleiertem Blick sah sie wieder in dem reizvollen Falsopiano der Piazza dei Truogoli die Abfolge von Schrecken, die die zwingenden Anordnungen des Mönchs hervorriefen. Mehr. Sie durchlebte am eigenen Leib die schrecklichen Grausamkeiten, denen Franchetta und all die Schwestern, die der Hexerei beschuldigt worden waren, ausgesetzt gewesen waren. Oder die es immer noch waren, vielleicht in anderer Form, aber mit der gleichen großen Brutalität. Heute gab es keine obszönen Werkzeuge, die in die empfindlichsten Teile des Körpers einer Frau stachen. Heute würde der Holzbock tief in die Seele eindringen mit einem einfachen, diffamierenden Posting im Netz, das geliked und immer weiter im Netz geteilt wird. Oder mit einer geschriebenen, und immer wieder neu abgeschickten Beleidigung. Zeitlose und gnadenlose psychische Folter im unendlichen Universum des Internets und der Plattformen, den modernen Schlachtfeldern der Seele.

Lena hatte lange gezögert, bevor sie sich geschlagen gegeben hatte, um die Anweisungen des Mönchs in die Tat umzusetzen. Sie hatte versucht, ihre Wunden auf andere Weise zu schließen und ihren Unglauben über seine Offen-

barungen zu überwinden, indem sie absichtlich die wohltuende Wirkung der Hoffnung auf Erlösung ihrer eigenen Qual durch Befolgung seiner Anweisung ignorierte. Die Hoffnung, dass es einen Weg gab, die Fetzen ihrer Seele wirklich zu retten. Sie hatte der Versuchung widerstanden, sich in eine unendliche Lethargie fallen zu lassen, die sie für immer zu einer weiteren Franchetta machen würde. Verloren in einer Dimension, in der jede Empfindung zu einem Licht verblassen würde, das alles erträglich machen würde. Alles vielleicht sogar süß machen würde. Sie hatte durchgehalten und auf ein Signal gewartet. Das jetzt endlich gekommen war.

Es war gerade vorhin passiert. Nicht weit vom Waschhausplatz entfernt. Ihre Katze Checca hatte sich plötzlich krank gefühlt und schien kurz vor dem Tod zu stehen. Im Eiltempo war Lena mit dem Reisekorb unter dem Arm zum Tierarzt gerannt, ohne einen Termin zu haben und ohne wirkliche Hoffnung, dass sie empfangen werden würde. Sie lief so schnell, dass sie besorgt gewesen war, dass ihre Katze den Preis für diese wahnsinnige Eile zahlen musste: dass sie sie aus Versehen im Rennen zu Tode geschüttelt hätte.

Schließlich hatte sie ihr Ziel in der Praxis erreicht, in der – Gott sei Dank – nur noch eine andere Patientin anwesend war. Es war eine alte Frau, einfach gekleidet wie die Frauen von früher, immer noch mit einer Schürze und einem Tuch um den Kopf, die eine Katze streichelte, die noch älter aussah als sie selbst und die in eine pelzartige Decke gehüllt auf ihrem Schoß lag. Die Alte starrte mit ihren kleinen, dunklen Augen auf eine völlig kahle Wand.

Lena hatte neben der Frau Platz genommen und war so aufgeregt, dass es nur allzu deutlich war. »Beruhige dich, wenn du willst, dass Checca sich erholt«, hatte die Frau, die in Gedanken in einer anderen Welt zu verweilen schien, zu ihr gesagt.

Lena war wie vom Schlag getroffen, denn der Name ihrer Katze stand ihr gewiss nicht ins Gesicht geschrieben. Dann war ihr aber plötzlich klar geworden, dass die alte Frau ihren Namen auf dem Transportbehälter gelesen hatte, in dem ihre geliebte Checca gegen die Krankheit kämpfte. Aber sie hatte auch erkannt, dass der Rat der Frau mehr als begründet war. Sie setzte sich hin, holte tief Luft und wartete, bis sie an der Reihe war. Ungeduldig wie immer und zu Göttern betend, die sie nicht kannte.

Und unvorhersehbar hatte Checca, das einzige Lebewesen, für das sie von Bedeutung war, ihr ein Lebenszeichen gegeben. Ein Miauen, umhüllt von einem kaum wahrnehmbaren, heiser klingenden Fauchen. Ein Atemzug, der ein Leben wert war.

»Sie müssen auf die Anzeichen achten, Fräulein«, hatte die alte Frau zu ihr gesagt, als sie aufstand. »Es wird schon alles gut werden«, und dann war sie gegangen und hatte Lena ihren Platz überlassen. Vielleicht nur, weil sie des Wartens müde war. Oder vielleicht, weil sie nicht wegen ihrer Katze in dieser Praxis war. Sondern wegen anderer dunkler Umtriebe. Am Ende nur wegen ihr?

Auf die Anzeichen achten, hatte sich Lena während der folgenden Wartezeit und des Tierarztbesuches immer wieder gesagt.

Einen Tag später ging es ihrer Katze wieder besser, und alles hatte sich nur als großer Schreck entpuppt.

Aber die kleinen, dunklen Augen der Frau in der Schürze hatten nicht aufgehört, in Lenas Gedankenwelt aufzutauchen. Und ihre Worte auch. »Anzeichen müssen beachtet werden.« Und der Stromschlag war gekommen wie ein Eimer Eiswasser. Sie würde tun, was der Mönch von ihr verlangte. Denn so könne sie ihre eigene Seele retten. Und die von Franchetta.

Jetzt hatte sie einen Plan!

12. KAPITEL

Triora, 31. Oktober

Gallo wandte sich wieder der Leiche zu. Vielleicht entdeckte er im Umfeld der Leiche noch etwas, was wichtig war. Gleichzeitig sprach er den Carabinieri an:

»Wie viele Leute haben Sie heute zur Verfügung, Maresciallo?«

»Ab 14 Uhr sind alle im Dienst. Also alle acht aus der Kaserne in Triora.«

»Acht?«, fragte Gallo enttäuscht.

»Ja, die Gegend ist zwar riesig groß, aber auf 400 Einwohner und noch ein paar weitere Einwohner auf den umliegenden Bauernhöfen versprengt, das rechtfertigt nicht mehr Personal.«

»Und heute Abend?«

Gallo ging in einem großen Kreis, um keine Spuren zu kontaminieren, um die Leiche herum, schätzte die Fallrichtung ab und die ungefähre Flugbahn der Kugel.

»Da kommen die Kollegen aus Badalucco und aus Taggia hoch nach Triora. Wegen Halloween. Insgesamt zwölf Mann in Uniform werden von unserer Seite die Sicherheit heute Abend und Nacht sicherstellen. Die meisten werden die Zufahrt und die Parkplätze überwachen, Präsenz zeigen und für einen reibungslosen

Zugang zum Fest garantieren. Vor allem auch, weil wir die Erreichbarkeit Trioras für Ambulanzen und Notärzte freihalten müssen. Da ist viel Alkohol im Spiel heute Nacht, und irgendjemand schlägt dann doch schon mal über die Stränge.«

»Und im Ort selbst? Macht das die Polizia Locale?«

»Ja, und die Rangers d'Italia. Und Freiwillige aus der Gemeinde.«

»Wissen Sie, wie viele Leute das insgesamt sind?«

Gallo inspizierte die Büsche und Stämme der Bäume, die im Fluchtkanal des Projektils stehen könnten. Es war ein großes Kaliber. Vielleicht war die Kugel ja zum Rücken wieder ausgetreten, dann müsste sie zu finden sein. Er wollte die Leiche nicht umdrehen, bevor die Rechtsmedizinerin da war.

»Also nicht mehr als 20 insgesamt. Mit verschiedenen Aufgaben: Patrouillen, Streit schlichten, die Feuer und Fackeln, die überall entzündet werden, im Auge behalten, und verhindern, dass jemand allzu großen Blödsinn anstellt. Triora wird ja heute Abend und Nacht wie im Mittelalter aussehen, wenig elektrisches Licht, überall Feuer und Tausende Menschen in schaurigen Kostümen. Ein tolles Spektakel.«

Jetzt konnte Gallo dem toten Mann ins Gesicht sehen. Er hatte ihn fast komplett umrundet und sah zum ersten Mal in Gerolamo Silvestris Antlitz. Die Augen waren offen. Aus dem Mundwinkel hing ein Stück Zunge heraus, auf dem ein feiner Blutfaden zu sehen war.

»Er muss ins Herz getroffen worden sein, und ein Stück Lunge hat's auch erwischt. Er war sofort tot. Sonst wäre hier viel mehr Blut zu sehen.«

Dann wandte er sich an Rubbano, der oben stehen geblieben war:

»Antonio, wir brauchen das Absperrband auch hier unten. Wir kriegen so schnell kein wirkliches Kriminaltechnisches Team hierher.« Er stutzte. Dann fuhr er an den Carabinieri gewandt fort:

»Oder haben Sie Zugriff auf so ein Team?«

»Nein, nein«, versicherte Amadori, »das macht alles Imperia, die Provinzhauptstadt. Soll ich die verständigen?«

Gallo überlegte.

»Nein, wir machen es so: Wir warten auf Chiara Percivaldi, die ist erfahren genug. Sollte sie nicht weiterkommen und zum Beispiel die Kugel nicht finden, dann können wir immer noch ein größeres Team heranholen. Die Fußspuren haben wir ja, die sieht man deutlich. Sie kann davon Abdrücke nehmen. Zigarettenstummel gibt's keine, also konzentrieren wir uns auf die Kugel. Und dann müssen wir die dazu passende Waffe finden. Dann haben wir ihn überführt.«

»Oder sie«, ergänzte Antonio Rubbano. »Im Zweifelsfall könnte es auch eine Frau gewesen sein.«

13. KAPITEL

Triora, 31. Oktober

»Gehen wir wieder nach oben. Wir sollten mit den Jägern beginnen. Antonio, finde die Adresse von Baldassare Mandragoni raus, da fahren wir zuerst hin. Ich glaub zwar nicht, dass er nach Hause gegangen ist, aber wir sehen uns dort mal um. Ich hoffe, er hatte nur diesen einen Lieferwagen oder Pick-up, den wir identifiziert haben. Wenn er den benutzt, müsste er in den Straßenkontrollen hängen bleiben.«

»Commissario?« Alessandro Amadori schaute Gallo in die Augen.

»Sie wissen schon, dass das hier, also die ganze Gegend hier bis rauf zum Monte Saccarello und bis rüber nach Frankreich und ins Piemont hinein, voller alter Schmugglerpfade ist, oder? Wenn jemand sich hier auskennt, und davon müssen wir bei Mandragoni ausgehen, dann gibt es unzugängliche Pfade in alle Richtungen in Massen. Und da alles dicht bewachsen ist, hilft auch kein Hubschrauber bei der Suche. Außer, er hat Wärmebildkameras an Bord.«

Antonio Rubbano räusperte sich:

»Mit den neuen Drohnen würde das auch gehen. Die haben Wärmebildkameras. Die würden allerdings nichts nützen, denn dann wären da noch neben den Schmugglerpfaden die Behelfshütten, die überall im Wald und an den Hängen verstreut sind. Ursprünglich waren diese als Schutzhütten gebaut, für umherziehende Schäfer und ihre Tiere. Da gibt es Hunderte. Wenn er sich da drin versteckt, sind wir blind.«

»Keine rosigen Aussichten, da jemanden zu finden, der sich auskennt«, murmelte Gallo.

Sie stiegen wieder bergan, um die Truppe der Jäger zu erreichen.

»Wir müssen herausfinden, ob es ein Motiv für den Mord gab. Haben die sich gestritten? Gab es alte Fehden? Waren die Familien verfeindet? So was.«

Rubbano keuchte. Er war nicht sehr fit, hielt aber tapfer mit. Eines seiner Hosenbeine war immer noch über den einen Gummistiefel gezogen, was vor allem beim Klettern ein komischer Anblick war. Seine Krawatte flatterte ihm übers Jackett.

»Und dann war die Gegend auch durchsetzt mit Partisanen, im Zweiten Weltkrieg«, hechelte Rubbano hervor.

»Das war ein Territorium wie geschaffen für den Partisanenkampf. Jemand, der sich hier nicht auskannte, hatte keine Chance. Die Partisanen konnten in der Gegend wie Geister agieren: Sie tauchten aus dem Nichts auf, schlugen zu und waren im Augenblick darauf wieder unauffindbar verschwunden. Sie hatten Rückzugsorte, die Unterstützung der Gehöfte und hatten Waffendepots, Sprengstoff und Lebensmittel so gut versteckt, dass sie für die Besatzungsmächte, insbesondere für das Heer des Deutschen Reiches, ein echtes Problem darstellten.«

»So wie der Vietkong im Dschungel von Vietnam?«

»Nein, nein, das waren ja keine Armeen. Kleine Verbände, spontan zusammengewürfelt und nur mit Karabinern bewaffnet und Sprengstoff.«

»Aber sie haben den Deutschen trotzdem sehr wehgetan und vor allem dafür gesorgt, dass die Besatzer sich wegen der vielen Widerstandsnester nirgendwo sicher fühlen konnten. Diesen Teil Liguriens, hier im Hinterland, haben die Nazis nie richtig in den Griff bekommen.«

»Und alle hielten zusammen – gegen die Deutschen«, steuerte Maresciallo Amadori dazu.

»Ja, schon, aber die Geschichten sind zahlreich. In mehrerer Hinsicht. Da kursieren heute noch die Gerüchte und Anschuldigungen, wer möglicherweise wen wann an wen verraten hatte. Da ging es um Leben und Tod. Und bei vielen, die sich zum Verrat hinreißen haben lassen, ging es ums Überleben. Die Nazis waren nicht zimperlich. Wenn sie mal jemanden erwischt hatten, dann sind sie gnadenlos vorgegangen, um Informationen zu bekommen.«

»Ja, die alten Wunden sind noch spürbar«, keuchte Rubbano.

Sie hatten die Terrasse mit dem Safranfeld wieder erreicht. Rubbano bat die beiden Carabinieri, welche die Jäger entwaffnet und deren Personalien aufgenommen hatten, um die Leiche herum ein Flatterband anzubringen. Die Waffen waren schon nach oben an die Straße gebracht worden und lagen im Jeep der Carabinieri.

»Und lassen Sie bitte einen Mann dort, bis unser Team gekommen ist. Nicht, dass da Wildtiere sich an der Leiche zu schaffen machen.«

»Maresciallo, eine Frage«, sagte Gallo.

»Ja?«

»Wie groß ist Ihre Kaserne? Meinen Sie, wir könnten darauf zurückgreifen, wenn wir einen Verhörraum brauchen?«

»Commissario, das wird nicht gehen. Wir sind eine winzig kleine Kaserne. Wir haben gerade einmal einen kleinen Empfangsraum für Telefon und Kommunikation. Es ist wie ein kleines Privathaus, wo wir untergebracht sind. Da ist kein Platz für Ihre Zwecke. Dafür haben wir einen riesigen Garten, aber der nützt uns nicht viel.«

»Und die Polizia Locale?«

»Da müssten Sie den Bürgermeister fragen. Aber soweit ich weiß, haben die sogar noch weniger Platz als wir. Deren Büro – Einzahl – ist im Bürgermeisteramt untergebracht. Das wird auch nicht gehen.«

»Gut, wir werden sehen. Ist nicht so wichtig im Moment, könnte aber später zum Problem werden.«

14. KAPITEL

Sanremo, 31. Oktober

Laura Zendroni, die Inspektorin um die 50, kam in ihrer immer etwas zu weiten Dienstuniform pünktlich um 7.30 Uhr durch die schwere Holztür des Kommissariats an der Piazza Colombo, dem Hauptplatz von Sanremo. Hier fuhren die Busse ins Umland ab, hier gab es Parkhäuser, und zu jeder Tages- und Nachtzeit viel Verkehr. Die Piazza Colombo war so etwas wie der Verkehrsknotenpunkt von Sanremo. Die unterirdischen Parkhäuser würden später an diesem Morgen Hunderte Autos schlucken und Tausende Marktbesucher in die beiden Fußgängergassen, die Via Palazzo und die Via Giacomo Matteotti, die zum zentralen Marktplatz führten, wieder ausspucken. Denn es war Dienstag. Markttag.

»Na, das ist ja mal 'ne Geschichte!«, rief Laura aufgeregt. »Es ist Halloween und wir haben einen Mord! Und wo? Ausgerechnet in Triora! Um Himmels willen! Per la miseria!«

»Guten Morgen, Laura. Ja, das passt wie die Faust aufs Auge. Gut, dass du schon da bist. Ich muss gleich los.«

Laura ging wie immer erst zum Fenster des Empfangsraumes, in dem die Telefonanlage und die Funkzentrale untergebracht waren und wo die Dienstpläne an einer großen Tafel an der rückseitigen Wand hingen. Sie riss das Fenster auf und sah hinaus.

»Noch ruhig«, sagte sie zu Giulia in ihrem Rücken, »wenn es doch hier immer so friedlich wäre. Der Krach bringt mich noch um den Verstand.«

Laura, immer ein wenig dramatisch, immer ein wenig unzufrieden, aber immer die gute Seele des Kommissariats. Sie hatte nicht mehr viele Jahre bis zu ihrer Pensionierung und erledigte gerne den Innendienst. Aber sie wusste immer über alles Bescheid und war die moralische Instanz, deren gewiefter Mutterwitz auch vor dem Commissario Gallo nicht Halt machte.

»Wer ist alles schon oben?«, wollte sie wissen.

»Eigentlich nur der Commissario, Claudio Giostra und Antonio Rubbano. – Ah, und Benzina. Der ist gefahren.«

»Antonio? In Triora? Na, da wird der Commissario sich aber was anhören müssen. Bis Antonio mit allen Storys über Triora fertig ist, ist der Tag um!«

»Ja, und das noch in Gummistiefeln«, fügte Giulia hinzu.

»Was? Antonio Rubbano in Gummistiefeln? Warum in aller Welt?«

»Die Leiche wurde mitten in der Pampa gefunden, neben einem Safranfeld, hieß es.«

»Ach du meine Güte! Rumkraxeln müssen die auch noch. Weiß man schon, wer es war?«

»Ja, ein gewisser Gerolamo Silvestri. Er war Teil einer Jagdgesellschaft, und noch bevor die Jagd richtig losging, krachte ein Schuss. Und etwas später haben sie ihn gefunden. Tot. Herzschuss.«

»Wildschweine, huh?«, machte Laura, »nicht ungefährlich.«

»Es sah aber so aus wie eine Hinrichtung. Der Schuss muss aus nächster Nähe abgegeben worden sein. Tomas meinte, es sei auf keinen Fall ein Jagdunfall. Sondern Mord.«

»Da hat Bevilacqua, unser lieber Vizestaatsanwalt, ja wieder den richtigen Riecher gehabt, was? Doch nicht so übel, der Mann. Okay, Giulia, mach, dass du weiterkommst. Triffst du die anderen hier? Oder holst du sie ab?«

»Inspektor Viale müsste jeden Augenblick hier sein, und Chiara Percivaldi, die Gerichtsmedizinerin, holen wir im Krankenhaus ab.«

»Keine Kriminaltechniker?«

»Nein, erst mal nicht. Tomas meinte, dass Dottoressa Percivaldi das Nötigste vor Ort erledigen kann, sonst muss ein Team aus Imperia da hochfahren. Aber die Zeit drängt. Heute ist für Triora der große Tag im Jahr. Halloween. Warst du schon mal dort?«

»Gott bewahre, Giulia! Nie im Leben würde ich zu so einem Fest gehen. Paahh!«

Giulia schnappte sich ihre Jacke vom Stuhl, übergab Laura die Telefonregister der Nachtschicht und zog sich die festen Stiefel an.

»Halloween in Triora! Keine zehn Pferde! Die armen Frauen damals, und so was wird noch gefeiert. Ich hab die Fernsehberichte immer gesehen, denen kann man ja gar nicht ausweichen. Rockbands, Grillwürstchen, Popcorn! Ein Volksfest ist das. Wahrsagerinnen, Kartenleserinnen, Kräuterhexen, das ganze Programm. Magier. Feuerschlucker. Ein einziger Reibach. Das könnte auch ein Harry Potter-Festival sein. Da ist kein Unterschied. Da kriegt ihr mich nicht hin.«

Sie machte eine Pause.

»Obwohl, die Kartenleserinnen«, sinnierte sie kurz, »da würd ich schon mal reinschauen. Nur so aus allgemeinem Interesse, nicht, dass du meinst …«

»Da ist für jeden was dabei, Laura. Ist doch schön. Jeder soll seinen Spaß haben. Und wenn jeder was findet, was ihn fasziniert, dann ist es doch gut. Ein Gläschen Wein oder Bier an den Ständen, Kastanien oder die feinen Rostelle, die Fleischspießchen, Gebäck und andere Leckereien, dann die Kostüme! Manche geben sich wirklich große Mühe, die kommen einem in den engen, mittelalterlichen Gassen entgegen, in prächtigen gotischen Kostümen – Gänsehaut, sag ich dir. Du kommst dir vor wie vor 400 Jahren. Alles mit Fackeln erleuchtet. Ein Riesengedränge. Party pur. Und das mitten in einer perfekten, weil authentischen Opernkulisse. Das Dorf im Kern hat sich ja kaum verändert seit damals. Wir gehen fast jedes Jahr hin, wenn nicht gerade Dienst gemacht werden muss.«

»Ich meine ja nur, habe ja nichts dagegen, wenn Leute sich amüsieren. Aber das Problem dabei ist, dass das Ganze einen sehr, sehr ernsten Hintergrund hat, Giulia. Die armen Frauen. Deren Andenken verkommt zu einer Kirmes! Das stört mich. Die Gemeinde hat das ja toll hinbekommen. Ganz oben im Tal, da verirrt sich sonst kein Tourist hin, und mit dem ganzen Hexenthema haben sie eine gewaltige Attraktion geschaffen. Museum, Führung, Ausstellungen und so. Na prima!«

»Sie machen halt das Beste aus ihrer Vergangenheit, ist doch gut. Zumindest stellen sie sich der Vergangenheit und leugnen sie nicht. Das find ich eigentlich ganz gut.

Sie gehen, also was den Bürgermeister und die Gemeinde angeht, auch respektvoll mit dem Thema um. Sie reden nichts schön und zeigen alles, wie es war.«

»Gruselfaktor inklusive«, maulte Laura.

»Jetzt sei doch mal nicht so. Wäre es besser, wenn wie in den anderen Bergdörfern im Hinterland alle mit der Zeit wegziehen, weil es einfach nichts, gar nichts zu tun gibt? Die verwaisen doch alle. Triora hat die Wende geschafft. Ja, mithilfe der Hexengeschichte, das war fürchterlich, zugegeben, aber die Geschichte ist nun mal die Geschichte. Und indem man das deutlich und ohne Schranken so darstellt, was da passiert ist, dann kann es doch vielleicht dabei helfen, dass sich so etwas Ignorantes wie damals nie wiederholen kann.«

»Giulia. Du machst mir Angst. Kriegst du Geld dafür?«

»Nein, ich bin nur offen für alles. Ich versuche zu verstehen, bevor ich was verurteile.«

»Und Frauen werden heute nicht mehr diskriminiert, oder? Sie bekommen alle das Gleiche bezahlt wie Männer, nicht? Sie werden nicht, wenn sie hochkarätig sind, gemobbt und müssen den Spagat zwischen Kindern und Beruf auch nicht allein hinkriegen, richtig? Wenn eine Frau Karriere macht, dann hat sie sich wohl hochgeschlafen. Wenn ein Mann Karriere macht, dann ist er ein toller Hecht. Wenn eine Frau wirklich, also so richtig wirklich fähig ist, wird sie misstrauisch beäugt und schief angesehen. Mit der kann ja was nicht stimmen. Wenn ein Mann fähig ist, dann liegen ihm alle zu Füßen.« Sie stemmte die Fäuste in die Hüften und funkelte Giulia an.

»Es hat sich alles gebessert! Pustekuchen! Das wüsst' ich aber!«

Inspektor Viale stand plötzlich in voller Montur im Raum. Giulia roch sein After Shave, bevor sie ihn sah.

»Was ist denn mit euch los? Streitet ihr?«

»Buongiorno, Inspektor, nein, nein, Laura hat nur gerade einen Lauf mit der Gleichberechtigung. Damals wie heute.«

»Will mich ja nicht einmischen, aber man hört euch bis auf den Flur.«

»Mich regt nur auf, dass man aus dem traurigen Hexenthema ein Volksfest gemacht hat. Halloween, du weißt schon. In Triora«, sagte Laura.

»Das Obskure hat immer eine magische Anziehungskraft, Laura, und die Kulisse ist perfekt da oben. Aber wir sollten jetzt schnell los. Giulia, bist du fertig?«

Zwei Minuten später saßen Giulia und Inspektor Viale im Streifenwagen der Polizia di Stato, einem Lancia Delta in blau-weißer Lackierung, der nur einen 105-PS-Turbodiesel hatte, aber neben dem Funk auch eine direkte Videoverbindung mit der operativen Einsatzzentrale.

Giulia brauste durch das noch verwaiste, frühmorgendliche Sanremo, von der Piazza Colombo erst ein Stück nach Süden Richtung Hafen, dann links in die Via Roma und jenseits der großen Palmen auf der anderen Seite der Piazza Colombo wieder hoch ins Innere, höher gelegene Sanremo. Giulia fuhr schnell. Sie wich den Lieferwagen, die vor den Geschäften ausluden, aus, umkurvte mit Gemüse und Obst voll beladene, dreirädrige Apes, ein summendes Heer von Rollern, die ihre Fahrer zur Arbeit fuhren, und schraubte sich bis zum Kreisverkehr an der Via Franca hoch, wo sie um ein Haar mit einem Kühllaster der Fischer im Hafen kollidierte. Dann schoss sie die Via

San Francesco hoch und kurvte über die serpentinenartig angelegte Via Martiri della Foibe rüber zum Krankenhaus, das an einer Kurve in der Via Giovanni Brera liegend den Golf von Sanremo in spektakulärer Weise dominierte.

Sie hielten auf dem Kies vor dem Hintereingang, wo sonst die Leichen diskret abtransportiert wurden und wo das Reich der neuen Rechtsmedizinerin von Sanremo lag: Chiara Percivaldi. Sie sahen sie sofort: Sie stand vor der Tür und hatte einen großen Rollkoffer neben sich stehen, auf dem eine weitere, bauchige Tasche balancierte.

»Oha!«

Giulia sah zu Inspektor Viale rüber.

»Geht's noch?«, fragte Giulia.

»Da steht Audrey Hepburn in Groß und in Blond und mit Gummistiefeln. Unsere Rechtsmedizinerin. Welch ein Anblick!«

Giulia ließ das Fenster herunter.

»Also! Auf zu den Hexen«, rief Chiara Percivaldi gut gelaunt zur Begrüßung in den Wagen. »Wenn nicht nur auch noch Halloween wäre, wie soll man da arbeiten?« Sie strahlte.

»Buongiorno, Dottoressa«, grüßte Giulia respektvoll, sprang aus dem Auto, und zu dritt hievten sie den schweren Koffer in das Gepäckabteil des Streifenwagens.

»Was ist da denn alles drin?«, fragte Viale neugierig und musterte die offiziell als Rechtsmedizinerin im Krankenhaus von Sanremo angestellte Ärztin.

»Da ist alles drin, was ich brauche, um sie bestmöglich unterstützen zu können. Der letzte Schrei unter uns Kollegen. Ein, wie soll ich es sagen, damit Sie es verstehen – ein faltbares Feldlabor für erste Analysen vor Ort.«

Sie nahm jetzt die schwere, bauchige Tasche und hielt sie Viale hin.

»Ich bin ja heute nicht nur ihre Rechtsmedizinerin und forensische Pathologin in Personalunion, sondern auch ihre Kriminaltechnikerin. Forensische Serologie, forensische Toxikologie, Botanik, Zoologie, Entomologie, Geologie und forensische Psychiatrie – das sind die Gebiete, für die ich brenne. Aber das werden leider alles immer speziellere Disziplinen, daher ist es ein großes Glück für mich, dass ich meine Nase in all diese Gebiet reinstecken kann – ich bin ja von der Planstellenverteilung allein auf weiter Flur, zum Glück. Aber am liebsten von alldem bin ich Ärztin.« Sie strahlte Viale an.

Giulia sah, wie der gestandene Mittvierziger rötliche Flecken auf den Wangen bekam.

»Und hier drin«, sagte sie, während sie den bauchigen Koffer im Kofferraum sorgfältig so verkantete, dass er auf der Fahrt nicht verrutschen konnte, »sind meine Seziergeräte, die Skalpelle, Reagenzgläser, ein Mikroskop, Pipetten, Desinfektions- und Sterilisationsmittel, die nötigsten Chemikalien«, sie machte eine kleine Pause, sah, wie Viale sie mit halb offenem Mund musterte, »und hier meine Ganzkörper-Schutzkleidung und«, sie machte eine winzige Pause und sah Viale schelmisch an, »meine Latexhandschuhe. Stehen Sie auf so was, Ispettore?«

»Nein, äh, ich wollte nur …«

»Schon gut, Ispettore, wenn Sie sich wieder erholt haben: Könnten wir dann fahren? Was meinen Sie?«

Chiara Percivaldi glitt mit ihrem wippenden Pagenschnitt auf den Beifahrersitz und schnallte sich an.

»Ah, ehe ich's vergesse«, sagte sie nach hinten gewandt, wo Viale Platz genommen hatte, »bei digitaler Forensik brauchen Sie nicht auf mich zu zählen. Aber Sie haben da ja ein echtes Talent an Bord: Antonio Rubbano.«

Giulia konnte sich ein Lachen nur mühsam verkneifen, sprang auf den Fahrersitz, Viale sah verdutzt auf den Hinterkopf der Dottoressa und langte nach seinem Sicherheitsgurt.

»Alles, was ich bis jetzt weiß, ist, dass wir einen toten Jäger haben. Korrekt?«, fragte Percivaldi.

»Ja, einen erschossenen Jäger, mit einem Loch im Herzen und aus nächster Nähe hingerichtet, wie Commissario Gallo berichtet hat. Er möchte, dass Sie die Leiche direkt am Fundort begutachten.«

»Hingerichtet ... Keine voreiligen Schlüsse, Ispettore, wir müssen erst mal sehen, ob er wirklich hingerichtet worden ist, und vor allem wo. Deshalb ist es gut, wenn ich die Leiche direkt am Fundort anschauen kann. Er kann ja auch dorthin geschleppt worden sein. Aber das sieht man auf den ersten Blick, das Blut sackt nach dem Eintritt des Todes der Schwerkraft folgend nach unten. Außer er trug enge Kleidung, dann füllen sich die Kapillargefäße nicht mit Blut an. Oder er war besonders fett, dann dringt das Blut durch das Körperfett schwerer durch. Dann der Grad der Leichenstarre und die Körpertemperatur, alles Faktoren, die man am besten direkt am Fundort feststellt«, sagte sie fröhlich.

»Ich glaube, der Commissario war sich sicher, dass der Fundort der Tatort ist. Und dass er aus nächster Nähe erschossen worden ist.«

»Das werden wir noch sehen«, antwortete die Gerichtsmedizinerin, »er liegt im Wald, oder? Wissen Sie, wie weit von der Straße? Mein Zeug ist ganz schön schwer.«

»Wir sind nicht alleine, es gibt Carabinieri, die örtliche Polizei und die Rangers d'Italia. Wenn wir alle helfen, werden wir Ihre Koffer schon zur Leiche bringen.«

Chiara Percivaldi seufzte.

»Das hört sich gut an. Und heute ist Halloween dort oben, nicht? Mal sehen, ob das uns mehr stört als alle anderen, denen wir in die Quere kommen. Wenn es tatsächlich eine Mordermittlung ist, dann möchte ich nicht in der Haut des Commissario stecken. Ein ganzes Dorf und Tausende Feierwütige gegen sich. Mein lieber Schwan! Da braucht er ein dickes Fell!«

Sie hatten die Straße Richtung Taggia erreicht, Giulia hatte das Blaulicht eingeschaltet und raste über Kreisverkehre, Ampeln und am Fluss Argentina vorbei nach Norden in die Hügel.

»Kennen Sie sich da aus, Inspektor?«, fragte Percivaldi nach hinten. »Gibt's da eine größere Arztpraxis oder eine Ambulanz? Oder muss ich mich mit meinem Labor zwischen einer Würstchenbude und einem Bierstand einrichten?«

Giulia gluckste.

»Das werden wir sehen, aber ich bin sicher, wir finden den Platz, den wir brauchen.«

Kurz nachdem sie Badalucco mit seinen weithin bekannten Ölmühlen hinter sich gelassen hatten und auf der Höhe von Montalto Ligure waren und ihnen fast nur noch Autos entgegenkamen mit Menschen, die von den Dörfern in den Hügeln an die Küste zur Arbeit fuhren, krächzte das Funkgerät.

»Hallo, hallo!«

Giulia drehte leiser und reichte Inspektor Viale das Mikrofon nach hinten.

»Hallo, hallo!«, kam es wieder.

»Patrouille eins hier.«

»Benzina? Bist das du?«

»Ja, Inspektor. Der Commissario will wissen, wo ihr bleibt.«

»Wir sind in …«, Viale unterbrach und sah fragend auf Giulias Hinterkopf.

»In 15 Minuten sind wir da.« Viale deutete die dreimal hintereinander zur Faust gemachte und wieder geöffnete Hand Giulias.

»Er möchte wissen, ob die Dottoressa auch mitgekommen ist?«

»Ja, wir sind alle gleich da. – Benzina? Hörst du mich?«

»Ja.«

»Kannst du mal in Erfahrung bringen, wie viele Kameras es in Triora und Umgebung gibt? Öffentliche, also von der Gemeinde und Polizei und so weiter und auch private, vor Bank oder Apotheke oder vor Geschäften. Wenn wir die Liste schon mal haben, dann brauchen wir nicht mehr zu suchen. Lass dir einen Plan geben und zeichne sie ein, okay?«

»Jawohl, Inspektor, ich gebe es weiter. Gute Fahrt und over!«

Nach dem Dorf Molini kam die erste Straßensperre. Giulia kam in einer Staubwolke zum Stehen. Jetzt waren es nur noch einige Kurven, bis sie in Triora ankommen würden.

»Buongiorno«, grüßte ein junger Carabinieri und legte die Hand an seine Mütze.

»Sperren Sie hier schon ab?«

»Das ist für heute Abend. Wir richten einen großen Parkplatz ein, und die Gäste werden mit Shuttlebussen nach Triora zur Veranstaltung gefahren. Ab 15 Uhr darf hier kein Auto mehr durchfahren.«

»Haben Sie an den Kontrollpunkten schon etwas erreicht? Wir suchen ja einen Flüchtigen, einen Baldassare Mandragoni.«

»Nein, Frau Inspektorin, noch nichts. Auf keiner der Straßen, die wir überwachen, ist etwas Verdächtiges gesehen worden. Er ist wie vom Erdboden verschluckt.«

»Gut, danke, und buon lavoro!«

Giulia gab Gas. Viale von hinten:

»Bist aber schnell befördert worden, Frau Vize-Inspektorin«, mokierte er sich amüsiert.

»Ach, halt die Klappe«, erwiderte Giulia gut gelaunt.

»Sind wir bald da?«, fragte Chiara Percivaldi vom Beifahrersitz.

15. KAPITEL

Genua, Juni 2023

Sie hatte den Arbeitsplatz gewechselt. Sie hatte ihr Leben auf den Kopf gestellt. Und sie hatte auch sonst alles verändert.

Denn sie war nun eine Hexe geworden.

Jetzt konnte alles nur noch besser werden.

Mit diesem neuen, gefestigten Bewusstsein beobachtete Lena Dallobosco den Menschenstrom, der durch die Gassen des Hafenviertels von Genua floss. Eine Herde von Schafen, die sich vor dem Schicksal gewöhnlicher Sterblicher fürchtete, die ihrem eigenen Abgrund entgegenliefen. Eine Furcht, die SIE abgelegt hatte, seit sie entdeckt hatte, dass sie ein anderes Leben führen konnte.

Und wollte.

Ein Leben wie Franchetta Borelli.

Von Zeit zu Zeit stand sie am von außen durch einen schmiedeeisernen Harnisch geschützten Fenster, blickte von ihrer sicheren Warte aus in die resignierten, orientierungslosen und gehetzten Gesichter der Menge draußen und brach in Gelächter aus. Ein Lachen, das erst gedämpft und dann immer offener wurde, bis sie sich reinsteigerte und krampfhafte Schreie, die ihren Ursprung in einer Mischung aus Entsetzen und Herz zerreißendem Schmerz haben mussten, aus ihrem Innersten hervorbrachen. Die gleichen Schreie, die Jahrhunderte zuvor Franchetta ausgestoßen hatte, als sie durch eine unwissende, ignorante Welt unter der erbarmungslosen, erzwungenen Folter gelitten hatte.

Wäre ein zufälliger Passant auf sie aufmerksam geworden, er hätte hinter den armdicken Eisengittern in dem schwach erleuchteten Raum eine sich im Wahn krümmende Frau mit schmerzverzerrtem Gesicht und weit aufgerissenem Mund gesehen, und es wäre ihm nicht zu verdenken gewesen, wenn er insgeheim froh darüber wäre, dass solide Eisengitter ihn von dieser hysterisch wirkenden Person in dem Zimmer neben der Straße schützten.

Sie konnte sich so gehen lassen, weil sie jetzt in ihrem neuen Leben eine Arbeit in einer alten Buchhandlung gefunden hatte, die inmitten vieler weiterer alter Gebäude lag, die die salzhaltige, modrige Luft aller Hafenstädte atmeten. Ein Geschäft, eine Buchhandlung, die seit Generationen von einer deutschstämmigen Familie betrieben worden war und nun im Schoß von Dottore Gustavo Costacorta, einem bei seinen Patienten äußerst beliebten, der humanistischen Kultur zugeneigten Arzt, als letzten Erben eines jahrhundertelangen Stammbaums gelandet war.

Die Buchhandlung hatte zwei getrennte Räume. Der erste war nach modernen Ausstellungskriterien eingerichtet, mit Einbänden und Stapeln von Büchern in glänzenden Vitrinen und zur Straße hin aufwendig dekorierten Schaufenstern. Der andere, ein großes und staubiges Hinterzimmer mit einem kleinen Fenster zur seitlichen Gasse hin, hatte im Laufe der Zeit wahllos als Lager und diskreter Leseraum für die private, abgeschirmte Einsicht in die ältesten und wertvollsten Bände der Familie Costacorta gedient. Letztere Tradition war jedoch schon länger verloren gegangen, da seit Jahren niemand mehr in diesem Raum gewesen war. Mit Ausnahme von Dottore Costacorta und seiner neuen Mitarbeiterin, Lena, die als eine der besten Nachwuchsforscherinnen der italienischen Universität ausgewählt worden war, wie der erstklassige Lebenslauf von Dottoressa Magdalena Dallobosco es ihr auch nachwies.

Und das Aussehen des hinteren Teils der Buchhandlung hatte sich durch die Ankunft Lenas rasch verändert. Es war kein düsterer, unübersichtlicher, chaotischer und staubiger Lagerraum mehr. Sie hatte ihn in eine private Enklave für die ehrfurchtsvolle Lektüre wertvoller Bücher verwandelt, deren Ansammlung im Laufe von Jahrhunderten mit den bedeutendsten Antiquariaten und Museen in halb Europa mithalten konnte. In diesem separaten Raum, dem Hinterzimmer der Buchhandlung Costacorta, hatten sich im Laufe der Generationen Originaltexte und seltene Pergamente angesammelt, die weder ein staatliches Archiv noch sonst eine Lehranstalt besaß – außer vielleicht der Vatikan. Eine Schatztruhe voller Wissen und Macht, die Lena sich angeeignet hatte, indem sie den alternden Doktor ein für alle Mal für sich gewonnen hatte. Zuerst mit ihrem unbestreitbar umfangreichen Fach-Wissen und ihrer Leidenschaft für seltene antiquarische Bücher und Folianten – und schließlich noch mit einer anderen Leidenschaft: geschickt gewählte Röcke, unter denen im Sitzen die spitzenbesetzten Ränder halterloser Seidenstrümpfe aufblitzten, ein genau richtig gewähltes Dekolleté, ein gewisser Blick, eine Mischung aus Unterwürfigkeit und offener Koketterie – sie hatte alle Waffen eingesetzt, bis Dottore

Costacorta ihr erlegen war. Auf dem Kanapee im Hinterzimmer waren ihre Avancen deutlicher geworden, und schließlich hatte sie ihn zu einem holperigen, ungeschickten Liebesakt verführt.

Er wusste gar nicht, wie ihm geschehen war, wand sich wie ein Aal auf dem Trockenen, faselte von einem unverzeihlichen Ausrutscher – noch dazu mit einer untergebenen Angestellten –, und die moralische Wand des wertkonservativen, kreuzbraven Mitglieds der besseren Kreise der Stadt war eingestürzt.

Und Lena hatte ihn in der Hand.

Von nun an konnte sie schalten und walten, wie sie wollte, denn die Bibliothek war mittlerweile ihr alleiniges Reich geworden, während der Doktor seine Zeit zurückgezogen und scheu geworden in der prächtigen Familienvilla im Osten der Stadt verbrachte.

Und sich gründlich schämte. Für kurze Zeit.

Der Staub war zusammen mit den Spinnweben verschwunden. Das gedämpfte Licht und das altehrwürdige Mobiliar waren jedoch gleichgeblieben. Und die antiken Bücher, ordnungsgemäß sortiert und katalogisiert, wären in der Folge jetzt selbst für einen Menschen zugänglich gewesen, der noch nie mit solchen Kostbarkeiten zu tun gehabt hatte. Und zu ihrem Glück hatte Lena unter den literarischen Schätzen vieles entdeckt, was nur sie in ganzer Tiefe erfassen konnte. Immer wieder nahm sie die Bücher, die sie auf einem besonderen Stapel untergebracht hatte, ehrfürchtig in die Hand, streichelte darüber und glaubte mit der Zeit, dass sie zu ihr sprechen könnten.

La Piccola Cabotina, so hatte sie den hinteren Teil der Buchhandlung jetzt umbenannt, und als sie Dottore Cos-

tacorta bei einem flüchtigen Treffen – ein Treffen in aller Keuschheit selbstverständlich – in einem Café davon erzählte, hatte er ein jungenhaftes Lächeln aufblitzen lassen, als ob die bloße Anspielung auf die Hexen von Triora, die wahren Experten für Kräuterkunde und Medizin, die Macht hätten, ihn an seine eigene Universitätszeit und die medizinische Studentenverbindung, die ihn auch an seine glühenden und gleichwohl unschuldigen Ausbrüche von einer generellen Liebe zur Menschheit – die der Grund für jeden Arzt beim Ergreifen des Heilberufes sein sollte –, erinnern zu können. Und auch er hatte begonnen, den Raum von nun an so zu nennen, die kleine Cabotina, angefüllt mit Wälzern mit zahllosen Seiten voller mysteriöser und brutaler Geheimnisse, vor der die Masse der Menschheit geschützt werden und die man vor ihr verstecken müsse.

Aber sanft und lieblich sprachen diese Seiten zu denjenigen, die zu interpretieren und zu verstehen wussten, in einer Mischung, die sich zwischen Wissenschaft und Esoterik, Geschichte und Literatur bewegte. Zwischen Gesetz, Wissenschaft und Glaube. Alles. Alles konnte auf diesen Seiten mit der richtigen Lesart verstanden und in der Tiefe erfasst werden. Und niemand konnte das besser als Lena Dallobosco – weil sie mit den Augen von Franchetta Borelli sehen konnte.

Sie verbrachte ganze Nächte dort. Sie las Texte, die schreckliche Wunden wieder aufrissen, die nie ganz verheilt waren. Aber welche auch neue Details einer unendlichen Geschichte enthüllten. Beim Durchblättern der Seiten, die sich mit dem Kampf der Kirche gegen vermeintliche satanische Sekten, was in die Hexenverfolgung mündete, befassten, hatte sie in einem Anfall von Wut entdeckt, dass ein Mann, dem Gerolamo del Pozzo, der Bischofsvikar, besonders vertraute, 1857 nach Triora geschickt worden war, um den ordnungsgemäßen Ablauf der Folterungen während der Hexenprozesse zu kontrollieren. Das war genau zu der Zeit, als die tödlichen Tage dieser abscheulichen, grausamen Episode abliefen, die das Leben einer Vielzahl von Schwestern zerstört hatte. Schuldig gesprochen, nur weil sie die Natur um Hilfe gebeten hatten, um Schmerz, Leid und Krankheit zu lindern. Ohne, dass eine göttliche Vermittlung stattgefunden hatte, ohne, dass die bequemen Worte, die man als Religion bezeichnet, sie autorisiert hätten.

Das musste ausradiert werden!

Da war Gerolamo del Pozzo, der Verantwortliche der Inquisition. Dann gab es Franchetta Borelli, die als Hexe grausam gefolterte Frau. Aber wer war der Mann, den del Pozzo nach Triora geschickt hatte? Wie lautete sein Name? War er ein Mönch?

Die akribische Rekonstruktion der grausamen Details bestätigte, dass die Verhöre durch diesen ominösen, aber überall erwähnten Gesandten del Pozzos unerbittlich fortgesetzt wurden und die mutigen Frauen an diesem abgelegenen Ort in seinen Händen ein Grauen durchleben mussten, das ihr noch Jahrhunderte später den Atem raubte und das Blut gefrieren ließ. Die Prozessführung der Inquisition verstand es, ihre Arbeit hervorragend und konsequent zu erledigen. Am Ende hatte es 13 Frauen erwischt, die denunziert und die anschließend brutal gefoltert worden waren. 13 verhaftete Schwestern waren es gewesen. Die grausam gefoltert wurden wie Schlachtvieh. Um Geständnisse zu erlangen, Eingeständnisse von Schuld, die jeder unter diesen Folterungen gemacht hätte, in einem Strom aus Schmerz und Blut. Und Tränen, die reichlich flossen, als sie endlich gebrochen worden waren und nur, um dem Tod zu entgehen, weitere Schwestern denunzieren mussten. Und damit noch tiefere Schuld auf sich luden. Dieselben Tränen, die Lena jedes Mal über das Gesicht gelaufen waren, wenn sie sich diesen antiquarischen Buchseiten voller Gift und Abscheulichkeiten gewidmet hatte. Durchströmt von einem Gefühl so tiefer Ungerechtigkeit, dass als Sühne weder das faulige Gemäuer eines Kerkers noch die noch so gründliche Wandlung zu einem wohltätigen Herz ausreichen konnte. Eine Schuld, die einige der Schwestern nur dadurch überwinden konnten, dass sie sich umbrachten, indem sie in einer extremen Geste der Zerstörung diese schwere Schuld der Denunziation weiterer Folter vorzogen.

Aber Franchetta hatte einen anderen Weg eingeschlagen. Einen entsetzlichen Weg. Franchetta, aus nobler Familie und mit der Stärke ihrer Heilkraft gewappnet, hatte keinen Millimeter nachgegeben. Und sie hatte ihren Weg gegen die böse Finsternis der Welt fortgesetzt. Sie hatte denen, die ihren Körper quälten, ins Gesicht gelacht, ohne auch nur einen Augenblick an der Reinheit ihrer Sanftheit und Selbstlosigkeit zu kratzen. Lena hatte in den akribischen Aufzeichnungen jedes gesprochene Wort, jeden spöttischen Satz gefunden, der an ihre Peiniger, die Meister einer gnadenlosen Foltermaschine, gerichtet waren. Und sie hatte in der Stille dazwischen, wenn nichts gesprochen wurde, in Gedanken das Leid und die Einsamkeit Franchettas umso deutlicher spüren können.

Del Pozzo wurde dann, wie man aus den Archiven rekonstruiert hat, durch einen seiner Vertrauten ersetzt.

Eine prominente Persönlichkeit, die der Diözese sehr nahestand und Karriere gemacht hat. Er war ein Mann, der für seine Grausamkeit bekannt und in gewisser Weise für die Kirche unersetzlich geworden war, weil er ein kompromissloser Vertreter des Grundsatzes war, der der Kirche – und damit Gott – allein das Recht auf Heilung, Wunder und Leid gab. An den »Heilerinnen«, deren Frevel und Teufelswerk auch die Durchführung von Abtreibungen nach Vergewaltigungen bestand, musste ein Exempel statuiert werden. Franchetta, zu dieser Zeit schon in Genua inhaftiert, war also auf Anweisung dieses Vollstreckers der Kirche nach Triora zurückgebracht worden. Nicht, um ihre Studien und Heilkräuter wieder aufzunehmen. Oder um den Bedürftigen zu helfen. Oder den jungen Frauen, die durch Gewalt schwanger geworden waren und sich schließlich der Wissenschaft der Schwestern bedienten, um sich von der Schande der Sünde zu befreien. Nein, sie war in das Triora ihrer Geburt zurückgekehrt, um wie eine Straftäterin von den Inquisitoren verhört zu werden.

Sie hatten sie in den Palazzo Stella gebracht, aus dem sie sich dann aus dem Fenster stürzte und mit den Flügeln schlug wie ein Vogel. Nachdem sie unter der Folter stumm geblieben war während der langen 48 Stunden, in denen sie sich nicht zu ihrer Schuld bekannte, von der sie wusste, dass sie sie nicht hatte. Das Einzige, was sie von sich gab, war ein Kuss, den sie dem Wind zuwarf, um ihn versöhnlich zu stimmen, weil sie in Sorge um die bevorstehende Kastanienernte war: Wenn der Wind zu stark blies, würden die wertvollen Kastanien zu Boden fallen und unbrauchbar werden. Ihr Kuss sollte den Wind besänftigen, während das Blut aus ihrem Schoß in Strömen über das hölzerne Pferd lief.

Die Seiten, die Lena gefunden hatte, enthielten keine sicheren, belegbaren Beweise, wie sie sie in den Aufsätzen von ihren Studenten verlangt hätte, wenn man sie nicht aus ihrer Hochschullaufbahn gemobbt hätte. Aber die Aufzeichnungen, die sie las, machten es für sie dennoch überdeutlich. Der berüchtigte Prozess hatte mit Franchettas Verschwinden geendet, dessen Umstände für immer ein Geheimnis geblieben waren. Ihre Leiche war nie gefunden worden, vielleicht, um die grausamen Verstümmelungen an ihrem Körper für immer zu verbergen. Aber Lena glaubte bereitwillig daran, dass Franchettas Körper im Fall aus dem Fenster vom Teufel persönlich aufgefangen worden war, wie es eine alte Legende besagte. Um Franchettas Herz später einmal wieder einer anderen Seele zurückzugeben, die nicht weniger offenherzig oder von der Gesellschaft geächtet war. Um sie mit einer neuen Person zu verschmelzen, die ebenso dunkle und stürmische Zeiten durchleben musste. Und als sie sich vorstellte, wie sie und Franchetta vereint werden könnten, in der Ekstase verschmolzen zu einer einzigen Person, schaute sie aus dem Fenster ihres kleinen Schutzraumes im Hinterzimmer der Buchhandlung und lachte. Sie lachte und lachte immer weiter. Denn sie wusste jetzt, dass es ein Geschenk war, das nicht vergeudet werden durfte.

Denn jetzt hatte sie einen Namen. Ein klares Ziel, das vor ihren Augen Zeit und Raum verschmelzen lassen konnte. Es ging immer um ein Leben für ein Leben, wie es bei Franchetta und Lena um eine Seele für eine Seele ging.

Es gab diesen unsichtbaren Faden zwischen Franchetta und Lene, dass wusste sie. Wie in Taylor Swifts Lied »Invisible String«.

16. KAPITEL

Triora, 31. Oktober

Als Dottoressa Chiara Percivaldi die Lichtung betrat, nickte sie Gallo kurz zu, der in der Nähe der Leiche kniete und die Umgebung absuchte.

»Commissario, buongiorno!«, begrüßte sie ihn. Sie lächelte. »Was haben wir hier?«, fragte sie mit ruhiger Professionalität, während sie ihre bauchige Tasche abstellte und die soliden Schlösser aufschnappen ließ. Den schweren Koffer hatte ihr ein Rangers d'Italia hinterhergeschleppt.

»Buongiorno, Dottoressa! Danke, dass Sie hergekommen sind«, sagte Gallo und stand auf. Er wischte sich die Hände an seiner Jeans ab, Chiara Percivaldis Blick blieb einen Augenblick an dem klaffenden Loch über seinem Knie hängen. Dann sah sie ihm direkt in die Augen.

»Suchen Sie was Bestimmtes?«

»Ja, ich versuche rauszufinden, wie er gestanden haben muss, um so hinzufallen, wie er jetzt daliegt.«

»Ah, Sie suchen das Projektil.«

Chiara trat näher an den Leichnam, zog sich die Handschuhe über die Handgelenke hinauf und beugte sich für eine erste Inaugenscheinnahme über den toten Gerolamo Silvestri. Mit einem vorsichtigen Finger schlug sie die Jacke beiseite und berührte das Einschussloch.

»Auf Herzhöhe...«, murmelte sie. »Und die Wunde... sie ist zu sauber für einen Unfall. Sie haben recht. Ein Mord, auf den ersten Blick. So wie es aussieht, muss der Schuss direkt von vorne abgegeben worden sein, das Opfer muss seinen Mörder gesehen haben. Haben Sie schon Vermutungen über die Munition?«

Gallo nickte, während er an der anderen Seite der Jacke des Opfers zupfte. »Die Jagdgesellschaft, die, an denen sie vorhin vorbeigekommen sind, sprach von Munition, die für Schwarzwildjagd verwendet wird, mindestens 2.000 Joule Aufprallenergie. Sonst laufen die Wildschweine einfach weiter und rennen den Jäger über den Haufen. Das deutet auf etwas wie eine 308 Winchester hin.«

Chiara beugte sich weit über den Leichnam und schnupperte vorsichtig an der Jacke. »Der Geruch von Schmauch ist unverkennbar. Aus nächster Nähe«, sagte sie und schaute Gallo an.

Gallo seufzte tief. »Genau das befürchtete ich auch. Dies war kein Jagdunfall, Dottore Percivaldi. Es sieht nach einer gezielten Hinrichtung aus. Zumindest volle Absicht. Ich habe die Mordermittlungen bereits eingeleitet.«

Die Gerichtsmedizinerin nickte ernst. »Ich werde eine gründliche Autopsie durchführen müssen, um mehr zu erfahren. Vielleicht können wir gemeinsam die Flugbahn des Geschosses rekonstruieren und herausfinden, ob es irgendwo in der Nähe steckengeblieben ist.«

Chiara packte einige ihrer Instrumente aus und bereitete sich auf eine erste Untersuchung am Fundort der Leiche vor. »Sie werden der Erste sein, der es erfährt, wenn ich was finde, Commissario. Lassen Sie uns hoffen, dass die Natur hier mehr Antworten verbirgt, als es den Anschein hat.«

Gallo sah sie fragend an.
Sie deutete mit dem Kopf auf die umliegenden Bäume und Sträucher.

Die ersten Strahlen der Oktobersonne brachen sich durch das dichte Laub der Bäume und warfen ein flackerndes, goldenes Licht auf die Szene, die sich vor ihnen entfaltete.
Mit akribischer Sorgfalt machte sich Chiara Percivaldi daran, zunächst jeden Zentimeter um den Leichnam herum zu fotografieren, um sicherzustellen, dass keine Spur übersehen wurde. Als sie schließlich anfing, die Kleidung des Toten zu untersuchen, beobachtete Gallo, wie sie mit der Präzision und dem Respekt, den ein Toter, jeder Tote, in seinen Augen verdiente, vorging. Er war froh, dass sie da war und nicht mehr Dottore Parodi, der alte, knöcherne, zuverlässige, aber quälend langsame Arzt und Aushilfs-Rechtsmediziner aus Sanremo, der vor Chiara Percivaldis Ankunft Aufgaben wie diese hier übernommen hatte, bevor sie als Rechtsmedizinerin dem wachsenden Kommissariat von Sanremo zugeordnet worden war. Dies war eine Konsequenz der prosperierenden Entwicklung, die Sanremo mit seinen 60.000 Einwohnern genommen hatte, seinem berühmten Schlager- und Popfestival, der Beteiligung des Staates Monaco am Hafen, der Rallye Sanremo, dem berühmten Radrennen Milano-Sanremo und zahlloser anderer Veranstaltungen, die aus dem Städtchen an der Rivera wieder einen internationalen Magneten für Touristen, Geschäftsleuten und Investoren gemacht hatten. Formell gehörten sie alle, das Kommissariat genau wie die Rechtsmedizin, zum Verwaltungsapparat von Imperia, gleichzeitig

Namensgeber der ganzen Provinz, das mit seinen etwas über 40.000 Einwohnern mit dem neuen Glamour Sanremos nicht mithalten konnte. Das Wachstum Sanremos hatte auch die neue Stelle für Tomas Gallo möglich gemacht, da sich die Stadt mit einer proportional zu ihrem Wirtschaftswachstum auch mit einer zunehmenden Zahl an Kleinkriminalität bis hin zu Wirtschaftsdelikten und Kapitalverbrechen konfrontiert sah. Die Kaserne der Polizia di Stato, der eigentliche Dienstsitz des Commissario, war aber zu klein, weshalb die Verwaltung auch des Innenministeriums die Büroräume an der Piazza Colombo gemietet hatte.

Der erste Fall, den sie gemeinsam gelöst hatten, wäre ohne die akribische Untersuchung Chiara Percivaldis nicht zu lösen gewesen. Sie hatte die alles entscheidenden Hinweise auf die wahren Täter an der Leiche entdeckt, dabei immer wieder nachgehakt, probiert und analysiert, bis sie die verdächtigen, winzigen Spuren von Nagellack gefunden und isoliert – und damit sogar Gallos Hals gerettet hatte.

Sie öffnete jetzt mithilfe einer Schere die Jacke, das darunterliegende Hemd und die wärmende Weste, eine Art Wams aus Wolle als Unterhemd, wie sie Gallo schon lange nicht mehr gesehen hatte. Das Einschussloch, ein kreisrundes, finsteres Zeugnis der letzten Momente des Mannes, wurde sichtbar.

»Kann es sein, dass das Geschoss möglicherweise in einem der dickeren Knochen des Opfers steckengeblieben ist?«, fragte Gallo.

Chiara sah zu ihm auf. Sie strich sich eine Strähne ihres blonden Pagenschnitts aus dem Gesicht.

»Das könnte durchaus sein, oder es hat seine tödliche Reise durch den Körper fortgesetzt, um irgendwo in der Nähe verborgen zu sein.«

Sie ließ ihn zwei Reihen makelloser Zähne sehen.

»Aber das haben wir gleich, nur einen kleinen Moment noch. Helfen Sie mir dann bitte gleich, die Leiche umzudrehen. Wenn kein Austrittsloch zu sehen ist, dann finde ich die Kugel bei der Obduktion.«

Bei diesen Worten tauchte urplötzlich ein Skalpell in ihrer Hand auf, mit dem sie den Tragegurt aus Leder von Silvestris Gewehr durchtrennte.

»So, ich hebe den Körper ein wenig an und Sie ziehen sein Gewehr unter ihm heraus.«

Gallo nahm den Lauf in die Hand und brachte das Gewehr zum Vorschein.

»Eine 308 Winchester. Schon ein wenig älter. Aber mit so einer ähnlichen Waffe muss er erschossen worden sein.«

Er roch am Lauf.

»Diese hier war es jedenfalls nicht. Die riecht nur nach frischem Waffenöl.«

Während Gallo und Dottoressa Percivaldi die Untersuchung fortsetzten, wurde die Luft zunehmend erfüllt vom intensiven Duft des Safrans, dessen Blüten sich in der ersten Sonne des Tages geöffnet hatten und bereit für die Ernte waren. Die fernen Geräusche des Windes, der durch die Bäume wehte und in ihrer Nähe durch das Laub der wilden Lorbeerbäume raschelte, untermalten das Seufzen Chiara Percivaldis, als sie mit Gallos Hilfe den kompakten, schweren Körper Gerolamo Silvestris umdrehte.

Sie inspizierte den Rücken Gerolamo Silvestris.

»Ein Steckschuss!«, sagte Chiara Percivaldi.

»Bei dem Kaliber? Ist die nicht gerade durchgeschossen?«, fragte Gallo.

»Das ist ja keine militärische Munition. Schon ein großes Kaliber und mit sehr hoher Austrittsgeschwindigkeit. Aber auf der Jagd ist es nicht gewollt, die tödliche Wirkung dadurch zu erzielen, dass möglichst viel Gewebe zerfetzt wird. Sonst käme ja ausschließlich Wildgulasch auf den Tisch.« Sie sprach sehr ernst.

»Nein, diese Munition bewirkt, dass sie einen dünnen Schusskanal vom Durchmesser eines Bleistifts bildet und sich durch den explosionsartigen Druck die umliegenden Organe erst komprimieren und dann blitzartig wieder ausdehnen. So als würden sie eine Leber, Lunge oder ein Herz unter einen Amboss legen. Keine Überlebenschance.«

»Die Geschosse erzielen die Wirkung durch ihre extreme Geschwindigkeit?«, fragte Gallo.

»Genau. Je höher die Geschwindigkeit, umso höher der Kompressionsdruck auf die Organe.«

»Und kann es sein, dass das Geschoss noch im Knochen steckt?«

»Absolut. Selbst bei dieser Aufschlagskraft halten Knochen durchaus stand, auch, weil sie – bei Rippen zum Beispiel – etwas nachgeben beim Aufschlag. Das lässt Bänder und Sehnen zwar reißen und fetzt die Muskeln aus ihrer Verankerung, aber die Kugel steckt. Hier glaube ich nicht, dass das Brustbein getroffen oder durchschlagen wurde, aber ich vermute, spätestens im hintern Rippenbogen steckt die Kugel. Aber Sie wissen ja, das muss ich auf dem Obduktionstisch machen.«

»Also wir haben noch eine Kugel, die im Körper steckt, kennen aber den Waffentyp durch die Zeugenaussagen und brauchen infolge für die einwandfreie Überführung des Täters die Tatwaffe, die Kugel im Körper, die ihr zugeordnet werden kann, und müssen nachweisen, dass der Täter mit seiner Waffe zum Tatzeitpunkt am Tatort gewesen ist«, rekapitulierte Gallo.

»Ja, genau. Das ist die Lösung des Rätsels.« Chiara Percivaldi sah Gallo aufmunternd an.

»Laut Zeugenaussagen der Jagdkollegen haben sie den Schuss um 01.45 Uhr gehört. Stimmt das mit dem Todeszeitpunkt überein, oder gibt es da eine Diskrepanz?«

»Nach der Körperkerntemperatur, die ich hier nur oberflächlich messen kann, der Umgebungstemperatur und den Umständen am Fundort – ja, das kommt ungefähr hin.«

Sie sah auf ihr Tablet, auf dem sie sich während der Erstuntersuchung Notizen gemacht hatte.

»Ich schätze – und Commissario, das ist eine Schätzung –, dass sich die Temperatur nach Todeseintritt um ungefähr 1,1 Grad Celsius pro Stunde verringert hat. Es war ja kalt hier heute Nacht, also ist die Temperatur schneller abgesunken als die üblichen 0,8 Grad pro Stunde – aber bitte, das ist nur eine Faustregel. Wenn jetzt die Sonne auf die Leiche trifft, dann verlangsamt sich naturgemäß die Abkühlung. Also ja, der Todeszeitpunkt lag eher vor 3 Uhr heute Morgen und könnte nicht viel vor 2 Uhr sein. Es sind keine Totenflecken zu sehen und das Blut hat sich noch nicht auf der Unterseite gesammelt.«

»Können Sie die Leiche jetzt freigeben?«

»Ja, ich glaube, wir haben alles Relevante erhoben. Mehr, wenn ich ihn auf meinem Tisch in der Rechtsmedizin habe, Commissario.«

»Gut, dann lass ich die Leiche abtransportieren. Bleibt nur die Kleinigkeit, den Schützen aufzuspüren. Wir haben seinen Namen und Wohnort, aber er ist verschwunden.«

»Na, dann viel Glück. Bei dem Gewimmel, das hier in Triora bald ausbricht wegen Halloween, wird das nicht leichter.«

»Nein, Chiara«, sagte Gallo und nutzte ihren Vornamen. Dottoressa Percivaldi sah ihn unverwandt an, ihre Mundwinkel kräuselten sich zu einem amüsierten Lächeln und sie kommentierte es nicht.

»Was allerdings von Vorteil ist: Bei dem Totenkult, der Halloween ja bedeutet, fällt unser Leichenwagen inmitten der Partyvorbereitungen nicht auf.«

Gallo lächelte. Das war genau seine Art von Humor. Trotzdem ließ er Chiara diese Bemerkung nicht unkommentiert durchgehen. Er sah sie streng an, seine Augen wurden dunkel, was sie aber nicht beeindruckte.

»Dottoressa, mir wäre es lieber, wenn Sie noch in der Nähe blieben, anstatt nach Sanremo zurückzufahren. Haben Sie jemanden, der die Leiche in Empfang nehmen und verstauen kann, ohne dass Sie dabei sind? Wenn ich es richtig verstanden habe, ist das Wesentliche an der Leiche die Entnahme der Kugel und der Abgleich mit der Waffe, die wir allerdings noch nicht haben. Das wird erst zur absoluten Priorität, wenn wir die Waffe einmal in Händen haben. Oder sehe ich das falsch?«

Sie überlegte. Dann sagte sie:

»Gut, Commissario, wenn ich hier helfen kann, dann gerne. Wir sind durch den ersten Fall gut zusammengewachsen als Team. Und das in sehr schneller Zeit. Ich bin gerne dabei!«

Dabei sah sie ihm ernst in die Augen und erhob sich, ließ die Latexhandschuhe von ihren Fingern schnalzen und machte sich daran, ihre bauchige Tasche wieder einzuräumen.

Gallo beobachtete sie einen kurzen Moment, staunte über ihre traumwandlerisch sichere Akribie, nahm das Funkgerät zur Hand und ordnete den Abtransport der Leiche von Gerolamo Silvestri an.

»Und dann noch etwas, Viale: Wir gehen auf dem Weg zum Haus des Verdächtigen durch die Stadt und richten uns irgendwo ein. Ich glaube, das wird heute länger dauern hier. Solange es noch nicht voll ist, schauen wir, dass wir einen Raum finden, in dem wir arbeiten können.«

»Melde dich bei Bevilacqua«, kam es aus dem Funkgerät. »Der stellvertretende Staatsanwalt hat schon das dritte Mal angerufen. Sagt, er könne dich nicht erreichen …«

17. KAPITEL

Triora, Halloween

Es herrscht am Vormittag bereits lebhaftes Treiben. Lieferautos rangieren hin und her, andere Autos werden schon entladen, Menschen laufen durcheinander, Stromkabel werden verlegt und Feuer für die großen Grills angefacht.

Gallo schreitet durch die breiteste, leicht ansteigende Straße von Triora, an deren Ende die engen Gassen der eigentlichen Altstadt beginnen, die ein steingehauenes, mittelalterliches Labyrinth sind. Zwar scheint die Sonne an diesem hellen Oktobertag, aber die Energie, die Gallo anhand der vorherrschenden Symbolik einfängt, deutet schon jetzt auf extrem nächtlichen, düsteren Nervenkitzel hin. Überall werden aufgeregt bereits Stände aufgebaut. Die ersten Hexen und Teufel mit Bierbechern in der Hand stehen schon in Grüppchen zusammen, auf mehreren mit Totenköpfen dekorierten Bühnen führen Rockbands mit Getöse ihre Soundchecks durch, Maskenbildner für den richtigen Hexen-Touch zu Halloween richten ihre Schminkutensilien her, Kurzentschlossene stöbern durch Marktstände, die sich auf Kostümverkauf spezialisiert haben, Trödelstände türmen ihre letzten Waren auf, Kartenleserinnen mit spitzen Zauberhüten auf dem Kopf und paillettenbesticktem Gewand hocken erwartungsvoll in ihren mit Spinnennetzen geschmückten Zelten und sortieren ihre Deko, Wahrsager blicken schon mal ernst in ihr Inneres, Barista lassen ihre Mühlen kreischen, nebenan türmen sich an weiteren Ständen Honig und Kastanien aus der Region, Seife aus Olivenöl in allen Farben wird aufgeschichtet, Kunsthandwerk aller Art ins rechte Licht gerückt, Rockerzubehör und -kleidung für gestandene Kerle und einige Kleinigkeiten für ihre Groupies werden mit grimmiger Miene für den großen Andrang zurechtgezupft, allerlei Hexenzubehör wie Hüte, Besen und selbstklebende Warzennasen werden ausgepackt, dazwischen eine beeindruckende Falknergruppe aus Taggia namens »Terra di confine« mit ihren echten, lebenden Raubvögeln wie Falken, Bussarden, riesigen Milanen mit gewaltigen Schnäbeln und Klauen und Eulen, die ihren Kopf um 360 Grad drehen können und die Gallo im Vorbeigehen wie durch eine Lupe angucken, und vor allem viele Essensstände, an denen schon gebrutzelt, gedampft und frittiert wird: Sandwiches und Pizzen etwa gibt es, Porchetta und Süßigkeiten, Crêpes, Zuckerwatte und viele andere Leckereien, damit die Halloween-Besucher nicht hungern müssen. Es werden auch mittelalterliche Lederwaren und handgefertigte Hüte samt Schleiern neben getriebenem Silberschmuck mit eingeprägten Ritualsymbolen in allen Größen feilgeboten, esoterische Stände mit Büchern, Räucherstäbchen und Duftkerzen verströmen benebelnden Dunst, Zaubersteine und Hexenkitsch ziehen das Auge an, magische Utensilien für was auch immer – und dazwischen als Höhepunkt mehrere Harry-Potter-Merchandise-Stände neben hobbymäßig improvisierten parapsychologischen Ad-Hoc-Lebensberatungen durch selbst ernannte Weise.

Ein Rummelplatz.

Commissario Gallo registrierte dies alles im Vorbeigehen und steuerte entschlossen auf die belebten, engen Gassen im eigentlichen Kern zu, die Triora als eines der schönsten Dörfer Italiens auszeichneten. Er durchmaß die zentrale, enge Via Roma – wie sollte die zentrale Straße in einem Dorf in Italien auch anders heißen –, die links und rechts von vielen kleinen Geschäften mit ein, zwei Stufen und schmalen Glastüren am Eingang gesäumt war, deren Existenz auf ein äußerst erfolgreiches Stadtmarketing schließen ließ. Fast jedes trug in der einen oder anderen Variante die Bezeichnung »Hexe« im Namen, zumindest aber im Schaufenster eine buckelnde schwarze Katze oder einen kohlschwarzen Raben. Die Verkäufer oder Inhaber waren in fantasievolle und erstaunlich authentisch wirkende Kostüme aus der Zeit um 1700 gekleidet. So als wollten sie ein Gegengewicht zum hemmungslosen Halloween-Kommerz schaffen und mehr auf die DNA Trioras, das Hexendrama, fokussieren. Auf Gallo wirkte es, als wollten viele tapfere Bürger und Gewerbetreibende in Triora sich gegen eine völlige Amerikanisierung und damit Kommerzialisierung ihres Festes wehren – recht hatten sie – und das Thema der grausamen Hexenverfolgung achtsam, bewahrend und nichts beschönigend anklingen lassen, mehr als Mahnung, Erinnerung und Lehre zur eigenen Geschichte. Aber Gallo spürte, dass sie einen schweren Stand hatten.

Gallo wurde Zeuge, wie eine Gruppe junger Menschen mitten auf dem leicht abschüssigen, von turmhohen Steinmauern umringten Marktplatz aus dem frühen Mittelalter auf dem Boden ein blutbeflecktes Leintuch, unter dem die Umrisse einer lebensgroßen Puppe glauben ließen, es handele sich um einen Toten, drapierten. Sie stellten ringsum Kerzen auf. Eine Tafel informierte, dass es sich um die theatralische Darstellung der aus dem Fenster gesprungenen Franchetta Borelli handeln solle, deren Leiche der Legende nach aber nie gefunden worden ist.

Nach weiteren, verwinkelten und auf- und abstrebenden Gassen, teilweise so schmal, dass er mit ausgestreckten Armen beide Häuserwände berühren könnte, stand Gallo urplötzlich auf einem weiten Platz, der Piazza Reggio, und direkt neben sich sah er eine gewaltige Arkade, einen wuchtigen Bogengang, der den Eingang zum Stadtmuseum schützte. Gallo las auf der Tafel, dass es sich um den historischen Palazzo Stella aus dem 14. Jahrhundert handele, der jetzt das Museo delle streghe, das Hexenmuseum, beherbergte.

»Sie müssen Commissario Gallo sein, hab ich recht?«, sprach ihn unvermittelt eine hochgewachsene Gestalt in einem tadellosen, wahrscheinlich maßgeschneiderten Anzug in ungefähr seinem Alter an.

»Und Sie sind?«, fragte Gallo, der unrasiert war, strubbelige, wellige Haare mit einem unzähmbaren Eigenleben auf dem Kopf trug, eine verwaschene Jeans mit einem Loch über dem Knie und Turnschuhe trug. Er musterte den Mann, der einen halben Kopf größer war als er, mit seinem ruhigen, hypnotischen Blick.

»Gianluigi Fabio, Bürgermeister von Triora«, sagte der Mann, den alle nur bei seinem Titel nannten, sindaco, das italienische Wort für Bürgermeister. Er streckte Gallo seine ausgestreckte rechte Hand hin, die an einem überlangen Arm zu hängen schien.

Trockener, kräftiger Druck, konstatierte Gallo. Der Mann war souverän, dachte er und musterte einen Augenblick die feinen, freundlich wirkenden Fältchen um seine Augen.

Aufrichtig freundlich, das ja, aber mit den sichtbaren Spuren erster Kampfproben, analysierte Gallo.

»Commissario Gallo, unter anderen Umständen ...«, er machte eine ausholende, stolze, aber nicht angeberische Geste über den wunderschönen Platz mit seinen zahlreichen perfekt restaurierten prachtvollen Gebäuden. Seine Hand strich auch über die an mehreren Stellen Aufführungen vorbereitenden Helfer, wie die von einem Feuerschlucker, der Löscheimer nebeneinander aufstellte, einer bekannteren Show-Rock-Band aus Genua auf einer Bühne, die ihre Verstärker einstöpselte, und einen Trupp rustikaler Männer, die eine Art simulierten Scheiterhaufen aus großen Bruchholzstücken mitten auf dem Platz aufstapelten.

»Wie Sie sehen, Commissario, hier ist heute die Hölle los. Ich würde Ihnen wirklich alles gerne zeigen, aber Sie sehen ja selbst ...«

»Ich hoffe«, sagte Gallo ungerührt, »dass wir rasch vorankommen und unsere Ermittlungen mit dem Fest heute Abend nicht kollidieren.«

Der Sindaco wurde kreidebleich.

»Ich habe schon mit dem Präfekten in Imperia telefoniert, Commissario.«

War das ein Einschüchterungsversuch?, dachte Gallo amüsiert. Wenn Gallo sich auf eines verstand, dann war es seine angeborene, natürliche Art, mit der er Menschen mit Autoritätsgehabe gleich einem alten Zen-Kampfmeister im Handumdrehen auf die Matte schicken konnte.

Er musste ihn jetzt nur kommen lassen ...

»Und der Präfekt hat mir versichert, dass er mit dem stellvertretenden Staatsanwalt gesprochen habe, ein gewisser ...«

»Bevilacqua, Herr Sindaco«, vervollständigte Gallo seelenruhig.

Ein wohlkalkuliertes, spöttisches Lächeln kräuselte Gallos Lippen.

Der Sindaco sah verunsichert auf Gallos Mund. Eins zu null.

»Ja, äh, genau! Und dass es die wenn auch unwahrscheinliche Möglichkeit gäbe, dass ... sehen Sie, all diese Menschen, die hier ... das ganze Jahr ...«, der Sindaco zappelte mit den Armen. Zwei zu null.

Gallo stellte für sein Gegenüber kaum merklich seine Beine etwas mehr auseinander, straffte in Zeitlupentempo seine Schultern und stand jetzt da wie ein Bollwerk.

»Ja?«, fragte Gallo ruhig.

»Äh, was?« Drei zu null.

»Herr Sindaco, ich weiß Ihre Hilfe sehr zu schätzen. Das wird sicher dazu beitragen, alles zu beschleunigen.«

»Welche Hilfe? Ach so, Sie meinen ...«

»Ja genau, Herr Sindaco, ich meine, dass Sie meiner Assistentin, Inspektorin Giulia Brizzio, zugesagt haben, wir könnten vorübergehend den Sitzungssaal hier im Museum als provisorisches Hauptquartier und Koordinierungsstelle nutzen.«

»Ja selbstverständlich, Commissario, selbstverständlich,

alles was Sie brauchen. Es gibt Telefone, Waschräume, ein kleines separates Büro ...«

»Internet? Gibt es einen Highspeed-Internetanschluss?«

»Ja, natürlich, gleich am Eingang sitzt ... also die Damen, die hier den Empfang ...«

»Das Sekretariat. Gut.«

Gallo hatte mit seinem undurchdringlichen Blick die Augen des Bürgermeisters die ganze Zeit über fest im Griff behalten. »Ich habe den Sitzungssaal für Ihre Verhöre vorbereiten lassen.« Der Sindaco ließ einen winzigen Augenblick lang die Schultern hängen. Vier zu null.

»Ich hoffe, die Räumlichkeiten sind für Sie zufriedenstellend, Signor Commissario«, sagte der Bürgermeister mit einer einladenden, ans Servile grenzenden Geste. Gallo lächelte und nickte anerkennend.

»Vielen Dank, Signor Bürgermeister. Ihre Unterstützung in dieser Angelegenheit ist unverzichtbar.«

Auf dem Weg nach innen und über die geschwungene Treppe nach oben bedrängte der Bürgermeister Gallo.

»Ich muss zugeben, der Tag von Halloween gibt unseren Bemühungen eine ganz besondere Atmosphäre«, bemerkte Gallo, bevor der Sindaco etwas sagen konnte, während er einen Blick auf die historischen Artefakte an den Wänden warf.

»Was muss geschehen, damit vermieden werden kann, dass das Fest heute Abend abgesagt werden muss? Das ist eine Frage von äußerster Wichtigkeit für mich und meine Gemeinde.«

»Zuallererst müssen wir davon überzeugt sein, dass der Mord – und Sie haben sicher schon vernommen, dass es sich eindeutig um Mord handelt – von einem einzelnen Täter verübt worden ist und dass vom Täter oder den Tätern keine Gefahr für die Öffentlichkeit ausgeht. Das ist mehr oder weniger der Dreh- und Angelpunkt meiner Entscheidung, ob das Fest heute Abend stattfinden kann oder nicht.«

»Aber das wäre ja eine Katastrophe, Commissario! Stellen Sie sich das mal vor!«

»Was ich mir vorstelle, ist, dass irgendwo da draußen oder irgendwo in Ihrer Stadt mindestens eine Person mit einer Waffe unterwegs ist, die heute Nacht einen Menschen ermordet hat. Wir wissen nicht warum und wir wissen nichts über die Beziehung zwischen Täter und Opfer.«

Die beiden Männer betraten den Sitzungssaal, einen Raum erfüllt von der Stille der Geschichte und den subtilen Hinweisen auf das bevorstehende Halloween-Fest. Gallo richtete seinen Blick auf die vorbereiteten Stühle und den Tisch, die das Zentrum des Raumes bildeten.

Gallo macht eine kurze Pause und musterte den Konferenzraum, sein temporäres Kommissariat. Er nickte anerkennend.

»In der Tat«, sagte der Bürgermeister. »Triora lebt seine Geschichte, besonders in diesen Tagen. Ich hoffe, dass diese Umgebung Ihnen bei Ihren Ermittlungen hilfreich sein wird.«

Gallo sah ihn an.

»Und was ich mir weiter vorstelle, Sindaco, ist, dass dieser Mörder, über den wir noch sehr wenig wissen, heute Nacht durch den Schutz der Nacht und unter einer Maske verborgen entweder fliehen kann oder …«, Gallo imitierte seine Masche des Einen-Satz-nicht-zu-Ende-Führens.

»Oder was?«

»Oder dass der Mörder aus Verzweiflung zum Amokläufer wird und unter den Massen von Besuchern heute Abend ein Massaker anrichtet.«

Der Sindaco wurde bleich.

»Nein, nein, das kann ja niemand wollen. Um Gottes willen! So haben ich das ja noch gar nicht gesehen unter diesem Aspekt.«

»Glauben Sie das denn?«

»Um Punkt 16 Uhr sage ich Ihnen, Sindaco, als Erstem Bescheid, ob die Party stattfinden kann.«

Fünf zu null.

Gallo trat ans Fenster und sah hinaus auf die Piazza Reggio.

18. KAPITEL

Triora, Ein Geheimgang

Wo kam nur all dieses Wasser her, das in kleinen Bächen über die steinernen Wände floss und dann irgendwo im Boden verschwand? Er erinnerte sich nicht daran, dass es hier jemals so feucht gewesen war.

Bis es ganz dunkel war, saß er hier erst mal fest. Aber solange er sich von hier nicht wegrührte, war er in seinem Versteck in Sicherheit.

Es war alles schiefgegangen. Er war sich sicher, dass dieser Halunke von Gerolamo ihn nicht kommen hören könne. Wie eine Katze war er ihm nachgeschlichen. Und niemand, wirklich niemand kannte die Schluchten, Bergfalten und Terrassen um Triora herum besser als er.

Onkel Filo sei Dank.

Und doch türmte sich im Stockdunkeln gleich unterhalb dieses verdammten Safranfelds die schwarze Silhouette von Silvestri vor ihm auf. Zum Greifen nahe. Er konnte seine Umrisse gegen den schwarzen Nachthimmel sehen. Und er sah die Bewegung, mit der Silvestri direkt vor ihm mit seiner linken Hand nach seiner Flinte, die über der rechten Schulter hing, greifen wollte. Er hatte keine Wahl. Es war noch nicht einmal eine bewusste Entscheidung gewesen. Ein echter Jäger, ein Mann des Waldes und der Berge, handelt instinktiv.

Er hatte lauernd auf dem Eckstein der Trockenmauer gehockt. Silvestri war weiter unten zugange und kam hoch. Hatte er sich an einem Baum erleichtert?

Als er kapiert hatte, dass Silvestri gleich über ihn stolpern würde, hat er abgedrückt. Er muss ihn in die Brust getroffen haben. Kein Mucks war von ihm gekommen.

Es war zu spät gewesen, um das Messer, das schmale, längliche und rasiermesserscharfe Filetiermesser aus Roststahl von Filo aus dem Futteral rauszubekommen. Jahre, quatsch, Jahrzehnte hatte er es gepflegt, von Hand geschliffen, eingeölt und den Griff erneuert mit einem Stück Holz aus dem Stamm einer Esche, die Hunderte Jahre alt war. Mit diesem Messer, hatte ihm Filo beigebracht, zerlegst du einen Hirsch in zehn Minuten, wenn du weißt, wo du ansetzen musst.

Durch Gerolamos Hals wäre es wie ein Stück Butter gegangen.

Jetzt saß er in der Falle. Er war mittendrin, aber unsichtbar. Das war ein Riesenvorteil, wenn er den zweiten Teil seines Auftrages, der seiner Familie endlich Ruhe bringen sollte, erledigen wird. Später, wenn es Nacht geworden war, dann war es ein leichtes, sich nach unten zu hangeln, den Gang vorzuschleichen, hinter den Kühlschränken der Bar den richtigen Moment abzuwarten, und dann, wenn jemand von der Toilette links wieder in den Gastraum zurückging, sich als sein Schatten dranzuhängen und in der Menge unterzutauchen.

Die Flinte, Filos starkes Gewehr, das hatte er unter der Einstiegsluke an der oberen Straße in einem Winkel der

Steinmauer versteckt. Den Zugang kannte niemand, außer ihm. Filo hatte ihn ihm gezeigt. Die Bar, die unter ihm lag, hatte einst seinem Onkel und dessen Freunden gehört. Und jetzt seinem Neffen. Der korrupte Nazi Kommandeur hatte sie seinem Onkel für ein paar Gefälligkeiten überschrieben. Und die hatten einen geheimen Fluchtweg angelegt, den niemand kannte.

Hoffentlich war es bald vorüber. Diese Verrückte, dachte er. Gruselig. Wie von Sinnen und doch eiskalt und berechnend. Mit der konnte man nicht handeln. Und sie hatte ihn in der Hand. Wenn das, was sie wusste, bekannt werden würde, wäre seine ganze Familie verloren. Sie hätten ihnen alles weggenommen. Und sie würden alle wegziehen müssen.

Und er hatte sich alles gut überlegt: Es trieben sich in letzter Zeit ominöse Gestalten in der Gegend herum. Tagelöhner, Kleinkriminelle, und dann die vielen Migranten. Sie stahlen alles, was nicht niet- und nagelfest war. Ihnen hätte er den Tod Silvestris gerne in die Schuhe geschoben. Diesem Pack geschah das ganz recht. Er wäre nach der Tat wieder an seinen Platz geeilt, und wenn die Jagd losging und erst später, am Mittag, der erste Appell gemacht worden wäre, erst dann hätte man festgestellt, dass Silvestri fehlte.

Aber jetzt war alles anders gekommen. Gott sei Dank hatte er zur Not den zweiten Plan vorbereitet: über die Berge nach Frankreich hinüber und da verschwinden, bis Gras über die Sache gewachsen wäre. Ein paar Jahre vielleicht.

Porca miseria! Dieses verdammte Wasser überall. Er versuchte eine Stelle zu finden, wo er bequem kauern konnte, ohne dass ihm das Wasser in die Kleidung tropfte.

19. KAPITEL

Triora, Halloween

Als Commissario Gallo, der zum allerersten Mal in seinem Leben in Triora war, durch die engen, verwinkelten Gassen Trioras zurück zum Dorfeingang gehen wollte, verlor er unerwartet die Orientierung. Die steilen, mittelalterlichen Wege, die sich wie ein Labyrinth durch das Dorf schlängelten, schienen ihn wie an einer unsichtbaren Schnur immer tiefer in eine vergessene Zeit zu führen.

Das Dorf war ja nicht allzu groß, verwinkelt und unübersichtlich ja, aber er würde schon wieder allein zurückfinden, dachte er. Neugierig gab er seinem inneren Gefühl nach und sich der Umgebung hin. Die Mauern, die seit dem Jahr 1500 praktisch unverändert geblieben waren, flüsterten Geheimnisse einer längst vergangenen Ära, und jeder Schritt schien Gallo weiter von der modernen Welt zu entfernen.

Plötzlich fand er sich nach einem weiteren Torbogen und einem kleinen, steilen Abstieg in der Cabotina wieder, dem alten Armenviertel von Triora, einem Ort, der besonders von der tragischen Geschichte der Hexenverfolgung gezeichnet war. Die schlichten Behausungen, die kaum mehr als provisorischen Schutz vor den Unbilden des Wetters boten, erzählten von den harten Lebensbedingungen derjenigen armen Familien, deren Frauen hier einst als Hexen gebrandmarkt und verfolgt wurden.

Er überflog einige der Tafeln, die entlang des Weges an den Häusern angebracht worden waren. Zwei Jahre Missernte hintereinander hatten genügt, um die Jagd auf Schuldige auszulösen.

Es traf diejenigen, die es immer traf: die Schwächsten unter den Ärmsten. Es waren die Frauen der armen Familien, die sich im Fadenkreuz der Inquisition wiederfanden. Und es war ihr Wissen um die Wirkung der Pflanzen, das sie verdächtig machte. Leichte Opfer für die allmächtigen Vertreter der Kirche.

Ein beklemmendes Gefühl der Bedrückung legte sich über Gallo, als er durch die Gassen weiterschritt, umgeben von den stummen Zeugnissen menschlichen Leids und Aberglaubens. Er geriet immer tiefer in das Gewirr aus Gassen, Treppen und kleinen Höfen, und Gallo staunte, dass außer einer modernen Türglocke hier und da und dem einen oder anderen modernen Lampenpfahl alles genauso aussah, wie er sich vorstellte, dass es vor Hunderten Jahren gebaut worden war.

Er spürte einen Sog, der ihn weitergehen ließ.

Es schien, als würden die alten Steine direkt zu ihm sprechen, Echos einer düsteren Vergangenheit, die in den Mauern eingefangen waren. Die Luft war erfüllt von einem fast greifbaren Gefühl der Geschichte, und Gallo konnte sich des Eindrucks nicht erwehren, dass die Schatten der Vergangenheit noch immer über diesem Ort lagen.

Beklemmend.

Er wusste nicht, wie viele Minuten er wie von einer Schnur gezogen weiterging, sich neugierig nach rechts und links wandte, stehen blieb, eine Steinfassade musterte, sich umwandte und zurückblickte, um die Perspektive von der anderen Seite einzufangen, dann an eine der Brüstungen trat, die den Blick über eine steil abfallende Bergfalte freigab, an deren Talsohle sich das Dorf Molini di Triora mit seinen ineinander geschachtelten Dächern befand, – kurz, er fühlte sich für einen Moment losgelöst von Zeit und Raum und ließ zu, dass sich die Bilder, die er sah, mit etwas tief in seinem Innern verknüpften.

Etwas, was er verdrängte. Er sah hier die makellos erhaltenen, steinernen Zeugen einer Epoche, in der seine eigene Familie sich auf der Bühne des hocharistokratischen Ränke- und Machtspiels zu ungeahnten Höhen aufgeschwungen hatte. Heute war der Mann, der hier durch Triora ging, Commissario Tomas Gallo, aber vorhin, als er sich von der Atmosphäre einen Augenblick ablenken ließ, da hatten zwei unsichtbare Hände ihr Gewicht auf seine Schultern gelegt. Es waren die Hände seines weit zurückreichenden Stammbaums. Der Tomas Gallo von heute war geboren worden als Tommaso Galimberti della Casa, Nachkomme einer uralten Dynastie des »Schwarzen Genueser Adels«, die sich zu ihren Hochzeiten ab dem Mittelalter mit Treueschwüren und dem Stellen von bewaffneten Schutzeinheiten Privilegien und Pfründe des Vatikans sicherten. Dadurch waren diese Familien, die dem Papst bis ins letzte Jahrhundert treu geblieben waren, teilweise unermesslich reich geworden. Die Belohnung des Schwarzen Adels betraf auch die Gebiete der von Italien kolonialisierten Gebiete, die besonders lukrativ waren. Von seiner Mutter, der Gräfin Laetizia Galimberti della Casa, kannte er vor allem das obere soziale

Ende dieser feudalen Epoche, die Paläste und eleganten Salons, in denen Geld und Macht wie am Spieltisch erobert und verteidigt wurden. Hier, in der Kulisse von Triora im Hinterland der Riviera, das einst zur mächtigen Republik Genau gehört hatte, schritt Tomas Gallo auf der untersten Ebene dieser Bühne, auf deren Brettern seine Vorfahren ihren Reichtum gebildet hatten: Hier hatten die Ärmsten der Armen gelebt und mit qualvoll mühseliger Arbeit auf den steinigen Terrassen dem bergigen Land den Reichtum abgetrotzt, der in den Salons der reichen Feudalherren verteilt worden war.

Mit den Galimberti della Casa wollte Gallo nichts zu tun haben.

Es war nicht die jahrhundertelange Anbiederung an und die Abhängigkeit vom Vatikan, die er ablehnte – seine Vorfahren waren schließlich Gefangene ihrer Zeit, dachte er. Es waren auch nicht die vielen Bischöfe, Delegaten, Prioren oder Kardinäle, mit denen sich seine Familie schmückte. Gallo war ein durch und durch modern denkender – und handelnder – Mensch. Er war tolerant, unvoreingenommen und vorurteilsfrei. Er hatte für sich entschieden, nach diesen Werten zu leben. Intoleranz, Voreingenommenheit und Vorurteile münden in einem Verhaltensmuster, das berechnend war. Und dieses berechnende Verhalten war das Einfallstor für Ungerechtigkeit.

Und die hasste Gallo mehr als alles andere: die Ungerechtigkeit. Und Ungerechtigkeit führt zu Kälte. Einer Kälte, die es einer Mutter versagt, ihr eigenes Kind zu lieben.

Das war seine Erfahrung, die er am eigenen Leib gemacht hatte, der rote Faden seiner Kindheit und Jugend, und mit dem adligen Namen, den er abgelegt hat, hatte er auch die Kälte aus seinem Leben verbannt.

Das Verhältnis zu seiner Mutter war dadurch nachhaltig zerrüttet. Mutter und Sohn schafften es gerade einmal, sich zu Weihnachten ein »Frohes Fest« zu wünschen. Oder sich zu Ostern, dem in Italien so wichtigen »lunedì di Pasqua«, dem Ostermontag, gegenseitig einzuladen, aber stets so, dass ein Treffen dann aus praktischen Gründen nicht stattfinden konnte. Sehr viel mehr Kontakt gab es nicht.

Gallo ging weiter. Mittlerweile müssten Giulia und Viale aus den Wohnungen von Mandragoni und Silvestri zurück sein und den Konferenzraum zu einem halbwegs funktionierenden, provisorischen Kommissariat eingerichtet haben. Der nächste Schritt war nun, mehr über den Toten, Gerolamo Silvestri, und den flüchtigen Jäger, Baldassare Mandragoni, zu erfahren, damit sie mit den Ermittlungen weiterkamen.

Es war schon 10 Uhr.

Vom Ort her schallte der Lärm eines Schlagzeugs, gefolgt vom schrillen Kreischen einer E-Gitarre. Soundcheck auf einer der Bühnen. Metallica. Der Lärm klang absurd vor der Kulisse, durch die Gallo ging. Ein Sonnenstrahl erleuchtete eine Weggabelung vor ihm. Gallo hielt darauf zu, in der Meinung, er würde so den Weg zurück ins Zentrum von Triora finden. Er hätte auch einfach umkehren und den Weg zurück nehmen können. Aber wenn Gallo einmal einen Weg eingeschlagen hatte, drehte er so schnell nicht mehr um. Das galt auch für die Erkundung Trioras.

An der Weggabelung erblickte Gallo das Schild mit dem Hinweis auf die Kirche »Unserer Lieben Frau von der

Gnade«. Und das sagte ihm, dass er sich wieder dem Zentrum des Dorfes näherte. Er nahm die Abzweigung nach links und kam am ehemaligen Palazzo Borelli vorbei, der stumme Geschichten von historischen Begegnungen und militärischen Strategien erzählte. Franchetta Borelli, eine Tochter aus dem Hause der Adelsfamilie Borelli, unter deren Haus er gerade hindurchging, war eine der ersten als Hexe angeklagten Frauen von Triora gewesen. André Masséna, einer der berühmtesten Generäle Napoleons, hat von eben diesem Palazzo die Militäroperationen der französischen Armee gegen die Österreichisch-Sardischen Truppen beaufsichtigt.

Geschichte zum Anfassen, dachte Gallo.

»Diese Gassen, es ist, als würden sie flüstern. Als würden sie Geschichten aus einer Zeit erzählen, die längst vergessen ist«, murmelte Gallo für sich, während er versuchte, sich in dem Gewirr der Abzweigungen, in die der Weg führte, zurechtzufinden.

Er folgte dem, was er für die Quelle des Lärms der Vorbereitungen hielt: die Band-Proben auf der Piazza Reggio, wo der Palazzo Stella lag und wo er sich wieder mit Giulia, Viale und Rubbano treffen werde.

Der Unterschied war frappierend: Oben bereitete sich das Dorf auf ein lärmendes Fest vor, und hier unten, 100 Meter weiter nur, herrschte Totenstille.

Gallos Schritte hallten von der Decke eines steil ansteigenden Durchgangs. Er kletterte mühelos die lang gezogenen Stufen hinauf, bis er im nächsten Moment zu Tode erschrak: Ein Mann stand vor ihm, wie aus dem Boden gewachsen. Er hatte sich vollkommen in die Rolle eines Inquisitors vertieft, eines jener gefürchteten Männer, die einst über Leben und Tod entschieden hatten. Seine Darbietung war so überzeugend, dass die Grenzen zwischen Spiel und Wirklichkeit zu verschwimmen schienen. Der prüfende, fast anklagende Blick, mit dem er Gallo fixierte, war so intensiv, dass er die Luft um sie herum zu verdichten schien.

Gallo, der sich einen Moment lang wie unter einem Bann fühlte, rang sich ein Lächeln ab, ein flüchtiges Aufblitzen von Trotz inmitten der beklemmenden Atmosphäre. Der Schauspieler, unbeeindruckt von Gallos Reaktion, hielt seinem Blick stand, als wollte er die Seele des Commissarios ergründen.

Gallo erfasste das bodenlange schwarze Gewand, die strenge blütenweiße Halskrause und den durchdringenden Blick – Gallo stand einem Inquisitor gegenüber. Für den Bruchteil einer Sekunde versetzte er sich in die Rolle einer Frau aus dem 15. Jahrhundert. Wie musste sie zu Tode erschrocken sein? Das Erscheinen dieses Mannes konnte für sie unsinnige Anklagen, unerträgliche Schmerzen und sogar den Tod bedeutet haben. Wut stieg in ihm auf. Sein Herz raste, er glaubte seinen Augen nicht. Blitzschnell versuchte sein durch die Umgebung gereiztes Wahrnehmungsvermögen die Erscheinung einzuordnen. Wer war der Mann?

Es musste ein Schauspieler der Laientruppe sein, der in den Schatten der Gassen seine Rolle als Inquisitor probte. Er hatte die Ankündigung gesehen auf den Plakaten. Sie stellten nach Originaldokumenten und Aufzeichnungen Szenen aus der Zeit um 1588 nach. Es war gruselig echt. Der Anblick versetzte Gallo für einen Moment zurück in eine Epoche, in der Angst und Misstrauen den Alltag bestimmten. Die Darstellung war so überzeugend, dass

Gallo instinktiv spürte, wie das Blut in seinen Adern zu gefrieren schien.

Es war, als würde Gallo nicht nur dem Schauspieler gegenüberstehen, sondern der ganzen Last der Vergangenheit Trioras, verkörpert in diesem einen, eindringlichen Moment.

»Guten Abend, Commissario. Suchen Sie nach Gerechtigkeit in den Schatten der Vergangenheit?«, begrüßte der Schauspieler ihn mit tiefer, sonorer Stimme.

»Ihre Verkleidung ist beeindruckend. Fast zu real«, erwiderte Gallo, überrascht von der Erscheinung. »Woher wissen Sie, wer ich bin?«

»Ich habe Sie vorhin mit dem Bürgermeister gesehen, Commissario, am Eingang des Palazzo Stella.«

Der Inquisitor schob seine Hände in die Ärmel seiner vor seinem Bauch verschränkten Arme.

»Die Kunst liegt darin, die Grenzen zwischen dem Jetzt und dem Damals verschwimmen zu lassen. Fühlen Sie sich zurückversetzt, Commissario?«, fragte der Schauspieler mit einem leichten Lächeln.

»Nun, ich hatte nicht vor, heute den Inquisitoren zu begegnen. Ich hoffe, Sie haben keine Hexenprozesse im Sinn«, versuchte Gallo, die Situation aufzulockern.

»Die Zeiten haben sich geändert, aber die Fragen nach Recht und Unrecht bleiben. Was suchen Sie in Triora, Commissario? Die Wahrheit kann manchmal ein zweischneidiges Schwert sein«, blieb der Schauspieler in seiner Rolle.

»Ich suche Gerechtigkeit für diejenigen, die keine Stimme mehr haben. Und in Triora scheint die Vergangenheit nie wirklich vergangen zu sein«, entgegnete Gallo, während er dem Schauspieler direkt in die Augen blickte.

»Möge Ihre Suche Sie zur Wahrheit führen, Commissario. Aber seien Sie gewarnt, die Schatten dieser Stadt bergen mehr als nur alte Geschichten«, warnte der Schauspieler ernst, bevor er so plötzlich verschwand, wie er erschienen war.

Mit einem gezwungenen Lächeln und einem Kopfschütteln setzte Gallo seinen Weg fort, während er über die merkwürdige Macht nachdachte, die dieser Ort und seine Geschichte über ihn ausübten. Die Verwirrung und das Unbehagen, die er empfand, waren ein Beweis für die tiefe Verwurzelung der Legenden und Mythen, die Triora umgaben, in der kollektiven Psyche seiner Bewohner und Besucher. War es das, was so viele Leute nach Triora zog?

Und da war noch die Geschichte seiner eigenen Familie ...

Als er schließlich die Gassen erreichte, die ins Dorfzentrum führten, war Gallo von einer seltsamen Unruhe erfüllt. Die Begegnungen und Eindrücke an diesem Morgen würden ihn noch lange beschäftigen, ein weiteres Rätsel, das sich zu den vielen Geheimnissen hinzufügte, die er in seiner Laufbahn als Ermittler zu lösen versuchte. Aber dafür musste er seine Funktion als Polizist, seine Rolle als Leiter des Kommissariats, seine Familiengeschichte und sein Privatleben voneinander trennen. Und das war schwer genug.

Das goldene Licht des Oktobervormittages zwang die Schatten, sich wie dunkle Schleier mehr und mehr in die

Nischen der unregelmäßigen Häuserwände und Durchgänge zurückzuziehen.

Plötzlich trat eine alte Frau aus dem Schatten einer Türöffnung und ihre leise, fast flüsternde Stimme erreichte Gallos Ohr: »Verirrt, Commissario? Die Straßen von Triora haben ihre eigenen Geheimnisse. Manche sagen, sie leben...«

Überrascht, aber neugierig, erwiderte Gallo: »Leben? Was meinen Sie damit?«

»Diese Mauern, die Steine, sie haben Jahrhunderte überdauert. Sie haben Freude und Leid gesehen, Leben und Tod. Sie sprechen zu denen, die zuhören wollen«, erklärte die Frau mit einem geheimnisvollen Lächeln.

Nachdenklich schaute sich Gallo um und fragte: »Und was erzählen sie Ihnen?«

»Von den Zeiten, als Hexen hier durch diese Gassen liefen, und von denen, die sie jagten. Aber auch von Mut und Hoffnung, Commissario. Nicht alles hier ist dunkel«, sagte die Frau, während ihre Augen in dem dunklen Türrahmen zu leuchten schienen.

Als er das Schild der Kirche »Unserer Lieben Frau von der Gnade« weiter vorne erblickte, wandte Gallo sich wieder der Frau zu: »Ich suche meinen Weg zurück zur Kirche ›Unserer Lieben Frau von der Gnade‹. Können Sie mir helfen?«

Die Frau nickte und wies den Weg: »Folgen Sie diesem Pfad, Commissario. Er wird Sie zurückführen. Aber vergessen Sie nicht, die Geschichten zu hören, die der Wind trägt. Sie könnten mehr finden, als Sie suchen.«

»Danke, Signora. Ich werde daran denken«, erwiderte Gallo dankbar und setzte seinen Weg fort, während die Frau fast unhörbar murmelte: »Achtet auf die Stimmen der Vergangenheit, Commissario. Sie könnten die Schlüssel zu den Geheimnissen von heute sein.«

20. KAPITEL

La Cabotina, Halloween

Es war Zeit zu rekapitulieren, welche Schritte als Nächstes nötig waren, um die Ermittlungen vorwärtszubringen. Die Jäger mussten angehört werden, sie waren die ersten Zeugen am Tatort und sie kannten den einzigen Tatverdächtigen, den sie hatten: Baldassare Mandragoni.

Als zweiten dringend zu erledigenden Punkt mussten sie die Wohnung von Mandragoni durchsuchen. Die Lage hierfür war eindeutig: Er war dringend tatverdächtig, also war Gefahr im Verzug und sie brauchten keinen weiteren Beschluss vom stellvertretenden Staatsanwalt oder vom Untersuchungsrichter. Das konnte also schnell geschehen.

Der dritte Punkt, notierte sich Gallo, war, so viel wie möglich über das Opfer herauszufinden. Was machte er? Gab es Familie? Sein soziales Umfeld, Finanzen, Beziehungen und so weiter. Aus den Recherchen der Lebensumstände von Gerolamo Silvestri, dem Opfer, und dem von Baldassare Mandragoni könnten sich Berührungspunkte ergeben, die auf ein Tatmotiv hindeuteten. Dann wären sie ein großes Stück weiter.

Gallo sah auf die Uhr. Es war jetzt kurz nach 10 Uhr. Er schlüpfte durch einen Torbogen, der ein Haus über der

Straße stützte. Der Lärm wurde größer, er musste gleich am Ziel sein.

Chiara Percivaldi. Er hatte sie im erstbesten Café am anderen Ende von Triora abgesetzt, bis er und sein Team ein provisorisches Büro zur Verfügung hatten. Das Café hatte eine Fensterfront zur Straße und war in den Hang hineingebaut. Oberhalb verlief eine Straße, die von Wohnhäusern gesäumt war. Gallo war froh, dass sie hier oben bei ihnen geblieben war, auch wenn er im Moment keine direkte Verwendung für sie hatte. Aber im Haus des Opfers und im Haus des Täters gab es für sie sicher viel zu entdecken, was für das Auge unsichtbar, aber unter ihrem Mikroskop und in ihren Reagenzgläsern Spuren offenbarte.

Gallo hatte den Platz gefunden. Er lag vor ihm, oder besser gesagt unter ihm. Er musste nur noch die letzte Treppe hinabsteigen und wäre wieder vor dem Palazzo Stella angelangt.

»Commissario«, Giulia stand vor ihm, »wir sind bereit. Die Jäger sind alle hier. Ihre Waffen bringt Benzina nach Imperia zur kriminaltechnischen Untersuchung. Wir können sofort mit den Befragungen beginnen.« Gallo sah unverwandt auf Giulias Lächeln. Und lächelte zurück. Er war froh, dass er die Erkundung Trioras allein gemacht hatte. Und dass er es zugelassen hatte, seine Seele für diesen Ort zu öffnen.

Aber Gallo, der auch berühmt war für seine feinen, empfindlichen Antennen, konnte bei alldem ein dumpfes Gefühl der Gefahr nicht abschütteln. Die beiden zufälligen Begegnungen mit dem Schauspieler und der alten Frau hatten ihn nicht kaltgelassen. Sie gingen ihm nicht mehr aus dem Kopf. Das konnte kein Zufall sein.

Und dem würde er nachgehen. Müssen. Wenn alles vorbei war?

21. KAPITEL

Triora, 31. Oktober

Giulia und Inspektor Viale hatten den zweiten Streifenwagen, den Fiat Bravo, genommen, hatten Gallo und Chiara Percivaldi oben in Triora abgesetzt und waren unterwegs zur Adresse von Baldassare Mandragoni.

»Fahrt zuerst zu unserem Verdächtigen«, hatte Gallo gesagt. »Das Haus des Opfers schaut ihr euch danach an. Achtet vor allem auf Anzeichen einer Vorbereitung der Tat und ob er vorhat, sich abzusetzen. Dreht alles auf links, um Waffen zu finden, er hat bestimmt mehr als eine. Und klar: Handy, Laptop, Computer – nehmt alles mit. Den Durchsuchungsbefehl besorg ich uns parallel. Ich muss sowieso mit Bevilacqua sprechen. Ich hoffe, wir müssen das Fest nicht absagen. Also sputet euch und viel Glück!«

Der Fiat Bravo mit seinem brummelnden Dieselmotor kletterte die Strada Provinciale 89 nordwestlich von Triora empor. Es war eine schmale Straße mit rissigem Asphalt, rechts ein karger Hang mit verstreuten Felsbrocken zwischen dichtem Gestrüpp und links ein schroffer Abgrund, der ins Tal führte.

»In 500 Metern muss die Abzweigung kommen«, sagte Viale vom Beifahrersitz aus.

Giulia fuhr konzentriert, zügig und mit respektvollem

Abstand zu den Felsbrocken neben der Straße und dem Abhang links von ihr.

»Triora – Passo della Guardia«, las Viale ein verwittertes Straßenschild. »Wenn wir weiterfahren, kommen wir an den Pass oben, dann geht's weiter nach Westen den Berg entlang und dann kommt die Grenze zu Frankreich. Jetzt kommt gleich unsere Abzweigung. Da: fahr da links, den Weg zur Chiesetta di Goina, eine alte Einsiedelei, mitten im Nichts.«

Giulia ging vom Gas und sah den schmalen Weg, der steil bergan führte, nicht sofort.

»Hier, Giulia, hier müssen wir hoch.«

Sie legte den ersten Gang ein, nahm Schwung und trieb den Fiat in eine schmale Fahrrinne, die eine Steigung von fast 30 Prozent hatte, wie sie am Display des Wagens ablesen konnte.

»Ich muss den Schwung behalten, halt dich fest!«, sagte Giulia und sah aus den Augenwinkeln, dass Viale sich mit der linken Hand am Sitz festgekrallt hatte und mit der rechten den Haltegriff über dem Fenster umklammert hatte.

»Alles gut, werd nicht langsamer!«

Die steil ansteigende Straße beschrieb nach etwas mehr als 200 Metern eine Kurve, hinter der es flacher wurde. Nach einer weiteren Windung sahen sie ein in den Hang geducktes Haus aus groben Steinen mit einem Giebeldach aus fleckigen Schiefern, kleinen Fenstern und eine kleine Terrasse, die mit vor sich hin rostenden Utensilien vollgestellt war.

Viale scannte die Umgebung. Er sah einen zerbeulten Lieferwagen, der auf Holzpflöcken statt Rädern stand, einen Daewoo Pick-up, der offensichtlich noch fahrtüchtig war, einen Schuppen und halb verdeckt von dem Schuppen einen riesigen Berg hingeschüttetes Brennholz.

»Das muss sein Pick-up sein, den uns Maresciallo Amadori beschrieben hat«, sagte Giulia und blieb stehen.

Viale ließ seinen Sicherheitsgurt aufschnappen und legte seine rechte Hand auf die Dienstwaffe.

»Sein Auto ist hier. Vielleicht ist er im Haus. Wenn ja, dann hat er uns längst gehört.«

»Wir gehen in unterschiedliche Richtungen einmal ums Haus und treffen uns vor dem Eingang da. Du rufst seinen Namen, ich bleib ruhig«, sagte Giulia und stieg aus.

»Signor Mandragoni!«, rief Viale laut, »sind Sie zu Hause? Wir möchten mit Ihnen reden! Polizia di Stato!«

Er ging mit entsicherter Waffe nach links, Giulia in die entgegengesetzte Richtung, auf den Holzstapel zu.

»Signor Mandragoni!«, rief Viale wieder.

Im gleichen Moment kreischte eine Kreissäge auf. Giulia duckte sich, lief zur Hauswand, lehnte sich an und spähte um die Ecke. Viale war wie eingefroren, die Waffe schussbereit auf den Boden gerichtet.

Giulia machte ein Zeichen und deutete auf den Holzplatz, den Viale nicht einsehen konnte. Er kam zu Giulia gelaufen. Gemeinsam spähten sie um die Ecke.

»Der ist zu jung«, sagte Viale nahe an ihrem Ohr, »das kann nicht er sein.«

Sie sahen einen Mann im Overall, mit struppigem Haar, grell-orangen Ohrenschützern und groben Stiefeln. Seine Bewegungen waren fließend, sicher und geübt.

»Pass auf: Ich gehe hinten rum, bleibe in seinem Rücken. Wenn ich drüben bin, gehst du auf ihn zu und sprichst ihn an. Aber sei auf der Hut!«

Viale lief an der Längsseite entlang und war einen Moment später um die Ecke verschwunden.

Giulia zählte. Bei zehn angekommen, trat sie aus dem Hausschatten und ging mit gezogener, auf den Boden gerichteter Waffe zügig auf den Mann zu. Da er sie offensichtlich nicht hören konnte, gestikulierte sie mit ihrem freien Arm.

Im gleichen Augenblick stoppte die Kreissäge. Ihr ohrenbetäubendes Kreischen nahm ab. Viale musste hinter dem Haus den Stecker gezogen haben.

Verdutzt hielt der Mann inne und bemerkte erst jetzt Giulia, die fünf Meter vor ihm stand und in sein Blickfeld trat, die Waffe gut sichtbar. Aus den Augenwinkeln sah Giulia Viale, der noch zehn Meter hinter dem Mann stand.

Die erste Reaktion des Mannes war, ein, zwei Schritte zurück zu machen, auf Viale zu.

Giulia blieb stehen, um ihn nicht noch weiter von sich wegzutreiben, und bedeutete ihm, die Ohrenschützer abzusetzen. Die Kreissäge gab nur noch ein schwaches Fauchen von sich.

Er musterte Giulia, und ein Grinsen erschien auf seinem Gesicht. Er war ein großer, kräftiger Mann mit einem Kindergesicht. Seine riesigen Hände baumelten links und rechts auf Höhe seiner Oberschenkel. Die Augen standen eng beieinander, seine Stirn war hoch und glatt wie bei einem Kind.

Er schob seine linke Hand in die Tasche seines Overalls und Giulia ging in Schusshaltung, leicht in die Knie, und zielte mit ihrer Waffe auf seine Brust.

»Piano, piano!«, rief sie, so laut sie konnte.

Mit der Hand bedeutete sie ihm, sich langsam zu bewegen. Viale war mit einem Satz bei ihm und stand direkt hinter ihm.

Ein Smartphone kam aus seiner Tasche zum Vorschein. Er wischte auf dem Bildschirm herum. Aber er mühte sich offenbar vergeblich, sein Smartphone zu entsperren. Denn im nächsten Moment nahm er die Kopfhörer ab, und Giulia hörte stampfende, blecherne Heavy-Metal-Musik.

»Kein Wunder, dass Sie uns nicht hören konnten. Wie ist Ihr Name?«, fragte Giulia bestimmt.

Er grinste.

»Giovanni Mandragoni. Warum?«

»Wir suchen Baldassare Mandragoni. Ist er im Haus? Ist er hier?«

»Onkel Bal?«

»Von mir aus.«

»Onkel Bal ist auf der Jagd, seit heute Nacht. Wildschweine.«

Er deutete mit seinem Daumen auf einen Schuppen, den Giulia vorher nicht gesehen hatte. Es war ein aus groben Holzplanken gezimmerter Verschlag, vor dem ein Kühlaggregat stand.

»Was ist in dem Schuppen?«

»Wildschweine. Da kühlen wir sie.«

»Wissen Sie, ob Waffen im Haus sind?«

»Oh ja, Onkel Bals Waffen. Die sind da drin.«

Er deutete auf das Haus.

»Oben, neben dem Bett.«

»Gehen Sie voraus zum Schuppen«, sagte Viale von hinten.

Der Mann, Giovanni Mandragoni, drehte sich erschrocken blitzschnell um.

»Sie sind zu zweit?«, fragte er überrascht.

»Gehen Sie langsam voraus zum Schuppen und öffnen Sie die Tür«, befahl Viale. »Dann treten Sie zurück und lassen uns einen Blick hineinwerfen. Verstanden?«

»Was habe ich denn verbrochen?«, fragte Mandragonis Neffe.

»Noch nichts«, sagte Viale drohend.

»Wir suchen Ihren Onkel. Tun Sie, was wir sagen, dann passiert auch nichts.«

Giovanni überlegte, dann trottete er gemächlich zu dem Schuppen.

Viale und Giulia hinterher.

»Er hat nicht gefragt, was mit seinem Onkel los ist und warum wir hier sind.«

»Ja, ist wahrscheinlich nicht das erste Mal, dass die Polizei oder Behörden hier auftauchen«, sagte Viale und deutete mit dem Kopf auf die undefinierbare Ansammlung von Schrott, Autositzen, Kühlschränken und ausrangierten Waschmaschinen, die sich hinter dem Haus stapelten.

»Wovon lebt Ihr Onkel?«, fragte Giulia.

»Holz. Für Pizzerien, bis runter nach Triora, Molini, Badalucco und Taggia. Privatleute und so. Und die Jagd.«

»Wildert Ihr Onkel?«, fragte Viale unverblümt.

Die Antwort war ein heiseres Lachen.

»Deshalb seid ihr hier?«

»Nein«, gab Giulia zu, »Ihr Onkel wird vermisst.«

»Vermisst? Warum? Es gibt niemanden, der sich so gut auskennt wie Onkel Bal. Das können Sie glauben.« Er spuckte aus.

»Wieso soll er denn vermisst sein?«

»Es gab einen Unfall, und er ist verschwunden. Sein Handy ist tot.«

Giovanni kratzte sich am Kinn.

»Handy«, sinnierte er. »Hmm«, setzte er hinzu.

»Haben Sie ihn gesehen, als er heute Nacht zur Jagd aufgebrochen ist? Wissen Sie, ob er mit jemandem Streit hatte?«, ließ Viale einen Versuchsballon los.

»Onkel Bal hat mit vielen Streit«, sagte Giovanni, »suchen Sie sich jemanden aus«, und zuckte dabei mit den Schultern, legte dann die Hand auf die Türklinke des Schuppens und öffnete die Tür.

»Und jetzt gehen Sie fünf Schritte zurück und stellen sich da hin, wo ich Sie sehen kann«, befahl Viale. Der Mann, Giovanni Mandragoni, der Neffe ihres Tatverdächtigen, sah ihn feindselig an.

Viale spähte in den niedrigen Schuppen. Zwei Wildschweine hingen an den Füßen aufgehängt, baumelten an dicken, gekrümmten Fleischerhaken am Mittelbalken der Decke. Eine blecherne Wanne war darunter gestellt, die das Blut auffing. Ein Schlachterholzblock, ein Sammelsurium von Messern, ein Beil, eine Säge und ineinander gestapelte bunte, abgewetzte Plastikwannen.

Es roch nach Eisen und Erde.

Ein Motor fing an zu summen. Viale sah die geräumige Tiefkühltruhe, übersät mit Rostflecken an der hinteren Wand.

»Was ist da drin?«, fragte er nach draußen, »in der Truhe?«

»Wild, glaube ich«, rief Giovanni.

Viale hob vorsichtig den Deckel. Etwa 30 tiefgefrorene Plastiksäckchen lagen in der Truhe. Sie trugen Etiketten, auf denen in unbeholfener Schrift geschrieben war, um was es sich handelte: Schulter, Rücken, Spezzatino – Ragout, Filetto und anderes.

»Das ist alles Wildschwein?«, fragte Viale.

»Und Reh, glaub ich. Alles von hier, also von uns, also aus eigenem Revier.«

»Was heißt das?«, fragte Giulia.

»Onkel Bal gehört das alles links, da«, er deutete nach Osten Richtung Triora, »und Papa und Tante Lucia gehört alles da drüben«, er zeigte in die andere Richtung. »Schon seit dem Krieg. Damals ist viel dazugekommen.«

»Verkauft Ihr Onkel das Wild? Das ist viel zu viel für Eigenbedarf«, stellte Viale fest, der wieder aus dem Inneren des Schuppens aufgetaucht war.

»Das müssen Sie Onkel Bal fragen. Ich helf nur mit'm Holz. Das läuft gut. Ich fahr auch aus, mit dem Wild hab ich nichts zu tun. Das macht alles Onkel Bal«, sagte er und holte einen Schlüsselbund aus der Tasche seines Overalls.

Viale ging wieder in den Schuppen hinein. Er inspizierte die Messer, die auf dem Schlachtblock lagen. Sie waren ungewöhnlich scharf, mit schlanken, leicht gebogenen langen Klingen und soliden Griffen. Manche waren zweischneidig. Sie wären eine fürchterliche Waffe, dachte Viale.

»Jetzt gehen wir ins Haus. Zeigen Sie uns, wo Ihr Onkel die Waffen aufbewahrt«, befahl Viale, als er aus dem Schuppen wieder auftauchte.

Zu dritt, Giovanni Mandragoni in der Mitte leicht vor ihnen, gingen sie auf das Haus zu.

»Und Sie sind sicher, dass niemand im Haus ist?«, fragte Viale.

»Nein! Sag ich doch. Da ist niemand!«

»Ist die Tür verschlossen?«

»Ne, die ist immer auf.«

Er war stehen geblieben. »Brauchen Sie nicht so einen Wisch? So ein, wie heißt das ...«

»Durchsuchungsbeschluss heißt das. Und ja, wir brauchen einen. Und nein, wir haben keinen. Es ist Gefahr im Verzug. Ihr Onkel ist unauffindbar, es gab einen Unfall und er und die anderen Jagdteilnehmer sind alle bewaffnet. Ihrem Onkel könnte also etwas passiert sein, oder er könnte Hilfe brauchen. Deshalb ist Gefahr im Verzug und deshalb gehen wir jetzt da rein.«

»Onkel Bal? Hilfe? Ist ihm was passiert?«

»Das wissen wir nicht. Deshalb sind wir hier. Bleiben Sie stehen und warten Sie hier draußen.«

»Und was ist mit dem Unfall? Hatte Onkel Bal einen Unfall?«

»Nein, nicht dass wir wüssten. Aber er war laut Zeugen ganz in der Nähe, als es passiert ist. Er könnte also auch ein Opfer sein.«

»Ist jemand tot? Bei der Jagd?«

»Das dürfen wir Ihnen nicht sagen. Warten Sie hier und machen Sie keine Dummheiten, okay?«

Giulia riss schwungvoll die Tür auf und Viale hechtete ins Innere.

»Polizei! Ist jemand hier?«, brüllte er. Er trug seine Waffe im Anschlag.

Er lauschte.

»Giulia, komm rein, hier ist niemand.«

Das Haus bestand aus nicht viel mehr als aus einem großen Raum, der Küche, Esszimmer und Wohnzimmer in einem war. An der Wand unter dem Fenster stand ein altertümliches Sofa, das auf einen Fernseher ausgerichtet war. Im hinteren Teil sah man eine Tür, die halb offen stand und hinter der man einen Toilettensitz sehen konnte. Links von der Küche ging eine schmale, leiterartige Treppe nach oben auf eine von dicken Balken getragenen Empore, auf der ein ungemachtes Bett stand.

Giulia und Viale sahen sich um. Viale ging vorsichtig in den hinteren Teil des Hauses, musterte alle Gegenstände, die sich in der Küche türmten, sah auf den Tisch und öffnete wahllos nacheinander die kleinen Hängeschränke, in denen Küchenutensilien verstaut waren. Giulia nahm sich den Querträger, der als eine Art Garderobe diente, vor, tastete die dort aufgehängten Jacken ab und sah in die Innentaschen. In das Rascheln und konzentrierte Suchen der beiden Inspektoren krachte plötzlich der ohrenbetäubende Lärm einer Enduro Maschine, einem Moped, das über wenig bis keine Schalldämpfung verfügen konnte. Giulia und Viale hechteten nach draußen und sahen Giovanni, der auf den Fußrasten stehend gerade an ihrem Polizeiwagen vorbeiraste, die Maschine einen kontrollierten Satz machen ließ und über die Böschung sprang, wo er aus ihrem Blickfeld verschwunden war.

»Porca miseria!«, fluchte Viale.

»Wir hätten ihn in Handschellen in den Wagen setzen sollen, aber dafür gab es keinen Grund«, sagte Giulia und lief zum Polizeiwagen, riss die Tür auf und nahm das Funkgerät in die Hand. Sie gab eine Beschreibung von Giovanni mit seinem Namen und den Typ Moped an die Polizia Locale von Triora durch.

»Der wird nicht weit kommen, außer er verschwindet im Wald«, sagte Viale. »Komm, wir machen weiter. Ich geh mal nach oben.«

Sekunden später rief Viale:

»Giulia, komm mal rauf, sieh dir das an.«

Drei Gewehre hingen hinter dem Bett an der Wand, gesichert mit einer Kette und einem soliden Vorhängeschloss.

»Da ist auch eine Winchester 308 dabei«, sagte Giulia. Sie zog sich Latexhandschuhe über die Finger, stellte sich auf die Zehenspitzen und roch an den Läufen.

»Die ist nicht abgefeuert worden, diese hier auch nicht, dafür aber die in der Mitte. Hier riech mal.«

»Stimmt, aber da passt keine 308 Munition rein. Wenn du da ein Flaschenhalsgeschoss reintust und abdrückst, fliegt dir die Flinte um die Ohren. Die ist zwar abgefeuert worden, aber das kann nicht die Tatwaffe sein.«

»Okay, dann rufen wir nachher die Kriminaltechnik her und lassen die sicherstellen. Schade, dass Benzina mit den anderen Gewehren der Jäger schon weg ist.«

»Ich geh wieder runter, mach an der Garderobe weiter«, sagte Giulia und ging die Treppe hinab.

Kurze Zeit darauf murmelte sie: »Was ist das denn? Ein Rucksack?«

»Viale! Komm mal, ich hab noch was.«

Sie tastete an einem antiquarischen Bergsteigerrucksack aus Stoff mit Lederbesatz herum, öffnete die Schließe und untersuchte den Inhalt.

»Guck mal, ein Wörterbuch.«

»Französisch-Italienisch«, konstatierte Viale, »und eine Karte. Die ist aber alt, sieh mal.«

»Und hier, noch ein kleines Buch mit hilfreichen französischen Sätzen.«

Er schlug die erste Seite auf.

»Edizione 1978.«

Giulia hatte inzwischen die Karte auseinandergefaltet. Es war eine Wanderkarte, ebenfalls aus den 70er-Jahren, lange bevor der Nationalpark der ligurischen Alpen gegründet worden war. Zahlreiche Markierungen, Kringel und Kreuze waren mit Bleistift eingetragen. Kryptische Symbole standen auf der Karte. Oben am Rand stand mit der Hand hingekritzelt: Filoberto Mandragoni.

»Muss ein Verwandter sein, oder?«

»Hier, da ist noch was, ganz unten.«

Unter gefalteten, dicken Pullovern, Hemden und Wollsocken kam ein Päckchen zum Vorschein. Giulia öffnete es und pfiff durch die Zähne.

»Das sind einige Tausend Euro in bar!«

»Mach Fotos«, sagte Viale, »den Rucksack nehmen wir mit. Wenn wir fertig sind, gehen wir noch mal in den Schuppen und untersuchen die Tiefkühltruhe.

»Geh schon mal vor und räum die Päckchen aus, wir müssen uns beeilen.«

Minuten später schloss sie die Tür zum Haus von außen, legte die drei Gewehre in den Kofferraum, die sie zuvor von der Wand genommen hatte, nachdem Viale das Schloss mit einem Brecheisen, das er hinter dem Haus gefunden hatte, geknackt hatte, und verstaute den Rucksack auf dem Rücksitz des Fiat Bravo und lief dann rüber zum Schuppen.

Viale stand umgeben von steinharten, weißlich anlaufenden Tiefkühlbeuteln, die er aus der Truhe entnommen hatte.

»Saukalt das Zeug, porca puttana!«, fluchte er.

»Mach schon«, rief Giulia ihm zu, »ist da noch viel drin?«

Viale stockte. Beugte sich tief in die Truhe, tauchte wieder auf und sagte zu Giulia:

»Gib mal die Handschuhe. Da ist noch was drin, ganz unten.«

Er tauchte wieder in die Truhe und ruckelte einen Gegenstand nach oben.

»Was ist das denn?«, fragte Giulia.

»Ein Sauspieß«, murmelte Viale, »und zwar ein Prachtexemplar.«

»Ein Sauspieß? Was ist das?«

»Ein Sauspieß ist ein Stock mit einer zweischneidigen, scharfen Klinge oben dran. Damit kann man sich einem Wildschwein, das verwundet ist, nähern und es töten.«

»Sieht aus wie ein Bajonett oder so was.«

»Genau. Und sieh mal die Klinge und die Messer hier drüben. Fällt dir was auf?«

»Die Klingen sehen fast gleich aus, oder? Ist das selbst gebastelt?«

»Ja, aber sehr gut gemacht. Nur, das gehört nicht Mandragoni.«

»Bitte?«

»Sieh mal hier: Auf dem Griff ist ein Name eingraviert: S. Balestri. Das ist einer der Jäger, die gerade von Rubbano und Gallo vernommen werden.«

»Also Mandragoni hat eine Flucht Richtung Frankreich vorbereitet – deshalb der Rucksack. Und in seiner Tiefkühltruhe liegt ein Sauspieß von S. Balestri. Wie passt das zusammen?«

»Das müssen wir rausfinden. Und zwar schnell«, sagte Viale.

22. KAPITEL

Madonna della neve, August 2023

»Setzen Sie mich gleich hinter der Brücke ab, an einer Stelle, die Ihnen passt«, hatte Lena den Taxifahrer gebeten. Vor den Toren von Badalucco angekommen, sprach sie wieder mit ihrem französischen Akzent und begann, ihre Jacke anzuziehen. Am liebsten hätte sie ihr Mountainbike dabeigehabt, um sich besser fortbewegen zu können und um sich als Sport- und Naturliebhaberin zu tarnen. Aber das wäre zu kompliziert geworden, auf dem Weg von Genua, einmal umsteigen, und dann mit dem Taxi von Taggia nach Badalucco.

So hatte sie auf typische Trekkingkleidung zurückgegriffen. Mit etwas technischer Ausrüstung und Stiefeln, die Haare unter einer Schirmmütze verborgen und einer großen dunklen Brille, die ihr Gesicht verdeckte. Sie war nicht zu erkennen. Eine Frau, die bereit war, kilometerweit im Grünen zu laufen, mit Rucksack und Wasserflasche. Alles in allem sah sie aus wie eine ausländische Touristin, die ins Valle Argentina gekommen war, um das Naturschauspiel zu genießen.

Eine von vielen.

»Einen Moment, ich helfe Ihnen mit dem Rucksack«, sagte der Fahrer, ein dünner, verschwitzter Mann, der auf dem ersten Stück der Provinzstraße 548 begonnen hatte, die kulinarischen Wunder der Gegend zu preisen. Doch als sie nicht das geringste Anzeichen von Interesse zeigte, ließ er das Thema fallen.

»Aha, ist ja interessant«, antwortete sie in gespielt unsicherem Italienisch und wartete darauf, dass er ihr den Betrag für die Fahrt nannte. Und anschließend war er Gott sei Dank davongerast, bevor er sie von Kopf bis Fuß genauer mustern konnte.

Wolkenbruchartiger Regen war vergangene Nacht über Genua niedergegangen. Straßen drohten überschwemmt zu werden in der Hauptstadt Liguriens. Aber wie so oft war der westliche Teil, die Provinz Imperia, völlig verschont geblieben. Lena hatte sich den Wetterbericht angesehen und den Zug in Richtung Blumen-Riviera bestiegen. Dann war sie am Bahnhof von Taggia/Arma ausgestiegen und mit dem Taxi nach Badalucco gefahren, entlang des Flussbetts des Wildbachs Argentina hinauf, zu Orten, an deren Anblick sie sich nicht sattsehen konnte und die sie schon seit jeher zu kennen glaubte.

Kaum aus dem Auto ausgestiegen, hatte sie ihr Handy aus der Gürteltasche geholt und es zweimal klingeln lassen, um ihrer Kontaktperson zu signalisieren, dass sie ihr Ziel erreicht hatte. Dann schickte sie eine Nachricht hinterher, dass sie sich zu Fuß auf den Weg zum Treffpunkt machen würde. Zu Fuß und in der warmen Herbstsonne. Nur mit der Kraft ihrer Beine und der Verzweiflung eines gebrochenen Herzens. Wie Franchetta Borelli es getan hätte.

Als sie nach 20 Minuten auf staubtrockenem Boden am Oratorium von San Niccolò angekommen war, prüfte sie etwas links und rechts den Saum des Weges. Alles war trocken. Ein entscheidendes Detail für das, was sie geplant hatte. Und sie hatte ihr Ziel mit großem Bedacht gewählt, das vor allem in seinem Symbolwert einzigartig war. Das »Oratorium von San Niccolò« nannte der Volksmund den Zufluchtsort der Schneemadonna.

Nach weiteren 20 Minuten hatte sie den Camìn de Capelette genommen. Und Schritt für Schritt, Stein für Stein war sie den alten Weg hinaufgestiegen und hatte der Versuchung widerstanden, anzuhalten und ein paar Fotos zu machen. Eines dieser banalen Selfies, die die sozialen Medien füllten und die sie aus Prinzip verabscheute, weil sie eine posierende, glückliche Menschheit zeigten. Verbissen darauf bedacht, den Moment eines schwer fassbaren Geisteszustandes festzuhalten, der vielleicht gar nicht existierte. Aufgesetzte Fröhlichkeit, Lächeln, das aussah wie falsches Grinsen, den Blick leer und dumm. Abscheulich!

Sie war an zahllosen Trockenmauern, Gemüsegärten und an den vielen Olivenbäumen mit den darunter ausgebreiteten Netzen, damit auch ja jede einzelne Frucht aufgefangen wurde, vorbeigelaufen. Und schließlich, begleitet vom Rascheln der Blätter auf dem Weg unter ihren Schuhen und den manischen Gedanken im Kopf – nach weiteren Kastanienhainen, den Obstbäumen und Weinstöcken –, hatte sie den sakralen Ort auf dem Gipfel des Monte Carmo erreicht. Sie atmete die frische Luft der fast 800 Meter Höhe über dem Meer. Leicht schwitzend und bereit, Franchettas Seele zu erlösen. Und ihre eigene.

Und auf den langen Stufen der Wallfahrtskirche »Unserer lieben Frau vom Schnee« löschte sie nun ihren Durst und verschnaufte ein wenig. Mit ihrem Rucksack auf dem Boden und ihrem Blick nach oben gerichtet.

Wo jemand auf sie wartete.

Sie machte eine unbeholfene Geste zur Begrüßung. Und der Mann antwortete. Er verließ den Schatten der Veranda und kam auf sie zu. Und als er einen Meter von ihr entfernt war, streckte er ihr die eine Hand zum Gruß hin und griff mit der anderen Hand nach ihrem Rucksack, um ihr zu helfen.

»Guten Morgen, Herr Mandragoni«, sagte sie. »Mussten Sie lange warten?«

»Wie zum Teufel haben Sie mich ausfindig gemacht?«, antwortete ihr Gegenüber barsch. Er war ein korpulenter Mann mit einem verschlagenen Blick über einem ungepflegten, wuchernden Bart. Seine ganze Erscheinung war beunruhigend, wenig vertrauenserweckend. Er sah aus wie ein Holzfäller, der seinem Alter einiges voraus war, und so gekleidet, als hätte man ihn gerade bei der Arbeit unterbrochen. Er trug große Schuhe mit Stahlkappen und hatte riesige, rissige Hände.

»Ich bin gut im Recherchieren«, antwortete sie mit der kühlen Arroganz, die im Moment ihre schärfste Waffe war. »Soll ich Sie lieber Baldassare nennen?«

»Es wäre mir lieber, Sie würden mir jetzt erklären, warum Sie mich sehen wollten«, sagte der Mann, während er vor ihr zum Vorplatz am Fuße der Treppe vorging. Die soliden Lederriemen ihres Rucksacks sahen in seiner Hand so fragil aus wie papierne Luftschlangen, die jeden Moment zu reißen drohten. Alles an dem Mann war gewaltig und wirkte gewalttätig. Auch die Stimme verhieß nichts Gutes.

»Ich werde versuchen, mich klar auszudrücken«, antwortete sie ihm. »Sie müssen ein paar Aufgaben für mich erledigen.«

»Ich muss gar nichts tun«, blaffte der Mann sie an.

»Sind Sie Herr Baldassare Mandragoni, Sohn von Filippo und Enkel mütterlicherseits von Filippino Stefanisi, genannt Filo?« Sie sah ihn herausfordernd an.

Der andere schien in Zeitlupe seine Familienbande durchzugehen, mit seinem geistigen Auge in einer Vergangenheit eintauchend, an die er sich nicht mehr zu erinnern schien.

»Ja«, antwortete er schließlich zögernd.

»Dann müssen Sie zwei Menschen für mich töten«, antwortete sie eisig. »Sie müssen es für mich tun und um die Zukunft ihrer gesamten Familie zu schützen. Und auch aus anderen Gründen, auf die ich jetzt nicht näher eingehen will.«

»Sie sind verrückt!«

»Wenn Sie möchten, kann ich Ihnen die Liste der Flurstücke, die heute Ihrer Familie gehören, vorlesen, und die in einigen Täler hier in der Gegend verstreut sind«, erklärte sie. Wie eine Lehrerin, die einem weniger begabten Schüler eine besonders komplizierte Frage stellt. »Aber ich glaube nicht, dass das nötig ist.«

Der Mann verharrte in einem bedrohlichen Schweigen, das jeden Moment von einem brutalen Gewaltausbruch zerrissen werden konnte. Sie trat instinktiv einen Schritt von ihm weg, wie um zu verhindern, dass er sie am Hals packen, in die Luft heben und dann wie einen Olivenzweig durchschütteln könnte, bis sie zu Boden ging. Aber er tat nichts – außer weiter zu schweigen.

»Vielleicht ist es einfacher, wenn ich Ihnen erzähle, was Ihr Onkel Filo im Krieg gemacht hat«, sagte sie. »Ich spreche nicht von der schwarzen Tasche. Sagen wir einfach, das ist eine Sache, die bereits verjährt ist. Schwamm drüber.«

Der Mann kratzte sich am Kinn.

»Sie mussten überleben, es ging um Leben oder Tod«, erklärte ihr Gegenüber mit heiserer Stimme. Das Gesicht hatte nun einen verzweifelten Ausdruck, eine einzelne, tiefe Falte schlängelte sich wie ein Spinnennetz über seine Gesichtszüge.

Jetzt habe ich ihn, er wird schwach, dachte sie.

»Ja, es ging um Leben und Tod, egal um welchen Preis, richtig?«, sagte sie, und ihre Augen brannten nun mit einer Wut, die direkt von den Wunden herzurühren schienen, die die Inquisitoren Franchetta zugefügt hatten. »Selbst um den Preis, unschuldige, tapfere Menschen zu verpfeifen und so in den Tod zu schicken. Banditen, wie die Nazifaschisten sie nannten.«

Erst dann erhellte sich der Blick des Mannes. Sein Gedächtnis sandte ihm vielleicht die Informationen aus alten Geschichten, von denen zu Hause nur mit leiser Stimme geflüstert wurde. Familiengeheimnisse, denen nie ganz auf den Grund gegangen worden war. Vielleicht, so las sie in seinem Gesicht, dachte er aber auch, dass ihre Worte nur Worte aus dem Mund einer Verrückten waren.

»Wenn Sie meinen Worten nicht trauen, kann ich Ihnen die schriftlichen Beweise vorlegen, die jeden Zweifel ausräumen«, erklärte sie. »Wer sich nicht an die Vergangenheit erinnern kann, ist dazu verurteilt, sie zu wiederholen, wissen Sie?« Sie spie ihm dieses Zitat von George Santayana vor die Füße.

»Aber ich helfe Ihnen mal auf die Sprünge: Das wirtschaftliche Überleben Ihrer Familie ist untrennbar mit den Taten und dem verachtungswürdigen moralischen Handeln Ihres Onkels verbunden. Ich verurteile ihn nicht, aber Sie sollten wissen, dass seine Taten einen Preis haben. Was glauben Sie, was mit Ihnen und Ihren Verwandten passieren würde, wenn jemand Beweise vorlegen würde, dass eine ganze Reihe von Menschen wegen Leuten in Ihrer Familie erschossen oder gehängt worden sind?«

Der Holzfäller schien in sich zusammenzufallen. Langsam erst, dann immer deutlicher. Seine Schultern sackten nach unten, die Hände, die eben noch zu Fäusten geballt waren, hingen jetzt wie Anhängsel an seinen astdicken Armen. Er schien an Kraft verloren und damit auch seine ganze Tapferkeit eingebüßt zu haben.

»Auge um Auge«, drängte sie ihn. »Ich habe eine Liste, und wenn Sie sich die anschauen, dann werden Sie feststellen, dass ich wirklich sehr gut recherchieren kann.«

»Was erwarten Sie von mir?«, sagte der Mann. Es klang nicht wie eine Kapitulation. Noch nicht.

»Ich möchte, dass Sie zwei Leute für mich abschlachten«, antwortete sie ruhig. »Genau wie Sie es immer mit dem Vieh machen, das Sie töten.«

»Das kommt nicht infrage«, antwortete der andere.

Lena streckte ihren Arm nach ihrem Rucksack aus. Sie schien nach der Wasserflasche greifen zu wollen. Stattdessen öffnete sie einen Reißverschluss. Und zog ein sorgfältig gefaltetes Blatt Papier heraus.

»Bitte lesen Sie«, sagte sie und reichte ihm das aufgeschlagene Papier. »Ich muss es nicht extra erwähnen, dass eine Kopie dieser Liste mit einem Timer an einem sicheren Rechner aufbewahrt wird, von wo aus sie, sollte ich nicht zurückkehren, ins Netz gestellt werden wird. Und zwar zu den richtigen Adressen, Sie verstehen schon.«

Mandragoni richtete seinen Blick auf das Papier. Und er begann, die Liste der Namen durchzugehen.

»Immerhin ist es ein gutes Geschäft für Sie«, fügte Lena hinzu. »Nur zwei, als Gegenleistung für all das.«

»Welche Garantien habe ich, dass das unsere Schuld tilgen wird?«

»Keine«, erwiderte sie hart. »Aber genau so wird es geschehen, das versichere ich Ihnen, Baldassare. Wenn Sie tun, was ich verlange, wird niemals irgendjemand diese Liste sehen.«

»Warum sollte ich mich darauf einlassen?«

»Weil Sie keine andere Wahl haben. Und weil Sie die Chance haben, aus Ihrer Geschichte und aus den Missetaten Ihrer Familie zu lernen, dass manche Dinge nie vergessen werden.«

»Zwei«, sagte Lena noch und sah ihm herausfordernd in die Augen. Und in ihrem Herzen schien es ihr, dass Franchetta direkt aus ihrem Mund sprach. »Zwei Seelen für zwei Seelen. Zwei Leben für zwei Leben. Für die Wiedergutmachung.«

»Um wen geht es?«

»Sie kennen sie nicht«, sagte sie wieder in diesem tranceartigen Zustand von vorhin. »Einen davon kenne auch ich nicht.«

»Warum wollen Sie den Tod eines Menschen, den Sie nicht einmal kennen?«

»Wenn Sie mir weitere Fragen stellen, wird alles, was

Sie auf diesem Papier lesen, auf den verfügbaren Investigativ-Plattformen im Netz landen, diejenigen, die sich mit der Aufarbeitung der Verbrechen zu dieser Zeit beschäftigen«, sagte sie.

Dann schwieg sie. Und sie wandte sich zu den Stufen des Sanktuariums.

»Sie jagen gerne, Herr Mandragoni, Sie töten gerne Lebewesen«, erklärte sie dann und sprach in seinem Rücken. Mit ihren Gedanken war sie bei ihrer Katze Checca. »Vorläufig wird es reichen, wenn Sie bei der nächsten Wildschweinjagd – die ist doch am 31. Oktober, soweit ich weiß – ihre Flinte auf einen Ihrer Jagdkollegen anstatt auf ein Wildschwein richten. Zielen Sie einfach absichtlich daneben. Sie wählen aus, wer und wann genau, aber es muss in dieser Gegend hier geschehen, im Landesinneren von Sanremo, möglichst weit oben. In der Gegend von Triora am besten. Sie wohnen doch dort oben in der Nähe. Am besten für mich wäre, Sie erledigen beides direkt hintereinander. Am selben Tag. Dem 31. Oktober.«

Sie war neben ihn getreten, nahm ihm das Papier wieder aus den Händen und faltete es zusammen. Sie sah mit einem prüfenden Blick, dass er sich ergeben hatte.

»Später werde ich Ihnen dann mehr Details über die zweite geplante Aktion in der Halloween-Nacht selbst mitteilen«, fügte sie hinzu. »Sie schlachten ja Tiere und es sollte Ihnen nichts ausmachen, denn Sie werden ein Messer benutzen.«

Eine eisige Stille trat ein. Sie standen sich stumm gegenüber. Ein Kauz krächzte in der Nähe. Ein kühler Windhauch ließ die Blätter rascheln. Als ob gerade eine kalte, todbringende Welle aus dem Wald aufstieg.

»Ich glaube, damit kann ich mich von Ihnen verabschieden, Herr Mandragoni«, schloss sie. »Ich werde mich mit Ihnen in Verbindung setzen, auf gleichem Weg, wie ich Sie für unser heutiges Treffen kontaktiert habe.«

Der Mann breitete hilflos und kraftlos die Arme aus. Wie in einem Anfall absurder Verzweiflung.

»Wissen Sie, warum ich Sie heute hier sehen wollte? Hier an diesem Ort?«, fragte sie ihn erneut.

Mandragoni schüttelte den Kopf.

»Versetzen Sie sich noch mal in die Zeit, als Ihr Onkel und seine Freunde in diesen Tälern Liguriens so vieles verbrochen haben«, erklärte sie und nahm den Weg zurück. »Und wenn ich daran denke, *was* alles in dieser Gegend passiert ist, sind zwei Leben allein vielleicht nicht genug. Wir sehen uns bald wieder ...«

Und sie machte sich auf den Weg zum Camìn da Costa. Sie fühlte sich leicht, wie getrocknetes Laub im Herbst. Lena Dallobosco war durchströmt von einer inneren Ruhe, die sich wie Frieden anfühlte.

23. KAPITEL

Triora, Halloween

»Und? Was habt ihr gefunden? Hab gehört, jemand ist vor euch geflohen? Alles okay bei euch?« Gallos Stimme am Telefon zeigte sich nicht sonderlich besorgt um seine beiden besten Leute, eher gierig auf Neuigkeiten nach der Inaugenscheinnahme der Behausung ihres dringend Tatverdächtigen.

»Alles okay, Tomas«, sagte Viale in die Freisprecheinrichtung des Fiat Bravo. Es ging wieder bergab, Richtung Triora.

»Wir haben drei Gewehre, aber mit größter Wahrscheinlichkeit nicht die Tatwaffe.«

»Warum seid ihr euch sicher?«

»Nach dem, was Chiara Percivaldi über das Kaliber gesagt und was die Jäger über die von ihnen verwendete Munition berichtet haben, ist es die falsche Waffe.«

»Welches Kaliber?«

»Ich schätze, das ist eine 222 Kaliber Flinte. Für die Jagd auf Rehe und Kleinwild.«

»Und die ist abgefeuert worden?«

»Ja«, mischte sich Giulia ein. »Das ist nicht mehr als einen Tag her.«

Giulia beschleunigte nach einer Haarnadelkurve wieder stark, der Wagen machte einen behänden Satz, die Schwerkraft half dem Motor, mit den knapp anderthalb Tonnen plus Sonderequipment der Polizia und zwei Agenten an Bord fertig zu werden.

Giulia und Viale rasten auf der Strada Provinciale 89, die Triora-Passo della Guardia, talwärts auf Triora zu und mussten vor Erreichen der großen Kreuzung nach Westen in die Provinciale 81 abbiegen, Richtung Loreto. Irgendwo zwischen Loreto und Bregalla, dem nächsten kleinen Ort an der 81, war das Haus von Gerolamo Silvestri, dem toten Opfer, zu dem sie jetzt eilten.

»Hallo? Irgendwie hören wir gerade nichts. Hallo?«

»Ich höre euch jetzt wieder gut. Ihr wart in einem Funkloch.«

»Sollen wir dir die Flinte bringen? Willst du sie sehen?«

»Nein, das ist nicht nötig.«

»Wart mal ...«

Gallo hielt den Hörer zu. Giulia und Viale hörten das gedämpfte Gemurmel.

»Benzina muss gleich zurück sein. Dann kann er umdrehen und die Flinten zu den anderen in die Kriminaltechnik nach Imperia bringen. Was habt ihr noch?«

»Einen Rucksack«, sagte Viale, »mit deutlichen Indizien, dass er sich nach Frankreich absetzen wollte. Französisches Vokabelbuch, Satzbeispiele für den Alltag, Kartenmaterial – und mehrere 1.000 Euro in Bar. Alles analog, mehr als 30 Jahre alt und kein Smartphone, keine Smartwatch, kein elektronischer Kompass – nichts, was man tracken könnte.«

»Fahrzeuge?«, fragte Gallo knapp.

»Sein Pick-up steht vor der Tür. Einer seiner Jagdkumpel muss ihn also heute Nacht vor der Jagd abgeholt haben. Das wäre eine Frage für euch an die Jäger.«

»Gut, verstanden. Sonst was?«

»Ja, etwas wirklich Interessantes: Wir haben tief in der Tiefkühltruhe einen Sauspieß gefunden«, sagte Giulia und bremste vor der nächsten Kurve scharf ab.

»Einen was?«

»Einen Sauspieß. Das ist eine Art Bajonett, mit dem man Wildschweine tötet, wenn sie verwundet oder kampfunfähig sind«, sagte Viale.

»Damit kann man ihnen aus sicherer Entfernung ins Herz stechen.«

»Das Interessante ist, dass es sich um einen Eigenbau handelt. Unter Verwendung eines Messers, wie wir viele im Schlachthaus von Mandragoni gefunden haben.«

»Der hatte ein Schlachthaus?«

»Na, eher einen Verschlag, ziemlich Marke Eigenbau, wie das meiste bei ihm. Aber die Messer sind was Besonderes: sieht aus wie Roststahl, zweischneidig und uralter Stahl. Könnte aus der Kriegszeit stammen.«

»Das muss sich Chiara Percivaldi anschauen. Mal sehen, ob sie uns was dazu sagen kann.«

Viale schrie: »Vorsicht! Da müssen wir abbiegen!«

»Habt ihr's?«, fragte Gallo aus den Lautsprechern des Fiat Bravo.

»Ja, wir sind jetzt auf der 81, wir haben die Position von Amadori, dem Maresciallo. Das Handy sagt, in zwölf Minuten sind wir da.«

»Okay, verliert keine Zeit. Kümmert euch um das, was euch instinktiv auffällt. Seht vor allem das, was nicht da ist«, sagte Gallo etwas kryptisch. Viale und Giulia wechselten einen kurzen Blick.

Gallo hatte ihnen immer wieder vorgemacht, wie man

einen Tatort, die Wohnung eines Verdächtigen oder das Haus eines Opfers nach einem Verbrechen untersucht, vor allem bei einer ersten Inaugenscheinnahme, wenn die Zeit drängte: Konzentriert euch auf das, was ihr über die Person, die da lebt, wisst, auch wenn es wenig ist, was ihr an konkreten Fakten habt. Dann stellt euch vor, wie eurer Meinung nach diese Person lebt oder lebte. Baut euch ein Schloss, mit Zimmern drin und vielen Schubladen. Wie als Kinder. War er in eurer Vorstellung einsam oder eher gesellig, traditionell oder modern, plüschig eingerichtet oder karg-minimalistisch, war Geld vorhanden oder war er oder sie arm, und so weiter. Wenn ihr euch dann der Wohnung/dem Haus nähert, lasst einen Film vor eurem geistigen Auge ablaufen. Vergleicht euer Schloss mit dem, was ihr seht. Checkt die Schubladen, die da sein müssten, seht hinein, was drin ist. Das Wichtigste ist, dass ihr eure innere Vorstellung von der Welt, die ein Mensch um sich herum aufgebaut hat und in der er da lebt, eure Imagination und Erwartung mit dem, was ihr dann tatsächlich vor Ort vorfindet und seht, mit seiner oder ihrer Realität abgleicht. Spielt mit euren eigenen Erwartungen. Wie Kinder das tun und wie wir Erwachsenen es verlernt haben. Das ist ein viel schnellerer Weg, etwas über das Opfer/den Täter zu lernen, oder einen Tatort zu lesen, als jeder andere. Gleicht eure Vorstellung mit der Realität ab. Dann seht ihr viel bewusster hin. Und ihr entdeckt Dinge, die in dem Mikro-Kosmos fehlen, den sich ein Mensch im Laufe eines Lebens einrichtet. Dann, erst viel später, kommt die Wissenschaft, die jeden Millimeter abtastet, scannt, Proben nimmt und eine tiefe, chemische und physikalische Analyse der Spuren vornimmt. Aber für uns, die wir schnell ein Motiv oder einen Anhaltspunkt suchen, der uns auf die Hintergründe eines Verbrechens schauen und uns in die richtige Richtung blicken lässt, reicht es, aus einem Bruchteil der Puzzleteile das Große und Ganze erahnen zu können und damit die generelle Stoßrichtung zu finden, in die wir ermitteln müssen.

»Wir sehen uns nach der Methode Gallo dort um, Commissario Gallo«, witzelte Viale.

»Scherzkeks«, sagte Giulia.

»Ich hab euch gerade nicht verstanden«, sagte Gallo, aber sein Ton ließ vermuten, dass er nicht zum Scherzen aufgelegt war.

Ernst fuhr er fort: »Und ihr müsst euch bei aller Sorgfalt beeilen. Es ist fast 11 Uhr, hier wird von Stunde zu Stunde alles voller. Ich habe dem Sindaco versprochen, dass wir bis 16 Uhr eine definitive Entscheidung treffen werden, ob das Straßenfest stattfinden kann oder ob wir vermuten, dass die öffentliche Sicherheit in Gefahr ist. Amoklauf und anderes. Ihr wisst schon.«

Giulia gab dem Fiat die Sporen.

»Und noch was: Wenn ihr in Silvestris Haus nichts gefunden habt, was für Chiara Percivaldi relevant ist, würde ich sie nach Sanremo schicken, um die Obduktion von Silvestri zu machen. Sie will die Kugel selber rausholen. Sagt also bitte Bescheid, sie wartet ungeduldig in einem Café am Ortseingang von Triora.«

Die Lautsprecher blieben einen Moment stumm, Gallo überlegte.

»Ne, passt auf: Ich schicke sie gleich nach unten. Benzina ist gerade zurückgekommen. Er kann sie bringen. Also: viel Glück und passt auf. Und vor allem: Beeilt euch!«

Viale starrte auf den kleinen Pfeil auf seinem Handy, der sich der Markierung auf Maps, dem Haus von Silvestri, näherte. In Loreto, einer Ansammlung von zehn Häusern, zweigte die Statale Provinciale 52 in einem scharfen Linksknick ab.

»Ah ... jetzt aufpassen«, sagte Viale, »nach zwei Kilometern kommt unser Waldweg.« Die Straße schlängelte sich anmutig an Olivenhainen, Gemüsebeeten, Schuppen und Felsbrocken entlang wieder nach oben. Der Blick auf den immer wieder aufblitzenden Monte Saccarello war atemberaubend. Vier Minuten später stoppte Giulia den Fiat vor einem adretten, gepflegten typischen Steinhäuschen. Sorgfältig gepflegte Beete, Terrakottatöpfe mit sattgrünen Basilikumbüschen, Peperoncino in Reih und Glied auf einem kleinen Feld, Bambus-Gestänge, an dem sich die berühmten Trombette-Zucchini rankten, drei Zitronenbäume voller reifer Früchte und ein plätschernder, kleiner Bach, aus dem ein Frosch quakte.

Sie stiegen aus.

»Hallo? Ist da wer? Polizia di Stato!«

Der Frosch quakte, der Bach plätscherte, sonst war nichts zu hören. Außer einem dreirädrigen Piaggio Ape, dem Rückgrat der italienischen Agrarindustrie, dessen Zweitakt-Motor irgendwo weiter oben an der Straße bergan knatterte.

Viale und Giulia näherten sich dem, was wie die Haustür aussah. Giulia legte eine Hand auf die Klinke und war erstaunt, dass sie nachgab.

»Hallo? Ist jemand zu Hause?«, rief sie durch die jetzt einen Spalt breit geöffnete Tür.

Viale stand kurz hinter ihr und spähte über ihre Schulter

ins Innere. Seine Hand lag auf dem Knauf seiner Dienstwaffe.

»Gehen wir rein«, entschied Giulia, aber es klang eher wie eine Frage.

»Lass uns erst mal außen rumgehen. Mal sehen, ob wir was entdecken«, schlug Viale vor. Sie blickten sich um. Das nächste Haus war mehr als 200 Meter entfernt, hinter dem Garten fiel das Gelände ab. Man sah die Kronen der gepflegten Olivenbäume, die weiter unten standen. In einer großen Holzkiste lagen ordentlich zusammengelegte grüne Netze für die bevorstehende Olivenernte. Eine Schale mit abgeernteten Zitronen stand auf einem steinernen Tisch auf der Terrasse, die bogenförmigen Terrassentüren mit ihren Sprossen trugen an der Innenseite blütenweiße Gardinen. Giulia trat an die Fenster, legte die Hände abschirmend neben ihre Augen und spähte hinein.

»Da rührt sich nichts. Sieht alles tipptopp gepflegt aus. Hallo?«, rief sie und klopfte laut an die Scheibe.

Viale hatte den Garten inspiziert, auf das abfallende Gelände weiter unten gespäht, die Rückseite und die Schmalseite abgesucht und nach oben unters Dach gesehen.

»Sieht aus wie ein Schweizer oder deutsches Feriendomizil. Ist es aber nicht. Hier wohnt Silvestri. Sieh mal.«

Viale zeigte Giulia einen Stapel Briefe, die zwischen der Hauswand und dem Fensterladen klemmte.

»Sicher der Briefträger, der ihm seine Post hier reinklemmt.«

Sie überflog die Adressen. Alle Briefe waren an Gerolamo Silvestri adressiert. Enel, der italienische Stromversorger, ein Brief der lokalen Gasfirma, ein Schreiben einer örtlichen Bank aus Badalucco und andere.

»Gehen wir rein«, sagten Viale und Giulia fast gleichzeitig, gingen zur Vorderseite des Hauses, nickten sich zu, stießen die Tür weit auf und betraten unter lautem Rufen »Polizia, Polizia« das Haus.

Sie staunten. Der Kontrast zu dem Haus, das sie vor nicht einmal einer halben Stunde verlassen hatten, dem Haus, das Baldassare Mandragoni bewohnte, zu diesem hier hätte größer nicht sein können. Dieses Haus hier war auch nicht groß, aber es war gemütlich eingerichtet und alles schien genau an dem Platz zu sein, wo es hingehörte. Die Möbel schienen nicht übermäßig teuer, aber von solider Qualität. Die offene Küche, die von einem offenen Kamin, der akkurat sauber gefegt war, dominiert wurde, war blitzsauber aufgeräumt. Viale stieg die Treppen hinauf, rief laut »Ist jemand da? Hier ist die Polizei!«, und Giulia hörte seine Schritte oben von Zimmer zu Zimmer gehen. Sie selbst schaute sich um und ließ den Raum auf sich wirken. Dann trat sie an die Wand, die den Flur und die Küche begrenzte, und sah sich die Bilder an, die an den Wänden hingen. Sie schauderte einen Moment lang. Silvestri, der mit verdrehten Beinen tot im Wald lag, musste eine Familie haben, denn sie sah Fotos an den Wänden, auf denen er mit zwei kleinen Kindern auf einem Spielplatz zu sehen war. Ein weiteres Foto zeigte ihn in Badehose auf einer Strandliege, wieder in Begleitung der Kinder, die diesmal ein oder zwei Jahre älter schienen. Es gab Giulia immer einen Stich ins Herz, wenn sie daran erinnert wurde, welches der schwierigste Aspekt ihrer Arbeit als Polizistin, einer Arbeit, die sie liebte, war: Angehörige wie Kinder, Enkel oder Eltern über den Tod von geliebten Menschen informieren zu müssen. Die Uniform war dabei ein zerbrechlicher Schutzpanzer, ein sehr oberflächliches Ablenkungsmanöver vermeintlicher Autorität, für einen Menschen, der anderen Menschen eine traurige, endgültige Wahrheit überbringen musste. Die Uniform, so empfand es Giulia, war in solchen Momenten genauso zwingend nötig wie deplatziert.

Viale kam die Treppe hinunter.

»Zwei Schlafzimmer, ein Bad. Alles tadellos aufgeräumt, die Betten gemacht.«

»Er muss Geld zur Verfügung gehabt haben, nicht reich, aber regelmäßige Einkommen. Hier sieht alles nach ›Scheckheftgepflegter Wartung laut Herstellerangaben‹ und sorgfältiger Putztätigkeit aus. Kein Sanierungsstau.«

»Eine gute Pension oder Rente? So was?«

»Ja, und dann noch Nebeneinnahmen obendrauf.«

»Die Jagd? Das kann ein einträgliches Geschäft sein.«

»Sieh mal hier: drei Fläschchen Safran aus Triora im Gewürzregal. Da stehen 90 Euro Gewürz, um Reis zu kochen. Das bezahlt man nicht gerne von der Pension. Er muss nebenher noch Geld verdient haben.«

»Womit? Siehst du einen Hinweis?«

»Machen wir uns auf die Suche. Lernen wir Gerolamo Silvestri kennen.«

Zehn Minuten später riefen sie aufgeregt Commissario Tomas Gallo auf seinem Handy an.

»Wir haben was gefunden, Tomas«, sagte Viale.

»Wart mal, ich geh nach nebenan«, kam es aus dem Hörer. Viale hörte Rubbanos monotone Stimme, der die Jäger befragte.

Eine Tür wurde zugeschlagen.

»Okay, was habt ihr?«, fragte Gallo knapp.

»Wir haben ein Notizbuch mit Aufzeichnungen gefunden. Silvestri hat jemanden beobachtet, wie eine Art Privatdetektiv.«

»Was? Wen?«

»Giulia, gib mal her.«

»Also«, sagte Viale in den Hörer, »er hat seit zwei Wochen eine Frau beobachtet. Es sind präzise Angaben, wann sie wo unterwegs war. Das ganze Tal rauf und runter, aber soweit wir auf die Schnelle rekonstruieren können, nie weit weg von Triora.«

»Welche Art von Informationen stehen da?«

»So etwas wie ein detailliertes Bewegungsprofil. Auch nachts. Alles sehr genau aufgelistet, mit Datum und Uhrzeit.«

»Eine aktive Observation? Oder eher die Liste zufälliger Begegnungen?«

»Nein, nein, alles sehr minutiös, detailgenau. Was sie anhatte, wo sie war, meist im Gelände, was sie bei sich trug, mit wem sie sprach. Er hat sie beobachtet. Heimlich.«

»Habt ihr einen Namen? Steht da, wen er beobachtet hat?«

»Ja, ganz am Anfang: circa 1,70, blond, mittellanges Haar, drahtige Figur, dann steht da noch ein Kennzeichen, eine Frankfurter Nummer, F-KL 1387, und ein Name: Angelika Bucher.«

»Gib mir noch mal das Kennzeichen durch bitte«, sagte Gallo.

»Und buchstabiere mal den Namen. RUBBANO!«, rief er ohne die Antwort abzuwarten.

»Sieht das nach einer professionellen Arbeit aus oder war er ein Stalker?«

»Nein, unpersönlich. Er hat sie observiert. Gründlich. Sehr nüchtern, alles. Sie hat irgendwas gesammelt, hier steht was von einheimischen Kräuterspezialisten, mit denen sie sich getroffen hat.«

»Kräuter? Für die Küche?«

»Nein, mehr so Expertinnen für Kräuterwanderungen, du weißt schon, die, die sich mit Pflanzen und Gräsern und … was weiß ich auskennen.«

»Für die Küche? Ging's ums Kochen? Kommt schon, lest mal zwischen den Zeilen!«

»Also uns schien es mehr wie eine Sammlung eines Alchimisten, also einer Alchimistin. Er muss sie mit dem Fernglas beobachtet haben, ihr auf Schritt und Tritt gefolgt sein. Sie hat an Baumrinden rumgekratzt, Wurzeln ausgebuddelt, Blätter gesammelt, ist stundenlang durchs Unterholz gekrochen, immer mit einem Korb und einem Behälter an starken Riemen auf den Rücken geschnallt, steht hier.«

»Die Gegend hier ist berühmt für seine vielen natürlichen Ressourcen, Tomas«, mischte sich Giulia ein.

»Ja, seit den Hexen im Mittelalter, ich hab's schon mitgekriegt«, seufzte Gallo.

»Steht da auch, wo diese Angelika Bucher untergekommen ist? In einem Hotel?«

»Anscheinend hat er ihre Spur immer am Punkt Alpha aufgenommen, was auch immer das ist. Wir müssen versuchen, aus den Ortsangaben hier, wo sie rumgekrochen ist, ein Raster zu bilden, das uns vielleicht verrät, wo sie wohnt. Muss auf jeden Fall abgelegen sein, und privat, also kein Hotel oder Pension oder Ferienwohnung.«

»Wir müssen mal fragen, wer sich im Ort so gut auskennt, dass er als Guide infrage kommt. Das können ja nicht so viele sein. Vielleicht finden wir sie auf diesem Weg.«

»Und noch was, Tomas. Wir haben seine Post geöffnet. Er hat seit drei Wochen Geld bekommen. Keine großen Summen, aber regelmäßig in kleinen Tranchen.«

»Wie viel ist da zusammengekommen?«

»15.000 Euro, bis jetzt.«

»Was? Das war kein Hobby mehr!«, sagte Gallo, »und sie war keine Hobbyköchin auf Kräutersuche!«

»Deshalb haben wir dich ja angerufen. Der Tote, Gerolamo Silvestri, hat jemanden observiert. Eine Deutsche. Und er hat viel Geld dafür bekommen. Ich mach ein Foto von den Überweisungen, eine Anwaltskanzlei in Frankfurt, soweit ich das verstehe.«

»Kann das ein Motiv für den Mord sein? Was meint ihr?«, fragte Gallo.

Eine halbe Stunde später kamen Viale und Giulia mit ihren Fundstücken aus den Häusern von Gerolamo Silvestri und seinem mutmaßlichen Mörder, Baldassare Mandragoni, im Palazzo Stella an. Vom flüchtigen Neffen und seinem Motorrad fehlte jede Spur. Was wusste der junge Mandragoni über die Pläne seines Onkels? Was für eine Familie war das überhaupt?

Das Beruhigende an den Erkenntnissen war, dass es um individuelle Motive ging, nicht um das, was der schlimmste Fall wäre: dass sie einen Amokläufer suchten, der sich das Halloween-Fest ausgesucht hatte, um ein Blutbad unter wahllosen Feiernden anzurichten.

»Sindaco«, sagte Gallo, »können Sie einen Moment zu uns kommen? Ich muss mit Ihnen reden!«, sagte Gallo ins Telefon.

Es dauerte keine Minute, und der Bürgermeister stand mit rotem Kopf vor Gallo und sah ihn flehend an.

»Sindaco, wie versprochen und weit vor der Zeit, informiere ich Sie darüber, dass unsere Ermittlungen dahin gehen, dass wir es nach derzeitiger Lage nicht mit einem Amokläufer zu tun haben. Wir haben Hinweise auf sehr präzise individuell ausgerichtete Beweggründe, die zum Mord an Baldassare Silvestri geführt haben und die nichts mit der Massenveranstaltung in Ihrer Stadt zu tun haben. Also für den Moment sieht es so aus, dass wir keinen Grund haben, das Fest abzusagen.«

»Commissario, ich danke Ihnen. Das ist eine gute Nachricht!« Bevor der Sindaco Gallo um den Hals fallen konnte, trat Gallo einen Schritt zurück und ging auf Distanz.

Der Sindaco eilte hinaus, um die Aufbauarbeiten koordinieren zu helfen. Draußen auf dem Platz vor dem Palazzo Stella, der Piazza Reggio, war ein anschwellendes, teilweise schon verkleidetes buntes Völkchen zu hören, das schrie, lief und lebhaft durcheinander gestikulierte, um ja mit allem fertig zu werden für die Nacht der Nächte in Triora.

Jemand schloss das Fenster.

Giulia stand neben Gallo.

»Der Mord an Silvestri hat nichts mit dem Fest zu tun«, sagte sie zu Gallo, »das stimmt wohl, aber die Hexen, die haben sehr wohl was mit Halloween zu tun. Vor allem hier. Ich hoffe, dass da kein Zusammenhang besteht ...«

»Weil wir jetzt einer modernen, deutschen Hexe, dieser Angelika Bucher, auf der Spur sind?«, fragte Gallo mit einem winzigen Anflug von Ungläubigkeit.

»Wir werden sehen«, sagte Giulia, »wir müssen auf der Hut sein.« Sie machte eine besorgte Miene.

Im nächsten Moment schlug Rubbano mit seinem Tablet in der Hand die Tür zum Konferenzraum, ihrem provisorischen Kommissariat, unsanft auf.

Die Enthüllungen um Angelika Bucher, die Antonio Rubbano, der akribische Rechercheur, zu Tage gefördert hatte, ließen Commissario Gallo und sein Team innehalten. »Diese Informationen über Frau Bucher werfen ein ganz neues Licht auf den Fall. Was hat sie, Ihrer Meinung nach, nach Triora geführt, Antonio? Hast du was rausgefunden?«, fragte Gallo.

Rubbano antwortete mit einem tiefen Seufzer: »Commissario, es ist, als ob wir einen modernen Hexenprozess vor uns haben.«

Gallo sah Giulia an. Und zog die Augenbrauen hoch. »Vielleicht suchte sie nach dem gleichen, was die verfolgten Frauen von Triora einst suchten – Zuflucht und Verständnis für ihre Entdeckungen.«

Giulia fügte hinzu: »Ja, die alten Geschichten. Aber jetzt?«

»Niemand will etwas lernen, Giulia. Geschichte wiederholt sich. Es ist tragisch.« Rubbano machte im Versuch, Emotionen zu zeigen, ein dramatisches Gesicht – oder das, was er dafür hielt und das er sich dem Straßen-Theater-Schauspieler unten vor der Türe abgeguckt haben könnte. »Es sieht so aus«, fuhr er fort, »als könne ihre Arbeit, die Arbeit von Angelika Bucher, das Leben vieler Menschen verbessern, und doch wurde sie dafür ausgestoßen. Es erinnert stark an die Geschichten, die wir in Triora gehört haben.«

»Was hat sie denn genau gemacht?«, wollte Viale mit sanfter Stimme wissen, damit Rubbano in seiner Versenkung nicht aufgeschreckt wurde.

Gallo, der Rubbano auch die nötige Zeit lassen wollte, damit der Asperger in Fluss kam, fügte hinzu: »Wir müssen herausfinden, ob ihr Wissen der Grund für ihren Aufenthalt hier war. Und vor allem, ob es etwas mit dem Mord zu tun hat.

Rubbano, mit einem Anflug von Besorgnis, nahm Haltung an und warf ein: »Die Frage ist, wer von ihrer Anwesenheit wusste. Und wer davon profitieren würde, sie so unter Kontrolle zu halten. Um sie zum Schweigen zu bringen?«

»Du meinst, Silvestri wurde ermordet, weil man Angelika Bucher vor ihm schützen wollte?«

Giulia, nachdenklich, merkte an: »Das Netzwerk, das sie bedroht haben könnte, könnte weitreichender sein, als wir dachten. Wir bewegen uns auf dünnem Eis.«

Das war das Signal für Antonio Rubbano, sein Wissen auf seine jetzt wieder stocksteife Art zu teilen.

»Bucher, eine anerkannte Wissenschaftlerin mit einem beeindruckenden Werdegang am Frankfurter Institut für Angewandte Biochemie, schien eine Figur zu sein, die direkt aus den Seiten eines modernen Märchens stammte – eine Heldin der Wissenschaft, die zu Fall gebracht wurde, als sie am Rand einer bahnbrechenden Entdeckung stand.«

Alle schauten ihn ausnahmslos verdutzt an.

»Ihre Arbeit, die von der internationalen Gemeinschaft durch Preise wie eine Nominierung für den renommierten Otto-Hahn-Preis gewürdigt wurde, fand ein abruptes Ende, als sie innerhalb ihres Instituts, das eng mit einem der weltweit führenden deutschen Pharmakonzerne verbunden war, zunehmend isoliert wurde. Der Grund für ihre Ächtung schien in ihrer Entdeckung eines einfachen Pflanzenstoffs zu liegen, der das Potenzial hatte, teure, synthetisch hergestellte Medikamente gegen weitverbreitete Leiden wie Demenz und Alzheimer zu ersetzen. Diese Entdeckung drohte die finanziellen Grundlagen des Pharmariesen zu untergraben und stellte somit eine Bedrohung für dessen zukünftige Profite dar. Weil …« Rubbano machte eine Kunstpause und blätterte auf seinem Tablet herum, »…der Aktienkurs des Pharmaunternehmens unter Druck geraten ist und der Vorstand mit dem bevorstehenden ›Launch‹ zweier neuer Medikamente die Anleger beruhigen wollten, und weil diese Milliarden-Wette für den Konzern unbedingt aufgehen muss.«

Rubbano hatte frei zitiert und dabei so gewirkt, als läse er einen geschliffenen Leitartikel vor.

»Siehst du also eine Parallele zwischen Buchers Schicksal und den Geschichten der verfolgten Heilerinnen von Triora?«, fragte Giulia.

Hinter Rubbanos Stirn glühte es vor Anstrengung. Er zuckte mit den Augenlidern, wie er es immer tat, wenn er sich anstrengen musste. Und das Anstrengendste für ihn war, Fakten mit menschlichen Emotionen, menschlichen Handlungen in Verbindung zu bringen. Die Vorstellung, dass sich die Geschichte nach 400 Jahren zu wiederholen schien, ließ wohl einen kalten Schauer über seinen Rücken laufen. Die Hexen von Triora, einst geächtet und verfolgt für ihr Wissen und ihre Fähigkeiten, die das enge Weltbild der herrschenden Mächte erschütterten, fanden in Bucher eine moderne Entsprechung – eine Frau, deren Erkenntnisse und Fähigkeiten sie zur Zielscheibe machten –, nicht von Priestern oder Inquisitoren, sondern zur Zielscheibe von Managern bei Aktiengesellschaften.

Rubbano, der selbst tief beeindruckt von der Atmosphäre Trioras war, konnte nicht umhin, sich zu fragen, was genau Angelika Bucher in dieses abgelegene Dorf geführt hatte. War sie auf der Suche nach Zuflucht, einem Ort, der für seine historische Verbindung zu Heilern und Außenseitern bekannt war? Oder gab es tiefere, noch unentdeckte Gründe für ihre Anwesenheit in einer Gegend, die so reich an natürlichen Ressourcen und altem Heilwissen war? Löste das bei ihr einen Leidensdruck aus?

»Ja«, brachte er schließlich heraus.

»Ja, was?«, fragte Giulia sanft, »dass es eine Parallele gibt? Sind wir deshalb in einer Mordermittlung?«

»Ja, es gibt eine Parallele. Die Stellung der Frau damals wie heute, also die ist nicht viel anders als …«

Gallo unterbrach seinen Vortrag:

»Antonio, Angelika Bucher wurde observiert, auf sehr professionelle Weise. Das hat viel Geld gekostet. Also hat jemand die Observierung mit großem Aufwand betrieben. Richtig?«

»Ja, das durchschnittliche Tageshonorar für Privatdetektive …«

»Okay«, stoppte Gallo ihn, »dann wird der Mann, der Angelika Bucher observiert hat, erschossen. Von einem Jagdkollegen, wie wir vermuten. Baldassare Mandragoni.«

»Ja, das stimmt. Aber wo ist da die Verbindung?«, fragte Rubbano.

Draußen vor dem Fenster machte jemand ohrenbetäubenden Lärm. Als wäre ein Tisch umgefallen. Rubbano zuckte zusammen.

»Genau«, sagte Gallo, »wo ist die Verbindung von dem mutmaßlichen Mörder zu Angelika Bucher?«

»Das kann in zwei Richtungen interpretiert werden.« Rubbano war wieder voll konzentriert. »Entweder hatte Silvestri am Ende den Auftrag, Bucher zu töten, deshalb hat er sie observiert, dann hätte jemand Silvestri getötet, um Bucher zu schützen.«

»Richtig! So sehe ich das auch, Antonio«, sagte Gallo.

»Dann stellt sich die große Frage, wo die Verbindung Baldassares mit den Auftraggebern von Silvestri war. Gab es die überhaupt?«

»Das wissen wir nicht. Aber es ist unwahrscheinlich, dass ein und derselbe Auftraggeber einmal Bucher observieren lässt und dann denjenigen, der sie observiert, umbringen lässt. Das macht alles überhaupt keinen Sinn.«

»Dann muss es zwei konkurrierende Auftraggeber geben, die einen, die Bucher schützen wollen, und die anderen, die Bucher beseitigen wollen«, führte Rubbano aus. Gallo hatte ihn wieder auf der Spur: konzentriert, analytisch und messerscharf wie sonst niemand im Raum.

»Da das aber unwahrscheinlich ist, brauchen wir eine weitere Variante, sonst kommen wir nicht weiter«, sagte Gallo.

»Und die wäre, dass es gar keine Zusammenhänge gibt«, sagte Rubbano ruhig.

»Wie meinst du das?«

»Silvestri hat Bucher observiert, aber sein Tod hat nichts

mit Bucher zu tun. Dann war es entweder ein Unfall oder es ist aus anderen Gründen geschehen.«

Viale seufzte resigniert. Sie kamen keinen Schritt weiter.

»Was ist mit dem Neffen von Mandragoni? Dem, der geflüchtet ist?«

»Keine Neuigkeiten. Er ist verschwunden. Auf den Straßen war er wohl nicht unterwegs. Sonst wäre er im Netz der Carabinieri gelandet.«

»Mit der Motocross Maschine braucht er auch keine Straßen. Das war ein Höllending, wahrscheinlich getunt. Und wenn er sich auskennt, suchen wir eine Stecknadel im Heuhaufen«, sagte Giulia. »Das Gemeindegebiet von Triora ist flächenmäßig das größte, das es in der Provinz Imperia gibt, und von der Einwohnerzahl her das kleinste.«

»Und das hügeligste«, setzte Viale hinzu.

»Und das mit den meisten Bäumen auch«, versuchte Claudio sich mit einem Scherz.

»Wir müssen Bucher finden. So schnell wie möglich«, sagte Gallo.

»Ich habe die, die sich bei der Polizia Locale und den Rangers am besten in der Gegend auskennen, zusammen mit Benzina drangesetzt, die Orte, die Silvestri notiert hatte, zu identifizieren. Aus diesem Bewegungsprofil könnten wir hoffentlich herausfinden, in welcher Gegend sie ist, wenn sich nicht sogar der genaue Aufenthaltsort von Bucher ergibt«, sagte Rubbano, »das ist unser einziger Anhaltspunkt.«

Er holte tief Luft.

»Oder«, sagte Rubbano und blickte dabei auf einen Punkt auf der weiß getünchten Wand, den nur er sah, »wir irren uns.«

»Bitte?«, fragte Giulia.

»Ja, ist doch logisch. Wenn beide Varianten nicht zutreffen, dann muss der Mord an Silvestri aus einem ganz anderen Grund geschehen sein. Bucher ist dann nur eine unbekannte, zufällige Größe in der ganzen Gleichung.«

Alle waren still. Nur Viale nicht.

»Porca miseria!«

24. KAPITEL

Museo delle streghe, Triora, 31. Oktober

Gallo, Giulia und Claudio saßen am Kopfende des Raumes und tauschten Blicke aus, in denen sich das Bewusstsein spiegelte, dass sie sich ziemlich im Kreis drehten. Ispettore Giovanni Viale saß seitlich, mit dem Rücken zum Fenster. Das Auftauchen der Aufzeichnungen von Mandragoni über Angelika Bucher fügte dem Fall eine neue Dimension hinzu, eine Spur, die möglicherweise weit über die Grenzen Trioras hinausführte. Was sich aber abzeichnete, war, dass der Tod von Gerolamo Silvestri nicht mit willkürlichen Umständen zu erklären war, sondern dass jemand zielgerichtet ihn – und genau ihn – ausgesucht hatte.

Gallo in der Mitte, flankiert von Giulia, Claudio Brizio und Giovanni Viale, bat die Jäger, für die Zeugenanhörung Platz zu nehmen. Die groben Männer rückten Stühle, öffneten Jacken, fuhren sich mit den Händen durch die Haare und sahen die Ermittler an. Ihre Gesichter zeigten eine Mischung aus Anspannung und Unbehagen. Sie mussten sich seit den frühen Morgenstunden bereithalten und wurden erst jetzt, um kurz nach 13 Uhr, von Giulia in das Verhörzimmer, den Konferenzraum des Museums von Triora, gerufen. Das Zusammenspiel aus dem flackernden Licht, das durch die Fenster drang, und den Schatten der mittelalterlichen Artefakte im Raum verlieh dem Ganzen eine fast surreale Qualität. Die Jäger wirkten zwar angespannt, aber gleichzeitig auch erschöpft. Nicht die schlechteste Voraussetzung, um sich zu verplappern, wie Gallo fand.

»Die Zeugen-Befragung soll den Ablauf der Jagd in dieser Nacht und die genaue Abfolge der Entdeckung der Leiche durch die Jäger rekapitulieren«, eröffnete Gallo die Runde.

»Und sehen Sie es uns nach, dass wir sie so lange haben warten lassen. Wir mussten aus verständlichen Gründen erst mal ausschließen, dass in Anbetracht der vielen Menschen heute Abend und Nacht, die in Triora feiern sollen, die öffentliche Sicherheit der Bevölkerung in Gefahr ist.«

Die Jäger sahen alle abwechselnd auf den Boden, auf den Tisch vor ihnen oder ließen einen flüchtigen Blick auf die Ermittler streichen.

»Die Akustik der umliegenden Täler, die die Schüsse wie ein Echo vervielfachen, machen es selbst für erfahrene Jäger schwierig, den genauen Ursprung oder den Zeitpunkt des tödlichen Schusses zu bestimmen. Sehen Sie das auch so?«

Zustimmendes, undefinierbares Gemurmel.

Gallo sagte mit fester Stimme: »Sie waren alle zur Zeit des Vorfalls im Wald. Jeder von Ihnen könnte wichtige Informationen haben. Beginnen wir mit dem, was Sie gehört oder gesehen haben.« Dabei sah Gallo den ersten Jäger, rechts von ihnen, direkt an.

»Commissario, wir haben nur die üblichen Geräusche

des Waldes gehört, das Knacken der Äste, den Wind. Keinen Schuss, nichts Ungewöhnliches.«

Giulia, die durch ihre Notizen blätterte: »Aber die Akustik in den Tälern kann trügerisch sein. Könnte der Schuss von weiter weg gekommen sein, ohne dass Sie es bemerkt haben?«

Ihr Nachbar, der hochgewachsenste unter ihnen, ergriff das Wort: »Möglich ist es, Signorina. Aber wir Jäger kennen diese Wälder, die Geräusche. Es war eine ganz normale Nacht, bis ... na ja, bis wir von Geros Tod erfuhren.«

»Sagt Ihnen der Name Angelika Bucher etwas? Wir haben bei Gerolamo Silvestri dieses Notizbuch gefunden, das in seinem Haus lag. Es erwähnte eine Frau, diese Angelika Bucher. Anscheinend hat er sie seit einiger Zeit beobachtet. Wissen Sie etwas darüber?«

»Ne, nie gehört. Wir sind einfache Leute, Commissario. Was würde eine deutsche Frau in unseren Wäldern wollen? Klar, so kräuterinteressierte Touristen, die gibt's schon. Aber warum sollte Gero ihr nachsteigen?« Ein Grinsen huschte über die wettergegerbten Gesichter.

Gallo sagte: »Das ist genau die Frage, die wir uns stellen. Und warum unser Verstorbener so viel über sie wusste, ohne sie je getroffen zu haben.«

»Die Einträge sind sehr detailliert. Fast so, als wäre er ihr auf Schritt und Tritt gefolgt. Es muss einen Grund dafür geben. Hat er nie irgendwas darüber erwähnt?«

Kopfschütteln.

Gallos Stimme war tief und ernst: »Wenn irgendjemand von Ihnen mehr weiß, jetzt ist der Moment zu sprechen. Der Tod Ihres Freundes, Gerolamo Silvestri, war kein Jagdunfall. Das wissen wir. Kommt es eigentlich oft bei Ihnen vor, dass jemand bei der Jagd getötet wird? Von einem Jagdkollegen? Aus Versehen?«

Entrüstetes Kopfschütteln. Sie waren Profis – also fast. Da kam so was nicht vor.

»Nein?«, provozierte Gallo.

»Äh nein, bis jetzt noch nicht.«

»Wie heißen Sie?«, Gallo sah auf seine Notizen und nahm einen Stift zur Hand.

»Was spielt das denn für eine Rolle? Sie haben doch unsere Namen alle, oder?«

Zustimmendes Gemurmel.

»Ja, aber ich habe hinter den Namen auf meiner Liste keine Fotos. Ich weiß zwar, wie alle heißen, die im Raum sitzen, aber nicht, wer wie aussieht. Capisce? Also: Sie heißen?«

»Salvatore Balestri.« Gallo kritzelte etwas auf seinem Block.

Giulia und Viale sahen sich kurz an.

»Wann kriegen wir eigentlich unsere Gewehre wieder, die Sie uns abgenommen haben?«, fragte der Dritte in der Reihe, ein stämmiger Mann in den Sechzigern mit schlohweißem Haar.

Ein um Zustimmung heischender Blick zu seinen Kompagnons.

Gallo setzte sich zurück und sah sie der Reihe nach still und ruhig an. Allein dieser Blick ließ sie nervös auf ihren Sitzen herumrutschen. Dann sagte er:

»Fünf Mann werden mit Gewehren in der Hand angetroffen, ein sechster, der tot auf seiner Waffe drauf lag, mit einer Kugel im Körper. Und ein weiterer – verschwunden.«

Er machte eine Pause.

»Sie kriegen Ihre Gewehre wieder, wenn das kriminaltechnische Labor in Imperia sie abgefeuert, auseinandergenommen und mit der Kugel, die zur Stunde aus Gerolamo Silvestris Körper herausoperiert wird, verglichen wurde. Wir müssen ausschließen, dass die Kugel, die Silvestri getötet hat, aus einer Ihrer Waffen stammt.«

Gallo sah sie wieder an. Zwei hatten den Mund etwas geöffnet, einer kaute auf seiner Lippe.

»Das kann dauern. Stimmt denn mit Ihren Waffen etwas nicht? Sind die vielleicht manipuliert?«

»Nein, nein, alles legal. Sie haben ja auch unsere Waffenbesitzkarten mitgenommen, das steht alles drin, alles registriert.«

»Gut«, sagte Gallo, »also wie gesagt, das kann dauern, bis Sie Ihre Waffen wiederkriegen.«

»Kennt jemand von Ihnen einen Giovanni Mandragoni?«, fragte Giulia.

Sie sahen sich kurz fragend an.

»Den jungen Mandragoni? Ja, den haben wir schon mal gesehen, also hier im Dorf.«

»Wissen Sie, wo er sein könnte?«

»Ist er auch weg?«, fragte Balestri.

»Während der Befragung und der Durchsuchung auf Baldassare Mandragonis Grundstück ist er abgehauen. Ja, er ist weg«, sagte Viale.

Betretenes Schweigen, aber niemand schien übermäßig überrascht zu sein.

»Was ist?«, setzte Viale nach.

Einer der Jäger legte seine Hand schützend über die Stirn, weil Viale im Gegenlicht saß.

»Bal ist in Ordnung. Aber die Familie ist seltsam. Wundern tut mich das nicht, dass er abhaut. Die haben es alle nicht so mit der Polizei.«

Schmunzeln auf den Gesichtern.

»Schuldete Mandragoni einem von Ihnen Geld?«

»Uns? Ne, non. Aber Sie müssten mal Gerolamo fragen.«

»Der ist tot«, erinnerte Viale.

»Warum Silvestri? Hat er Geld verliehen?«

»Ne, nicht so gerne. Aber Sie wissen ja, wie das ist. Rechnungen und so. Gerolamo hatte immer genügend Geld, da wusste man, dass man keinen Armen fragt. Schickes Haus, alles tipptopp.«

»Wissen Sie, ob Mandragoni bei Silvestri Schulden hatte?«

»Also jetzt so direkt nicht im Detail. Aber kann schon sein, dass er sich mal ein hübsches Sümmchen geliehen hatte. Bal brauchte immer Geld. War immer knapp bei Kasse.«

»Aber Gero hat gut Buch geführt. Der hat nix vergessen«, versicherte der stämmige Weißhaarige.

Viale schrieb mit. Gallo sah ihn aufmunternd an.

»Denken Sie noch mal nach. Sie waren doch oft zusammen. Da isst und trinkt man zusammen, plant die nächste Jagd, regt sich über die Steuerbehörden auf und bespricht das Wetter. Ist da niemandem aufgefallen, ob es zwischen Mandragoni und Silvestri um Geld ging, das der eine dem anderen schuldete? Denken Sie nach. Schulden können ein Mordmotiv sein.«

Gemurmel, Kopfschütteln. Vielleicht war es an der Zeit, ein wenig die Schrauben anzuziehen, ohne bedrohlich zu wirken. Aber sie trotzdem wissen lassen, dass dies hier kein harmloses Geplänkel in einer Taverne war. Gallo verabscheute es, Leute einzuschüchtern und zu bedrängen – vor allem, wenn er dabei seinen Status als Kommissar einsetzen musste. Aber was er noch mehr verabscheute, war, unschuldige Menschen nicht schützen zu können. Es war der ewig wiederkehrende Konflikt der Polizeiarbeit.

»Ich sage Ihnen was: Hier sitzen wir gemütlich alle beisammen. Aber vor dem Richter, da stehen Sie unter Eid. Und Sie sind allein. Also: Gab es Streit um Geld zwischen den beiden? Ja oder nein?«

»Das wissen wir nicht, Commissario. So kleine Beträge, die gehen schon mal hin und her. Das Normale halt. Man kennt sich ja.«

Der Stämmige schien die Wortführung zu übernehmen.

»Hatte Mandragoni viel Geld zur Verfügung?«

»Also er ist von uns der Reichste.«

»Ach so?«, fragte Gallo nach. »Ich dachte, er sei immer knapp bei Kasse?«

»Ja, denen gehört viel Land. Sehr viel Land. Vor allem oben Richtung Passo della Guardia. Da ist nicht viel los, aber das gehört alles denen, den Mandragonis. Und das wirft auch kein Cash ab. Im Krieg ist viel Land dazugekommen.«

Der Stämmige sah, dass seine Kumpane nickten.

»Da, wo die Nazifaschisten sich versteckt hatten und den Partisanen immer aufgelauert haben. Da hat ein Onkel von Baldassare oder so ein paar Dinger gedreht. Schon lange tot.«

»Ist nie erwischt worden. Auch hier in Triora gehörten denen ein paar Sachen. Aber das ist alles weg. ›Unrechtmäßig angeeignet‹, hieß das nach dem Krieg.« Salvatore Balestri steuerte diese Information bei.

»Hier im Ort? Ist ja interessant«, sagte Gallo.

»Also Gero hat 'ne weiße Weste. Der wurde ja erst später geboren. Hat sich mit viel Land wiedergefunden, wo seine Familienmitglieder alle von leben, aber Land bringt kein Geld, Commissario, nur Kosten. Flüssig ist er eigentlich nie. Lebt vom Holz, das er in seinen Wäldern schlägt.«

Gallo kratzte sich am Kinn. Das klang alles sehr vage. Daraus ein Mordmotiv abzuleiten – das würde schwierig werden. Und wenn es um große Summen oder Bürgschaften, Verpfändungen ginge, dann wäre das den anderen zumindest im Ansatz bekannt.

Also probierte er etwas anderes:

»Wer von Ihnen hat einen Sauspieß?«

Alle sahen sich an, lächelten.

»Commissario, wir alle haben einen Sauspieß. Was soll die Frage? Sie können doch nicht auf die Jagd nach Wildsauen gehen und keinen Sauspieß haben?« Der Stämmige hatte für alle geredet.

Gallo sah, dass Balestri der Einzige war, der schwieg, auf die Tischplatte starrte und die Gesichtsfarbe wechselte.

»Und haben Sie dann in der Regel nur einen einzigen Sauspieß oder mehrere?«

»Nein, nein, das ist was Besonderes. Wie ein Füllfederhalter, den verleiht man auch nicht. Davon kann Leben und Tod abhängen. Wildsäue sind sehr gefährlich, Commissario, wenn man da nah rangehen muss, braucht man die richtige Waffe, um sie zu töten. Der Sauspieß ist etwas sehr Persönliches, wie das Gewehr, mit dem man loszieht, das gibt man auch nicht einfach so aus der Hand.«

»Wir haben alle unsere Namen eingraviert, Commissario, so persönlich sind die«, beeilte sich der zweite Jäger von links.

»Ah so, das wusste ich nicht.«

»Mandragoni hat uns die gemacht«, sagte der Stämmige, beugte sich vor und blickte seine Jagdkollegen an.

»Baldassare Mandragoni? Der hat Ihnen die Sauspieße gemacht?«

»Ja, der konnte das. Der hatte aus dem Krieg noch jede Menge Bajonette, von der deutschen Wehrmacht. Der beste Stahl, sagte er immer. Die sind ja als Stichwaffe stumpf, vorne an der Spitze, aber Bal hat die bearbeitet. Der hatte ja so was wie eine kleine Schmiede bei sich zu Hause. Ist nur lästig, die immer zu ölen, die rosten schnell.«

»Ist ja auch Roststahl«, wusste der Jäger direkt neben Giulia.

»Die Dinger hat er so scharf geschliffen, damit können Sie sich rasieren, Commissario. Der geht wie durch warme Butter in die Sau rein. 35 Zentimeter lang.«

»Jetzt verstehe ich. Und Sie passen also sehr genau auf, wo sich Ihr Sauspieß befindet, nicht?«, fragte Gallo und sah dabei Balestri an, der versuchte, sich wegzuducken.

»Sie auch, Signor Balestri? Sie haben auch einen Sauspieß?«, fragte Gallo.

»Ja, äh nein, also schon. Ich habe einen. Aber ich weiß nicht, wo er im Moment ist. Wie vom Erdboden verschluckt. Ich hab alles abgesucht.«

Die anderen Jäger sahen Balestri fragend an.

»Ich sage Ihnen, wo Ihr Spieß ist, Signor Balestri: in der kriminaltechnischen Untersuchung in Imperia.«

»Was? Wie kommt er dahin? Wo haben Sie den denn gefunden?«

»In der Tiefkühltruhe. Von Baldassare Mandragoni.«

»Was?«

»Seit wann vermissen Sie denn Ihren Sauspieß, Balestri?«, wollte Viale wissen.

»Na, seit der letzten Jagd. Da hatte ich ihn noch. Vor zwei Wochen.«

»Und wo bewahren Sie den üblicherweise auf? Der liegt ja nicht offen im Auto, wenn Sie spazieren fahren. Das ist ja eine gefährliche Waffe, nicht?«

»In der Garage. Der hängt bei mir in der Garage, oben unter der Decke. Damit keiner rankommt. Meine Schwester hat kleine Kinder, die kommen manchmal.«

»Und die Garage ist immer verschlossen?«, wollte Gallo wissen.

»Nein, das braucht man hier nicht. Also abschließen. Nicht da, wo ich wohne. Ich hab ja auch Hunde.«

»Die Ihre Kollegen von der Jagd kennen, oder?«

»Warum fragen Sie? Klar, Commissario, wir haben immer Leckerlis für die Hunde der anderen dabei. Ist doch normal. Scharfe Jagdhunde, klar sind sie das, aber wir gehören ja alle zu ihrem Rudel. Die Begrüßung ist immer sehr herzlich, weil sie wissen, wir kommen nie mit leeren Händen.«

Gallo sah prüfend zu Viale, Giulia und Claudio, hob fragend die Augenbrauen, und nachdem alle den Kopf schüttelten, entließ er die Jäger mit einer Ermahnung:

»Im Moment ist das alles. Aber halten Sie sich zur Verfügung. Die Ermittlungen sind noch nicht abgeschlossen.

Wir haben Ihre Telefonnummern und rufen Sie an, wenn wir noch eine Information brauchen.«

Erleichtert erhoben sich die Jäger, rückten geräuschvoll die Stühle und schickten sich an zu gehen.

Nur Balestri suchte den Blick des Commissarios.

»Was ist, Signor Balestri? Haben Sie noch was für uns?«

Balestri wartete, bis seine Kumpane den Raum verlassen hatten. Dann trat er sichtlich nervös näher zu Gallo. Sein Blick war unstet, nervös.

Gallo beruhigte ihn.

»Wenn Sie Informationen haben, die uns weiterhelfen können, dann nur raus damit. Was haben Sie auf dem Herzen?«

Balestri öffnete seine Jacke und nestelte in der Innentasche herum.

»Hier, einen Moment.«

Er brachte zunächst den Zipfel eines bunten Tuches zum Vorschein, zog daran und langsam, wie ein Zauberer auf der Bühne ein Zaubertuch aus seiner Faust zieht, kam ein großes Stück Tuch zum Vorschein. Er machte mit seinen groben Händen einen Versuch es zu falten, aber Giulia war schneller.

Sie hatte sich blitzschnell ein Paar Handschuhe übergestreift und nahm ihm den Schal aus der Hand.

»Das ist ein Halstuch, ein Schal!«, rief sie. »Wem gehört das?«

Sichtlich verlegen sah Balestri auf seine Schuhe.

»Also das weiß ich nicht, ehrlich nicht. Aber das hier habe ich Silvestri vorgestern stibitzt, als wir zusammensaßen, beim Aperitivo, wie fast jeden Tag.«

»Und warum? Warum haben Sie ihm diesen Schal abgenommen?«

»Das sieht aus wie ein Frauenschal, oder?« Er sah Giulia flehentlich an.

»Definitiv. Und ein teures Stück.«

Sie breitete den Schal aus, ließ ihn prüfend durch ihre Finger gleiten und suchte das Etikett.

»Cashmink, dieses neue Wundermaterial. Synthetisch, aber unübertroffen. Wie 100 Prozent Cashmere. Federleicht und wahrscheinlich schön warm.«

Sie prüfte weiter.

»Hier: Capitana-Frankfurt. Made in the EU.«

»Frankfurt? Ist der von Angelika Bucher?«, fragte Gallo und sah Balestri direkt in die Augen.

Balestri erzitterte unter Gallos Blick.

»Also das weiß ich nicht, aber Silvestri hatte den dabei. Schon öfters. Wir wollten ihn veräppeln, dass er mit Frauenkleidern zum Jagen geht. Nichts Böses, nur so unter Freunden halt. Als er aufs Klo ging und seine Jacke am Stuhl hängen blieb, hab ich ihm die – na ja – geklaut. Wollte ihn auf den Arm nehmen, das Ding einfach anziehen und ihn so veräppeln – Sie wissen schon, so ein bisschen auf schwul machen ...«

»Wer's lustig findet«, fauchte Giulia.

»Und warum meinen Sie, dass Silvestri den bei sich trug?«

»Ich vermute, für seinen Hund. Ein Setter, mit ganz feiner Nase.«

»Sie meinen, dass der Schal der Deutschen gehört, zu der ich Sie am Anfang befragt habe?«, sagte Gallo streng.

»Ja, also das wäre eine Möglichkeit. Damit hätte Gero einen Hund auf die Fährte bringen können, wenn sie in unserem Dschungel unterwegs war.«

»Und warum haben Sie uns das nicht vorher gesagt?

Eben? Als ich Sie danach gefragt habe?«, donnerte Gallo Balestri an.

Balestri fuhr sich nervös mit der Hand über den Nacken. »Mir war das peinlich, Commissario, vor den anderen und so. Ich wollte Silvestri nicht in ...«

»Schwierigkeiten bringen? Mann, der ist tot! Verstehen Sie das? Sie behindern unsere Ermittlungen! Porca miseria!«

Viale war explodiert. Gallo beruhigte ihn mit einem Blick.

»Okay, Sie geben den Vorfall der Kollegin Ispettore Brizio zu Protokoll. Erzählen Sie haargenau, wann Sie wo den Schal an sich genommen haben und vor allem, was Sie darüber wissen. Dann können Sie gehen.«

Gallo trat auf den Flur, bedachte Balestri mit keinem Blick mehr und zückte sein Telefon.

»Maresciallo! Entschuldigen Sie, wenn ich störe. Gallo hier. Haben Sie Zugriff auf eine Hundestaffel? Wir haben ein Kleidungsstück mit Geruchsspuren. Wahrscheinlich von der vermissten Deutschen. Es ist wichtig, dass wir sie finden. Sehr wichtig.«

Gallo hörte einen Moment zu, wich Balestri aus, der kleinlaut an ihm vorbeischlich, und dann Giulia, die in der Tür erschien. Sie hatte den Schal in eine durchsichtige Plastiktüte gesteckt und zog sich gerade die Handschuhe von den Händen.

»Das ist wunderbar, Maresciallo. Danke! Vielen Dank. In einer Stunde?«

»...«

»Ja, Benzina gehört zu uns, Maresciallo. Haben Sie ihm helfen können, die Gegend anhand der Protokollnotizen des Gerolamo Silvestri einzugrenzen?«

»…«

»Ja, der Polizia Locale sei auch Dank, selbstverständlich, Maresciallo, ich werden den Bürgermeister darüber in Kenntnis setzen und mich persönlich bei ihm bedanken.«

»…«

»Ja, ich weiß. Sie werden ja turnusmäßig nach kurzer Zeit immer versetzt. Sind also nicht von hier. Aber die von der Polizia Locale, die stammen aus dem Ort. Und kennen sich aus.«

»…«

»Wo sagten Sie? Richtung Creppo, dann Loreto …?

»…«

»Ah, über die Brücke von Loreto rüber. Und dann?«

Viale stand plötzlich neben Gallo und bot an zu helfen.

»Moment, Maresciallo, ich geb Ihnen Ispettore Viale, der ist öfter in dieser Gegend unterwegs. Sagen Sie bitte ihm, wo wir uns treffen.«

Er reichte den Hörer an Viale. Nach einer Minute wusste Viale, an welcher Stelle Silvestri die Spur von Angelika Bucher aufgenommen hatte. Wenn sie richtiglagen, dann musste sie in der Nähe untergekommen sein.

Viale scrollte auf seinem Handy herum.

»Und?«, fragte Gallo. »Ist da was?«

»Ne, nur eine Ferienwohnung im Netz, sonst 'ne Kirche, ein paar Häuser. Die Straße führt auf jeden Fall nirgendwo hin. Sackgasse.«

»Was denn für eine Sackgasse?«

»Na die Provinciale 52. Die geht in die 82 über, wo wir bei Silvestris Haus waren. In Loreto zweigt sie ab, führt über die Brücke von Loreto über den Fluss Fora di Taggia und wird dann schmal, sehr schmal. Am Ende, nach ein paar Kilometern, endet sie vor einem steilen Berg. Nur noch Felsen und Gestrüpp, Bergfalten, Schluchten und unwegsames Gelände. Da ist die 52 zu Ende.«

»Gestrüpp«, sagte Gallo, »darüber habe ich heute auch schon eine Lektion erhalten.«

»Gut, in einer Stunde treffen wir uns mit den Hundeführern oben nach der Brücke von Loreto. Das sind nur fünf Minuten von hier.«

»Fünf Minuten«, sagte Gallo, »sind hier der Unterschied zwischen zwei Universen.«

Giulia wedelte mit dem Beutel mit dem Schal, der vermutlich Angelika Bucher gehörte.

»Ich behalte den bei mir, Tomas. Wann fahren wir los?«

»Warum? Hast du noch was vor?«, fragte Gallo.

»Ne, also ja, wenn noch Zeit ist, wollte ich mal ein wenig herumschnuppern. Rüber zur Cabotina. Irgendwie zieht mich das an.«

»Klar, aber pass auf mit den Hexen, Giulia«, sagte Gallo und zwinkerte ihr zu, »ich hab mich vorhin auch fast verlaufen. Ist gar nicht so leicht, sich in dem Wirrwarr von Häusern und Gassen nicht zu verlieren.«

»Ja«, sagte Giulia, »sieht auf den ersten Blick alles gleich aus. Eine Wüste aus Steinen und Dächern. Aber wenn man näher hinguckt, hat jede Ecke, jeder Torbogen, jede Hauswand und jedes Dach ein Eigenleben, einen eigenen Charakter. Das ist faszinierend.«

»Geh schon, sei in einer halben Stunde wieder hier«, sagte Gallo, »und lass den Schal da. Viale wird sich darum kümmern.«

Giulia nutzte die Zeit vor dem Treffen mit der Hundestaffel für eine Erkundigungstour durch Triora. Sie lief neugierig von der Piazza Reggio die breite Treppe bis zum großen Torbogen, eine Art überdachter Freiplatz, der auf drei Seiten offen und oben durch ein kunstvolles Steingewölbe geschützt war, hinauf, suchte dann die richtige Abzweigung und lief am Hangrücken in Richtung Cabotina, die touristenfreundlich ausgeschildert war. Sie blickte im Gehen die fast senkrecht abfallende Schlucht hinab, an deren Talsohle Molini di Triora lag, wo die Mühlen von Triora den Weizen Jahrhunderte lang gemahlen hatten. Unten durch Molini floss der Fluss, der Fora di Taggia, der die Mühlen angetrieben hatte und der sich in Molini mit dem kleinen Rio Capriolo vereinte, der einem kleinen beliebten Badesee entsprang, dem Laghetto dei Noci.

Es war ein atemberaubender Anblick. Als würde man auf eine Spielzeugeisenbahn blicken, nur in Lebensgröße.

Am Rande der Cabotina angekommen, dem ehemaligen Armenviertel, weckte ein verfallen wirkendes Gebäude ihre Aufmerksamkeit. Es war ein altes Kräutertrockenhaus, wie sie dem Schild entnahm. Ein Steinhaus, das unter einem niedrigen Dach nur da Mauern hatte, wo die mächtigen Eichenbalken auflagen, um das Dach zu halten. Innen sah Giulia einen ausgetretenen, abgeflachten Lehmboden und eine Vielzahl von Balken, auf denen seit jeher unzählige, zu Bündeln zusammengebundene Kräuter getrocknet worden sein mussten. Der Wind, der aus dem Tal aufstieg, sorgte für eine ständige Brise.

Sie nahm ihre Dienstmütze ab und steckte sie unter die Achsel. Neugierig bückte sie ihren Kopf unter dem niedrigen Dach und spähte hinein.

An Hanfstricken und Seilen sah sie eine Unzahl von Kräuterbüscheln teilweise mit getrockneten Blüten in allen Farben im Wind sanft hin und her baumeln. Sie versuchte, zumindest einige der Kräuter zu identifizieren, aber sie sahen im getrockneten Zustand alle irgendwie gleich aus: vertrocknet und verschrumpelt. Was sie aber sehen konnte, war, dass es sich um eine große Vielzahl verschiedener Kräuter und Pflanzen handeln musste.

Es duftete betörend.

»Diese Vielfalt ist unglaublich. Jedes Kraut erzählt eine eigene Geschichte«, murmelte sie leise für sich, während sie die Kräuter bewunderte.

Plötzlich spürte sie eine Hand auf ihrer Schulter. Erschrocken drehte sie sich um und blickte in die Augen einer Frau, die mit einer ruhigen, erfahrenen Stimme sagte: »Sie haben ein Auge für die Schätze der Natur, Signorina.«

»Oh! Sie haben mich erschreckt. Ich ... ich war nur fasziniert von all diesen Kräuter«, erwiderte Giulia, etwas beruhigt durch das freundliche Lächeln der Frau.

»Die Kräuter von Triora sind besonders. Sie tragen das Wissen und die Geheimnisse unserer Vorfahren in sich. Was suchen Sie hier?«, fragte die Frau, die sich als Kräuterexpertin, als »naturopata«, entpuppte, wie ein Blick auf das Schildchen, das sie sich an ihre schwarze Kluft geheftet hatte, verriet.

»Ich bin fasziniert von der traditionellen Heilkunst. Können Sie mir mehr über diese Kräuter erzählen? Kann man damit heilen?«, bat Giulia. Im Hinterkopf fragte sie sich, ob diese Frau diejenige war, die Angelika Bucher im Umland von Triora eingewiesen hatte.

Die Kräuterexpertin begann zu erklären, während sie

sie durch das Trockenhaus führte: »Natürlich, Signorina. Sehen Sie dieses hier? Es ist bekannt für seine heilenden Eigenschaften bei Erkältungen. Und dieses hier ...«, zeigte sie auf ein anderes Bündel, »wurde traditionell verwendet, um den Schlaf zu fördern.«

»Das ist faszinierend. Und diese Kräuter wachsen alle in der Umgebung? Machen Sie auch Führungen? Für Fremde oder Touristen?«, fragte Giulia, beeindruckt von der Vielfalt und den Anwendungen der Kräuter.

»Ja, das Tal und die umliegenden Hügel bieten ein perfektes Mikroklima. Aber es braucht Wissen und Respekt, um sie richtig zu nutzen«, erklärte die Kräuterexpertin.

»Wann wäre denn die beste Zeit, um, sagen wir, in der Gegend von Triora auf die Suche zu gehen? Ich meine, gibt es eine besondere Zeit und eine besondere Gegend, wo besonders viel davon zu finden ist? Irgendetwas, was es sonst nicht gibt?«

Die Frau musterte Giulia.

»Sie fragen mit einer bestimmten Absicht, nicht?«

»Nein, und ja, wie Sie sehen: Ich bin Polizistin.«

»Heute ist Halloween, da ist es voll von Polizisten in Triora. Das ist nichts Ungewöhnliches. An anderen Tagen ..., ja vielleicht. Aber heute ...«

»Wir suchen eine Frau, eine Deutsche, die seit ein paar Wochen in der Gegend ist und nicht auffindbar ist.«

»Ich nehme dauernd Leute bei der Hand und führe sie durch die Landschaft, Signorina.«

»Eine Deutsche?«

»Auch Deutsche. Sie müssten mir schon eine Beschreibung geben, damit ich Ihnen sagen kann, ob ich sie gesehen habe.«

»Das kann ich nicht, noch nicht. Wir recherchieren gerade mit unseren Kollegen in Deutschland, das ist nicht so einfach.«

»Hat sie sich etwas zuschulden kommen lassen? Oder warum suchen Sie sie?«

»Nein, sie ist keine Tatverdächtige. Wir suchen sie als Zeugin. Mehr nicht. Sie war wahrscheinlich allein und kannte sich wohl auch ganz gut aus.«

Die alte Frau musterte sie stumm. Giulia sah in das faltige Gesicht und spürte eine Kraft, die sie selten bei Menschen bemerkte. Dabei sah die alte Frau fragil, hager und knochig aus. Aber die Augen sprühten.

»Nein, so jemanden habe ich nicht gesehen, in letzter Zeit zumindest nicht. Ich bin auch nicht gebucht worden.«

»Gebucht?«

»Ja, Signorina, Sie können mich buchen. Meist kommen die Anfragen vom Tourismusbüro in Sanremo. Oder drüben, von der Gemeinde.«

»Ach so. Zu einer Kräuterführung?«

»Genau, Signorina. Ich kenne mich sehr gut aus, weiß um die meisten Pfade und versteckten Wege. Auch die alten Schmugglerpfade und die Verstecke der Partisanen. Davon gibt es unzählige.«

»Werden Sie nur von Kräuterinteressierten gebucht?«

Die alte Frau sah sie skeptisch an. Hob einen knochigen Finger vor Giulias Gesicht und sagte schelmisch:

»Sie wollen ja alles ganz genau wissen, Signorina, ist das ein Verhör?«

»Nein, Signora, das ist kein Verhör«, sagte Giulia ernst. »Aber wir sind aus Sanremo, aber nicht von der Tourismusbehörde. Sondern von der Mordkommission.«

Die alte Frau war unbeeindruckt.

»Vier Männer«, sagte sie, »sind in der Gegend. Seit ein paar Tagen. Holländer.«

»Holländer?«

»Ja, vier Männer, so zwischen Ende 20 und der älteste vielleicht 40.«

»Und was haben die gemacht?«

»Ich spreche kein Holländisch, Signorina, die Verständigung war etwas, na ja, schwierig. Aber sie hatten präzise Karten, auch altes Material, und interessierten sich für Zugänge, Pfade, alte Wege und so weiter.«

»Und wo genau?«

»In der Gegend Richtung Cetta, die 52 hoch, nach der Brücke von Loreto.«

Giulia war hellwach. Gleich nachher würden sie mit einem Suchtrupp genau dorthin aufbrechen, um mit Hunden Angelika Bucher zu suchen.

»Was haben sie da gesucht?«

»Das weiß ich nicht, das haben sie mir nicht gesagt. Wollten aber alles von mir wissen. Ein bisschen unangenehm waren die. Meistens sind die Leute sehr nett, wissbegierig und naiv zuweilen, aber in der Regel sehr nett und dankbar. Herzlich, irgendwie, wenn ich sie in die Geheimnisse unserer Natur einweihe. Und die waren gar nicht nett, diese Holländer, das kann ich Ihnen sagen«, schloss die alte Frau.

Giulia war alarmiert. Sie zog eine Visitenkarte aus der Tasche ihres Uniformhemdes und reichte sie der alten Frau.

»Wenn Ihnen noch was einfällt, dann rufen Sie mich an, ja?«

Die alte Frau gluckste.

»Wie im Fernsehen, nicht? Da sagen die Polizisten das auch immer, bevor sie gehen.«

»Ja das stimmt wohl«, sagte Giulia. »Und noch was: Wo finde ich Sie, wenn ich Sie suche?«

»Ich bin aus Mailand, Signorina, aber ich lebe schon lange in Triora. Ich gehe nirgendwo mehr hin. Ich hatte das Glück, einen Teil des Palazzo Borelli kaufen zu können, klein, aber meins. Unter dem Torbogen finden Sie meine Klingel. ›Naturopata‹ steht da drauf. Da bin ich. Ich bin Roberta.«

Giulia hatte es nun eilig. Sie musste mit Gallo sprechen. Silvestri war nicht allein, als er Angelika Bucher beobachtet hatte. Es konnte kein Zufall sein, dass die vier Holländer sich ausgerechnet die Gegend, wo sie Angelika Bucher vermuteten, so genau ansehen. Aber warum aus Holland?

Der Fall wurde immer komplizierter.

»Danke, dass Sie Ihr Wissen teilen. Es ist so wichtig, diese Traditionen am Leben zu erhalten«, sagte Giulia, dankbar für die Einblicke – die in die Kräuterkunst und die für ihre Ermittlungen relevanten …

»Die Natur spricht zu denen, die zuhören, Signorina. Bewahren Sie dieses Wissen gut auf«, verabschiedete sich die Kräuterexpertin mit einem weisen Blick.

Als Giulia sich von dem alten Kräutertrockenhaus entfernte und wieder den belebten Straßen Trioras zuwandte, fühlte sie sich durch die Begegnung beunruhigt. Irgendetwas sagte ihr, dass sie vor einer Bedrohung standen. Ein dumpfes Gefühl, das sie nicht mehr losließ. Sie spürte deutlich, dass eine Gefahr sich über ihnen zusammenbraute.

Nur was?

25. KAPITEL

Via Matteotti, Genua, August 2023

Seit Generationen hatte die Familie Costacorta Bücher gesammelt und ganze Nachlässe unbesehen aufgekauft. In Kisten, losen Stapeln auf dem Boden, schiefen Stellagen und in den sich längst unter der Last von Folianten biegenden Regalen befanden sich Hunderte, wenn nicht Tausende Bücher, die aus den Bibliotheken, Kellern und Speichern der Familien Genuas und anderen Teilen Italiens stammten.

Zu schade zum Wegschmeißen, zu irrelevant, um sich in Zeiten von Google und Co. damit länger aufzuhalten.

So landete vieles von dem Ballast, der über Jahrhunderte von Genueser Dynastien gesammelt und aufgehoben wurde, auch im großen Hinterzimmer der Buchhandlung und Antiquariat Costacorta *in der Via Matteotti.*

Lena Dalloboscos neues Reich, in dem sie uneingeschränkt schalten und walten konnte. Wochen hatte sie damit zugebracht, die schweren Bücher zu sortieren. Alle Bände, die über die zweite Hälfte des 16. Jahrhunderts berichteten – die Zeit, als die Inquisition in Ligurien gewütet hatte – legte sie, nach Veröffentlichungsdatum geordnet, auf ihre Sonderstapel auf dem Boden, die sie in einem Rund um den großen Ohrensessel angeordnet hatte. Wie eine Burgmauer hatte sie die Bücher aufgerichtet, in deren Mitte sie, die Beine untergeschlagen, ungestört und von niemandem behelligt, in die Welt vor 400 Jahren eintauchen konnte.

Lena stieß immer wieder auf Texte, Dokumente und Abhandlungen, die in der Öffentlichkeit oder in den digitalisierten Universitätsarchiven unbekannt waren. Ein schneller Check im Internet und Lena fing an, vor Aufregung zu zittern, wenn sie auf Informationen gestoßen war, die nicht im Netz zu finden waren.

Sie fühlte sich zunehmend als Hüterin eines exklusiven Wissens, was sie ihrer Schwester im Geiste, Franchetta Borelli, umso näher brachte.

Es war ein wahrer Schatz an Wissen, Fakten und Dokumenten. Etwa 250 Bücher hatte Lena auf ihren Sonderstapeln aufgeschichtet. Jetzt war sie dabei, diese zu überfliegen, um diejenigen herauszufischen, die von den Zeiten der Inquisition in Ligurien und im Speziellen im westlichen Teil der Riviera handelten. Aus einem heillosen, unstrukturierten Durcheinander war ihr persönliches, geordnetes Archiv geworden. Sie schätzte, dass sie etwa 50.000 Seiten zu sichten hatte, um Informationen zu sichten, die für sie – und Franchetta Borelli – von Bedeutung waren. Aus einem Fass ohne Boden war eine strukturierte Recherche geworden.

Der Sog, sich in die Seiten der uralten Bände zu vertiefen, war stark und ließ sie nicht mehr los, als ob es ihr mit dem Vertiefen ihres Wissens gelungen wäre, Fragmente ihres eigenen Lebens mit dem von Franchetta zu verschmelzen, um ihrem Leben wieder Sinn und Nutzen zu geben.

Sie verschlang zunächst wahllos alle Informationen, die

sie nachlesen konnte, auch die Abhandlungen über Franchettas Wissen über die Heilkräfte der Natur, die sie zu bändigen und bündeln verstand, und deren Einsatz für Heilung und Linderung. Ein Geschenk an die Menschen ihrer Zeit, eine Wundertat, aus der neidvolle, böse Menschen ihr den Strick gedreht hatten. Die kostbaren, mit unendlichem Wissen durchtränkten Wälzer, das archaische Wissen Franchettas, das tief bis in die Überlieferungen vorheriger Jahrhunderte reichte und in denen sich sogar Echos der keltischen Druiden finden ließen, um Leiden zu lindern und die Lebenszeit der Menschen ihrer Zeit zu verlängern, in der man an einem faulen Zahn oder einem Dorn im Fuß starb, vor Schmerzen wahnsinnig oder vom Rheuma mit Mitte 20 gelähmt wurde.

Das Leben war Jahrhunderte lang rau und hart.

Die Heilerinnen brachten Linderung und erhöhten die Überlebenschancen, senkten die Geburtensterblichkeit und hatten sogar effiziente Pülverchen und Essenzen, um psychischen Druck zu lindern.

Aber das alles war Teufelswerk, ein Weg, wie Satan den Gesundbetern der Kirche ins Handwerk pfuschte. Und die Hexen, von Satan besessen, waren Frauen, die mit Satan schliefen und orgiastische Feste feierten. Alles andere als die direkte göttliche Intervention, das biblische Wunder, konnte nur schwarze Zauberei und teuflische Magie sein.

Die Kraft der Hexen, die in der griechischen Mythologie als Striga bezeichneten weisen Vogelfrauen oder Eulen – Strega heißen die Hexen heute noch in Italien – nahm von Lena Dallobosco Besitz. Nicht um zu heilen, sondern um eine hartnäckige Fähigkeit, eine unbändige Energie zu entwickeln, die sich in einer magischen Formel vereinte: denn das Wort Hexe stammt von dem griechischen Wort »hagazussa« ab, die »Zaunreiterin« zwischen den Welten, die vermitteln kann zwischen Leben und Tod. Sie, Lena, wird eine Besondere werden, eine Unverständliche, eine Nicht-Leicht-Zu-Verstehende, eine Wissende. Und mit ihrem Wissen wird sie die Seele von Franchetta befreien. Eine Zaunreiterin ganz ohne Besen.

Nur eine wahre Hexe, eine Schwester im Geiste, konnte so ein wunderbares Ziel erreichen. Nur eine wahre Hexe, eine Zaunreiterin, konnte dieses Gewicht tragen. Lena war bereit, alles Überflüssige loszulassen, vom sich rasend schnell drehenden Karussell der Welt um sie herum abzusteigen, und sie war bereit, sich von den täglichen Ängsten, nein, sie musste sich von den täglich wiederkehrenden Albträumen befreien. Sie musste nur beschließen, diesen Weg ohne Wenn und Aber einzuschlagen. Dann gab es kein Zurück mehr.

Dann war sie endlich frei.

Sie hatte begonnen zu akzeptierten, dass sie für diese Mission ihr Innerstes opfern musste. Ihren Geist, der in den rauen Stunden in der Dunkelheit ihres Zimmers gequält wurde, wenn sie ihre Blutsschwester Franchetta wiedersah und die Stimmen hörte, die sie zu ihrer ureigenen Pflicht ermahnten, ihr ein letztes Mal zu Hilfe zu kommen. Und ihren Körper, indem sie die ausschweifenden und hemmungslosen Sexsessions mit einem alten Mann ertrug, den sie mit ihrem eigenen Körper wie in Trance in Schach hielt. Und mit den Perversionen, die er ihr im Strudel seiner unaufhaltsamen Fantasie vorschlagen wollte. Sie betrat beim Sex ein Spiegelkabinett, in dem ihr gnadenlos die schmutzigsten Ausdrücke, die schrecklichsten sprachlichen Verdrehungen ihrer Blüte zugeflüstert wurden, die von einer Mumie, die nach ihrem jungen Fleisch gierte, ausgeweidet wurde, und dann die obszönen Ausdrücke, die sie jedes Mal ertrug, und die so schlimm waren, dass sie sie nicht wiedergeben konnte. Und das jedes Mal in neuen, tieferen, noch vulgäreren Varianten. Eine Spirale, in der sie kontinuierlich abstieg. Alles nur, damit sie weiterhin frei über die Schätze verfügen konnte, die der »Doktor« ihr zur Verfügung gestellt hatte. Zumindest so lange, bis ihr Plan in die Tat umgesetzt worden war.

Der Lohn für das Pfand ihres Körpers waren die immensen Möglichkeiten, die ihr die neue Stelle bot. Der Job in der Buchhandlung hatte nach ihrer Überzeugung nicht das Prestige einer Universitätsprofessur oder einer ähnlichen Rolle im akademischen Establishment. Aber es streichelte ihr Ego, dass Lena den allermeisten Menschen, die sich in die Buchhandlung verirrten und die nur herumstammelten, wenn sie sie fragte, was sie suchten, eine ausgefeilte, fundierte Leseberatung bieten konnte. Es war befriedigend, ihr Wissen zu teilen.

Dann gab es angenehme Ausnahmen, denn hin und wieder tauchte unter den Kunden jemand auf, der sie mit gezielten Fragen oder extravaganten Wünschen nach unauffindbaren Büchern zu überraschen wusste. Diesen Menschen hätte sie gerne, wenn sie gekonnt hätte, ihr Hexen-Wesen offenbart, dasjenige, das zum Vorschein kam, sobald sich der Laden schloss, sie in den hinteren Teil der Buchhandlung ging, das Licht herunterdrehte und mit ihrer endlosen Suche in den alten Texten begann. In einer totalen und exklusiven Versenkung, die keinen Platz für andere oder anderes ließ. Außer für Franchetta und ihre Katze Checca. Und für den Prinzen der Unterwelt selbst, wenn er sich nur herabgelassen hätte, an ihre verrammelte Tür zu klopfen.

Vielleicht würde sie ihn eines Tages in ihre Arme schließen können, den Teufel.

Oder vielleicht tat sie es ja bereits, während sie im Spiegelsaal war, und es war doch nicht nur der pillenschluckende Arzt, der sie auf der Suche nach dem Traum der ewigen Jugend besessen hatte. Sondern Satan. Dann wäre sie besessen vom Teufel. Sein Besitz. Genau wie eine Hexe. Wie eine unersättliche Hexe.

Lena gluckste.

Pah! Geschaffen von einer ungerechten Welt, die sie als eine solche darstellen wollte. Und die es nun aushalten musste, mit ihr zu leben.

Der Abend des 30. Mai war ein Abend wie jeder andere. Sie schloss wie immer um 19.30 Uhr die Buchhandlung mit ihrer geradezu chronometrischen Präzision ab, vertrieb die verpestete Energie der wenigen, gemeinsterblichen Kunden, die sie im Verlauf des Tages im Laden gestört hatten, und bereitete sich darauf vor, sich im Hinterzimmer in die Seiten eines kürzlich ihrem exklusiven Stapel hinzugefügten Bandes in eine andere Dimension mitnehmen zu lassen.

Das Buch thronte auf der Armlehne des Sessels und wartete auf sie, während sie hastig und im Stehen ein Stück Torta Verde aus der Bar nebenan verschlang und mit Wasser runterspülte.

Es war ein in Leder gebundenes, nicht allzu großes Buch aus dem Jahr 1879, das im damals gebräuchlichen sperrigen Italienisch die Chronologie des Ausbruchs des Hexenwahns schilderte und die darauffolgende amtliche Hysterie anhand von offiziellen Dokumenten über die Aktivitäten des Inquisitionstribunals im westlichen Ligurien unter der Führung Genuas belegte. Eine zweijährige Missernte in der Gegend von Triora, der Kornkammer Genuas, verursacht durch ungünstiges Wetter, löste bei den Feudalherren von Genua eine Jagd auf die Schuldigen aus. Wie üblich diente sich die geistliche Elite der weltlichen Elite an, bei der Suche nach den Schuldigen die Hoheit zu übernehmen. Und die Schuldigen waren schnell ausgemacht: Es mussten die Frauen am Ortsrand von Triora sein, die Ärmsten und Wehrlosesten, welche die Ernte mit Zaubersprüchen vernichtet hatten, auch weil sie – von Satan besessen – sich schon zu regelrechten Sekten zusammengeschlossen hatten. Es musste eingeschritten werden. Es war höchste Gefahr im Verzug.

In Europa hatte 100 Jahre zuvor die Hexenverfolgung begonnen. Die Inquisition war ein neuer, machtvoller Zweig der katholischen Kirche geworden. So lag es nahe, die zuständigen Bischofssitze zu beauftragen, den Hexen nach allen Regeln der Kunst den Prozess zu machen.

Das Buch, das sie in Händen hielt, hat der Doktor, das Schwein Costacorta, auf ihren Druck hin über seine weitreichenden Kanäle besorgt. Sie hatte versucht, es selbst zu bekommen, war aber bei Sammlern und mehreren Antiquitäten-Aufkäufern gescheitert. Es war eine Publikation, die nicht in den üblichen Katalogen zu finden war, aber als geübte Rechercheurin vor allem im Netz hatte sie inzwischen einige Erfahrung in der Identifizierung seltener, nicht unbedingt wertvoller Stücke gesammelt. Das

Buch mit einem lateinischen Titel war ihr aufgefallen und passte genau in ihr Interessensgebiet.

Im Gegensatz zu den meisten anderen für die Costacorta-Sammlung bestimmten Bücher war dieses nicht in perfektem Zustand. Der Ledereinband war wie durch eine Staub- und Schmutzschicht imprägniert, die den Zahn der Zeit dort, wo es 150 Jahre lang vor sich hingammelte, unbarmherzig zu spüren bekommen hatte. Auch im Inneren waren zahlreiche Seiten nicht mehr zu retten. Das Lesen war im Großen und Ganzen zwar nicht beeinträchtigt, aber doch erschwert, wie sie beim Durchblättern der staubigen Seiten feststellen konnte.

Bevor sie sich in die Lektüre vertiefte, hatte Lena beschlossen, sich ein rubinrotes, vollmundiges Glas Rotwein zu gönnen. Es war ein Ritual geworden, dieses Glas Wein, ohne das sie die Lektüre von solchen alten Wälzern nicht mehr angehen konnte. Ein Ritual, das systematisch in einem leichten Rauschzustand endete. Eine verhaltene Euphorie erfasste sie, die nur teilweise nachließ, wenn sie nach Hause kam. Und wenn sie dort von Neuem zu trinken begann. Sie liebte die Textur des Rotweins, der ihren Gaumen weich werden ließ, aber auch die Farbe des Weins spielte eine Rolle. Das kräftige Rubinrot des Weines erinnerte sie an den Blut-Pakt, den sie mit Franchetta und dem Mönch geschlossen hatte.

Und mit sich selbst.

Sie ließ das Buch aufgeschlagen an der Stelle liegen, wo ein hellerer Lichtkegel ihr das Lesen am besten ermöglichte. Sie erhob sich und schenkte den Wein in ein einfaches Glas, wie man es in allen preiswerten Tavernen findet. Und als sie gerade den ersten Schluck nehmen wollte, huschte Checca über den Tisch und zwang sie zu einer abrupten, unerwarteten Bewegung. Wie ein Schatten sah sie aus den Augenwinkeln, wie ein Tropfen Wein aus dem Glas auf eine der beiden Seiten des Buches spritzte. Atemlos beobachtete sie, wie der Spritzer sich vor ihren Augen zu bewegen schien, bis er sich in einen formlosen, blutroten Klecks verwandelte.

Lena war zu Tode erschrocken – und gleichzeitig zutiefst betrübt. Wie konnte ihr so etwas nur passieren? Sie hatte erschrocken die Hand vor den Mund gehalten, wie um zu verhindern, dass noch mehr Wein das Buch befleckte. So eine Unachtsamkeit, schalt sie sich, noch dazu von jemandem, der mit allergrößtem Respekt und größter Umsicht mit historischen Dokumenten und Artefakten umzugehen gelernt hatte!

Sie hätte sich niemals vorstellen können, dass ihr so etwas passiert. Aber es war geschehen. Der blutrote Fleck leuchtete sie förmlich an. Sie spürte kein Bedürfnis, sofort zu dem Buch hinzuhechten und zur Not mit dem Ärmel den Wein abzuwischen, um zumindest den schlimmsten Schaden an den alten Seiten des Buches zu verhindern.

Nein, diesen Reflex gab es nicht, nicht jetzt und nicht bei ihr. Und nicht bei diesem Buch.

Warum?

Mit dem Glas Wein in der Hand versuchte sie immer noch zu verstehen, wie das hatte passieren können. Checca kauerte schuldbewusst unter dem Vorhang. Langsam, unendlich langsam, kroch eine neue Ahnung in ihr Bewusstsein und wurde – noch immer in Schockstarre verharrend – zur Gewissheit: Wenn es geschehen war, wenn sie ein für sie so wertvolles Buch besudelt hatte, dann musste es ein Zei-

chen sein, das gedeutet werden musste. Dann war es eine Botschaft. An sie, an Lena Dallobosco.

Es konnte gar nicht anders sein.

Und jetzt musste sie der Sache auf den Grund gehen, und zwar schnell und gründlich.

Sie gönnte sich noch zwei kräftige Schlucke. Dann nahm sie das Buch zur Hand und begann zu lesen.

Und fast schlagartig verstand sie, warum das alles geschehen war. Warum es genauso hatte kommen müssen. Es war kein unbeabsichtigtes Versehen, keine Unachtsamkeit ihrerseits. Nein, sie hatte recht gehabt!

Es war Vorsehung.

Es war ihre einzigartige, geistige Verbindung in eine andere Welt, die den Tropfen blutroten Weines genau auf diese Stelle gelenkt hatte, auf die jemand aus einem anderen Universum mit einem spinnenartigen Finger zeigte.

Ein Name stand dort, direkt unter dem Rotweinfleck. Der Name eines Adjutanten des damaligen Inquisitors vom Erzbistum Albenga. Es war der klingende Name eines Adligen, Spross einer noblen Familie, der als Tribut an die Kirche – wie es damals üblich war – eine Laufbahn in Diensten des Vatikans absolvieren musste. Junge Männer, meist die Erstgeborenen, die manchmal einen besonderen Eifer entwickelten. Dieser Mann war es, so stand es geschrieben, der in Franchettas letzten Stunden ihren Körper geschunden, ihr die Schultern mit rückwärtig zusammengebundenen Händen ausgekugelt und ihr mit glühenden Eisen den Unterleib zerstört hatte. Was Franchetta, die arme, unschuldige Franchetta, nach 32 Stunden vor der Folter fliehen ließ und sie in den freiwilligen Tod geführt hatte. Das las Lena Zeile für Zeile, Seite um Seite. In allen Details.

Er war es.

Dieser Mann, dessen Namen sie unter dem Rotweinfleck so scheinbar zufällig gefunden hatte, dieser Mann, dieser Folterer, musste dafür zur Rechenschaft gezogen werden. Sicher, er selbst war schon lange tot, und seine schandhaften Gebeine verrotteten sicher im Schatten irgendeiner Kirchenmauer.

Aber damit war die Schuld keineswegs getilgt.

Der Tod kaufte diese Familien nicht frei.

Oh nein!

Franchetta hatte sich von dem turmhohen Palast hinabgeworfen – aber ihre Leiche wurde nie gefunden. Nur aus dem einen Grund: weil Franchetta jemanden suchte, der sie rächt. Der die Schuld an ihrer statt tilgt. Der Gerechtigkeit üben kann. Jahrhunderte lang hatte Franchetta auf ein verwandtes, geschundenes Wesen gewartet, das ihre Seele dem Teufel wieder entreißen konnte. Franchetta hatte SIE gesucht.

Lena Dallobosco.

Franchetta hatte wie mit dem Finger auf seinen Namen gezeigt.

Der Mann war ein Ungeheuer, ein grausames Monster, von dessen Schande die Erde gereinigt werden musste. Sein schändliches Blut, das in den Adern seiner Familie weiterfloss, musste endgültig und exemplarisch bestraft werden. Und mit dessen Blute auch er.

Sie hat diese Seiten unzählige Male gelesen. Und dann noch andere Seiten. Wieder und wieder. Seiten über Seiten mit Namen, Verhörprotokollen und Foltermethoden. Am Ende kam es Lena so vor, als wäre sie dabei gewesen. Und als sie mitten in der Nacht endlich aufstand, um Checca zu holen und nach Hause zu fahren, war die Flasche Wein so leer und trocken wie ihr Herz. In einem letzten, erschöpften Reflex suchte sie die Stelle, an der der blutfarbene Wein das Buch befleckt hatte.

Aber sie fand nichts.

Von dem blutroten Tropfen Wein auf dem Blatt war keine Spur mehr zu sehen.

Vielleicht war er nie da gewesen.

Aber in Lenas Gedächtnis war ein Name wie eingestanzt erhalten geblieben.

26. KAPITEL

Ein Geheimgang, Triora, 31. Oktober

»S. Weyersberg« waren die eingravierten Buchstaben, über die er immer wieder mit seinen Fingernägeln raspelte. Das beruhigte ihn. Der alte Stahl seines langen, leicht gebogenen Dolches mit Doppelklinge und hölzernem Griff lag so natürlich wie ein Körperteil in seiner Hand. Unzählige Stunden hatte er in seiner improvisierten Schmiede an den alten Klingen der Wehrmachtsdolche herumexperimentiert, bis er den Bogen raushatte. Besonders gut waren die Paradedolche, die zur Galauniform getragen wurden. Und die, welche die SS-Kader benutzten. Nur einmal hatte er einen solchen in der Hand gehabt. Die waren selten, und da stand nicht Weyersberg drauf, sondern was anderes, Kurzes, was er nicht mehr wusste.

Er kauerte im Dunkeln, der Lärm aus der Kneipe weiter vorne wurde langsam stärker. Zum Glück kam nicht mehr so viel Wasser die Wände herunter. Geduld war nicht gerade seine größte Stärke. Immerhin hatte er eine Position gefunden, in der ihm nicht dauernd die Beine einschliefen.

Er hockte hier erst mal fest. Bis es dunkel geworden war. Dann konnte er sich rauswagen. Das Foto der Zielperson hatte er in eine Folie in seiner Brusttasche verstaut. Er kannte es auswendig.

Das mit dem Schuss war natürlich dumm gelaufen. Das brachte seine Planung komplett durcheinander. Nicht nur, dass er fliehen musste, sondern vor allem, dass sein Plan nun nicht mehr aufging. Das Bajonett am Spieß wechseln, die winzige Blutspur von Gero, die er schon seit Wochen hatte, auf dem Bajonett aufbringen und den Spieß wieder in Balestris Garage hängen. Ein Kinderspiel.

Und das mit dem Plan B ging jetzt wahrscheinlich auch nicht mehr. Die waren sicher schon bei ihm zu Hause. Das schöne Geld ... Er wäre nach Frankreich rüber, wie schon so oft. Einen Tag, zu Fuß. Er kannte sich aus.

Aus der Kneipe drang laute Musik. Das Fest müsste bald beginnen. Seine Blase war voll. Er würde bald auf die Toilette müssen.

Er krabbelte den geheimen Gang ein Stück zurück, kontrollierte, ob sein Gewehr noch gut verstaut war, und hockte sich wieder hin. Wie eine Zecke auf einem Grashalm, die darauf wartet, dass ein Opfer vorbeigeht.

Die Musikanlage wurde noch lauter gedreht. Gut so. Je mehr Konfusion, umso leichter konnte er sich unter die Leute mischen.

Und den zweiten Teil erfüllen.

Und das seit Jahrzehnten auf seiner Familie lastende Damoklesschwert des Verrats endlich vergessen.

27. KAPITEL

Triora, Halloween

Die Entscheidung, die Nacht in Triora zu verbringen, musste Gallo bald treffen. Er ahnte, dass sie bis zum Einbruch der Dunkelheit, wenn das Fest seinem Höhepunkt zulief, den Fall nicht gelöst haben würden.

Denn sie hatten – nichts. Sie tappten vollkommen im Dunklen. Weder war ein Motiv noch eine Spur zum Täter klar ersichtlich. Sie hatten nur lose Enden.

Nur Vermutungen. Gedankenspiele. Möglichkeiten. Und keinen sicheren Ansatz, kein klares Ziel. Und sie hatten zwei Personen, die sie finden mussten, um weiterzukommen: einmal den dringend Tatverdächtigen, Baldassare Mandragoni, einen Mann, der als Waldbesitzer und Waldarbeiter einen klaren Vorteil vor ihnen hatte – er hatte 70 Quadratkilometer teils hügeliges bis gebirgiges Gelände, wo er sich verstecken konnte und bestens auskannte; zum anderen hatten sie eine Deutsche, die sich irgendwo verkrochen hatte und von der sie nicht einmal eine Beschreibung hatten. Die Informationen aus Deutschland, die Abfrage beim BKA und der zuständigen Koordinierungsstelle für europäische Polizeidienststellen war zunächst an der Hürde gescheitert, dass Angelika Bucher keine Tatverdächtige war. Höchstens eine Zeugin, deren

Aussage unter Umständen ein besseres Verständnis dafür bringen konnte, was eigentlich der Hintergrund des Todes von Gerolamo Silvestri sein könnte. Aber für Zeugenvernehmungen gab es ganz andere juristische Hürden: Es musste ein Amtshilfeersuchen über die Ministerien gestellt werden, das italienische Justizministerium und das deutsche Pendant dazu. Bevilacqua war es nur unter großen Schwierigkeiten gelungen, sich überhaupt Gehör zu verschaffen. Schließlich hatte es dann doch geklappt, aber die Informationen waren noch nicht eingetroffen.

Aber auch das gehörte zur Polizeiarbeit.

Wie beim letzten Fall. Da hatten sie im Verlauf der Ermittlungen mehrmals eine komplette 180-Grad-Wendung machen müssen, den richtigen Täter aber am Ende doch noch gestellt. Und nebenher verhindert, dass ein fürchterlicher Anschlag in der Villa von Alfred Nobel in Sanremo durchgeführt werden konnte. Ausgerechnet auf die Konferenz, auf der es um die längst überfällige Erhöhung des Preisgeldes für den Nobelpreis gegangen war. Die Stiftung in Schweden hatte sich für die Verkündung die Villa Alfred Nobel ausgesucht, die Villa am Meer, wo er das berühmteste Testament der Welt verfasst hatte und in der er auch später gestorben war.

Es war 15.45 Uhr. Der Sindaco würde gleich hier sein. Er war sich sicher, dass sie es nicht mit einem Amokläufer zu tun hatten. Also grünes Licht für den Bürgermeister, grünes Licht für Halloween, grünes Licht für alle Hexen der Welt.

»Besser, ich ruf ihn an«, murmelte Gallo zu sich selbst. Wer weiß, wofür wir ihm später noch dankbar sein müssten. Lieber informierte er ihn vor der Zeit. Es war sicher nicht leicht, ein so großes Fest in so einem kleinen Dorf erfolgreich zu organisieren. Und alles sah danach aus, dass es ein rauschendes Fest werden würde, lebhaft und erinnerungswürdig.

Gallo ging die Treppe des Museums, ihres improvisierten Kommissariats, hinunter und nutzte die Gelegenheit, seine Gedanken zu ordnen und einen Schlachtplan für die anstehenden Ermittlungen aufzustellen. »Wo könnte Angelika Bucher sein? Und welche Rolle spielt der verstorbene Jäger in alldem?«, grübelte er vor sich hin.

In diesem Moment platzte Giulia mit einem roten Kopf durch die gläserne Schiebetür, offensichtlich aufgeregt und mit Neuigkeiten im Gepäck. »Gallo, ich habe Neuigkeiten! Ich habe eben eine Kräuterexpertin getroffen. Ich habe sie ein bisschen ausgehorcht, sie hat es zwar verneint, aber ich bin sicher, sie hat Angelika Bucher vor ein paar Tagen gesehen und dazu noch vier Fremde, die sogar ihr verdächtig vorkamen«, verkündete sie atemlos.

Gallo, sofort interessiert, fragte nach: »Das ist ein wichtiger Hinweis, Giulia. Was genau hat sie dir erzählt?«

Giulia kam zu Atem: »Sie ist eine ausgewiesene Expertin und berät Leute, wo und wann sie bestimmte Pflanzen in der Umgebung ernten können. Ich konnte ihr zwar keine Beschreibung geben, aber ›Deutsche‹ und ›alleine‹ müssten reichen, um jemanden zu identifizieren. Noch dazu Ende Oktober, da wimmelt es nicht vor Touristen.«

»Wart mal ab, heute Abend wirst du eines Besseren belehrt. Hast du sie nach Bucher befragt?«

»Ja, ich hab sie darauf angesprochen. Aber sie hat sofort verneint. Etwas zu schnell für meinen Instinkt. So als wolle sie sie schützen.«

»Das passt doch«, murmelte Gallo, »Hexen unter sich.«
»Was?«, fragte Giulia.
»Nichts«, wiegelte Gallo ab.
Nachdenklich fügte er hinzu: »Das passt zu ihrer wissenschaftlichen Arbeit. Aber was ist mit den Fremden, die du erwähnt hast?«
Giulia sah besorgt aus, als sie antwortete: »Die Kräuterfrau hat in den letzten Tagen mindestens vier Männer begleitet, die sich merkwürdig verhielten. Holländer. Sie dachte zuerst, es wären Touristen wegen des Halloween-Fests, aber irgendwas an ihnen stimmte nicht.«
Entschlossen sagte Gallo: »Das könnte bedeutend sein. Vielleicht stehen sie in Verbindung zu Angelikas Verschwinden. Wir müssen herausfinden, wer diese Leute sind.«
Giulia nickte zustimmend: »Genau. Ich habe das Gefühl, dass wir der Lösung des Rätsels näherkommen. Diese Fremden könnten ein Schlüssel dafür sein, zu verstehen, worum es hier eigentlich geht.«

Gallo sah über die Piazza Reggio. Es war deutlich dunkler geworden. Über den Dächern von Triora konnte man sich den tintenblauen Nachthimmel vorstellen, der mit unzähligen Sternen übersät war, so greifbar nah, dass es schien, als könnte man sie mit bloßen Händen berühren. Hier oben gab es wenig Störlicht. Gallo sah weiter aus dem geöffneten Fenster und schloss die Jacke über seinem Sweater.
Die Magie dieser bevorstehenden Nacht wurde durch die Kontraste der modernen Welt, wie die Ladesäulen für E-Mountainbikes, die LED-Shows der Rockbands, die im

Gegensatz zu den zeitlosen Traditionen der Halloween-Vorbereitungen standen, enorm verstärkt. Unten auf der Piazza tummelten sich mehr oder weniger aufwendig kostümierte Besucher, die neugierig durch die Gassen eilten, um sich gefangen nehmen zu lassen von dieser einzigartigen Kulisse Trioras. Einige Familien mit Kindern waren auch dabei. Gallo hatte Giulia gebeten, sich nach einer Unterkunft umzusehen, und sie hatte in der Dame, die am Empfang des Museums unten saß, die Mitbesitzerin der Pension mit dem passenden Namen »Kleine Hexe« gefunden. Dort gab es noch Zimmer. Und am nächsten Morgen gäbe es Frühstück.

Gallo grübelte. Holländer. Wie passten vier Holländer in das Bild? Es wurde immer verworrener. Warum stürzte sich alles ausgerechnet auf Triora?

In dem Moment klingelte sein Handy.

»Chiara Percivaldi! Was gibt's?«

»Commissario, ich habe die Obduktion durchgeführt, Gerolamo Silvestri liegt auf meinen Tisch.«

»Haben Sie die Kugel gefunden?«

»Ja, das habe ich. Aber von der ist nicht viel übrig. Sie war da, wo ich sie vermutet hatte. Unsere Brustwirbelsäule bildet zusammen mit den zwölf Rippenpaaren und dem vorderen Brustbein unseren Brustkorb, und der wiederum schützt unsere lebenswichtigen inneren Organe, das Herz und die Lungen und so weiter. Der Brustwirbel besteht aus einem Wirbelkörper, einem Wirbelbogen, einem Dornfortsatz und zwei Querfortsätzen.«

»Ja ... und wo war die Kugel?«

»Ganz hinten. Sie steckte im Brustwirbel Nummer neun. Sie hat diesen Wirbel pulverisiert. Die Kugel hat das Brustbein vorne durchschlagen und dabei in zwölf Teile splittern lassen, dann ist sie abgelenkt durch einen Rippenbogen weiter durchgedrungen und hat den neunten Brustwirbel an seiner dicksten Stelle getroffen. Der Wirbel ist aus seiner Verankerung oben und unten gerissen worden, aber die kinetische Energie der Kugel hatte sich schon so weit abgebaut, dass der Wirbel gerad noch im Körper geblieben ist. Gerolamo Silvestri war beim Auftreffen der Kugel sofort tot, immediatamente, Commissario. Seine Organe, Herz, Lunge, Milz und Teile der Leber, sind nur noch Brei. Die Kugel erzeugt einen enormen Überdruck, der sich sofort danach in Unterdruck verwandelt. Alles um den Schusskanal herum wird erst extrem gedehnt und dann extrem komprimiert. Wie eine Dampfpresse.«

»Und was ist mit der Kugel?«

»Wie gesagt, die habe ich geborgen. Aber sie ist nur noch ein plattes Blättchen. Vollkommen zerquetscht. Da sind keine Spuren mehr zu sichern, keine Scharten oder Führungen vom Lauf, die man noch rekonstruieren könnte.«

»Dann müssen wir das kriminaltechnische ...«

»Hab ich schon, Commissario, ich hab angerufen und ihnen gesagt, dass es nichts zum Abgleichen gibt. Material und Beschaffenheit des Metalls deuten auf eine handelsübliche Munition hin, Flaschenhals, Kaliber 308. Wie Sie schon vermutet hatten.«

»Danke, Chiara ...«

»Commissario, ich werde nachher nach Triora zurückkehren. Dann bin ich vor Ort.«

»Aber Sie haben doch Feierabend.«

»Commissario, was wäre ich für eine Hilfe, wenn ich

in so einem Fall dem Team nicht zur Verfügung stünde? Vor Ort, meine ich.«

»Aber heute ist Halloween. Wir haben beschlossen, bis morgen zu bleiben. Sie wissen, was das bedeutet, Halloween in Triora?«

»Ganz genau, Commissario, Halloween. Ich war noch nie da. Aber ich habe schon Sagenhaftes darüber gehört. Das werde ich mir nicht entgehen lassen. Ich habe schon ein Kostüm im Auto liegen. Ich mach alles dicht und fahre los. In einer Dreiviertelstunde bin ich bei Ihnen, Commissario.«

Eine halbe Stunde später hatten sich Gallo, Giulia, Viale und Rubbano durch die anschwellende Masse der Festbesucher in der Via Roma geschlängelt, bis sie an der Abzweigung der Via Padre Ferraironi, und direkt gegenüber der *Bar Vecchi Ricordi*, der *Bar der Alten Erinnerungen*, auf die Jeeps der Rangers d'Italia stießen, in deren Kofferräumen zwei Hunde aufgeregt hechelten. Der letzte Widerschein der bereits unsichtbaren Oktobersonne tauchte die leicht nebelverhangenen Hügel von Triora in ein sanftes Licht. Und das war ein Phänomen, eines der vielen von Triora. Innerhalb des Labyrinthes der engen Gassen, von wo aus man nur einen schmalen Ausschnitt des Himmels sehen konnte, schien es fast Nacht zu sein. Drehte man sich um, sah man, dass das Tageslicht die Hügel um Triora herum noch in abendliches Licht tauchte. Die vier Ispettori um ihren Commissario Gallo stiegen in den koreanischen SUV und eilten den beiden Ranger Jeeps hinterher. Am Corso Italia, der aus Triora herausführte, lag die Kaserne der Carabinieri. Als sie vorbeigefahren waren, schloss sich ihnen der dunkelblaue Land Rover der Carabinieri an.

Nach zwölf Minuten hatten sie bereits Loreto erreicht, überquerten im Konvoi die Brücke und schraubten sich bergan bis zum Zielgebiet, in dem sie Angelika Bucher vermuteten. Nachdem den Hunden der Schal, den Giulia aus dem transparenten Beutel hervorgeholt hatte, zum Schnüffeln hingehalten worden war, nahm der Suchtrupp seine Arbeit auf. Commissario Gallo, unterstützt von Giulia, Viale und Rubbano folgte den lokalen Freiwilligen, die sich, den Hunden folgend, sofort rechts von der schmalen Straße auf den Weg in die steilen, von tiefen Schluchten getrennten Hügeln machten. Nachdem die Hunde einen kurzen Moment im Kreis geschnüffelt hatten, zogen beide an ihren langen Leinen und preschten ins Unterholz. Gallo schöpfte Hoffnung.

»Wir müssen das Gebiet gründlich durchkämmen«, sagte er, um die freiwilligen Rangers zu motivieren. Einer der beiden Carabinieri blieb bei den Autos, Maresciallo Amadori, der hochgewachsene, elegante Kommandant der Kaserne von Triora, blieb dicht bei Gallo. »Achtet auf jegliche Anzeichen, die auf Frau Buchers Anwesenheit hindeuten könnten.«

Die Hunde mit ihren feinen Nasen führten die Gruppe durch das dichte Unterholz. Die Luft war erfüllt vom Duft wilder Kräuter und dem abendlich feuchten Aroma der Erde. Die natürliche Schönheit des Ortes war überwältigend, doch die Wichtigkeit ihrer Mission ließ wenig Raum für Bewunderung. Sie mussten endlich weiterkommen.

Giulia, die vorne am dichtesten bei den Hunden lief, rief zurück: »Genauso hat die Kräuterdame mir das beschrieben. Seht euch diese Vielfalt an. Wir stolpern durch Unkraut, dabei laufen wir durch eine regelrechte Naturapotheke. Es ist, als ob jede Pflanze eine Geschichte zu erzählen hat.«

Die Hügel offenbarten eine üppige Flora, von dichten Moosteppichen bis hin zu hoch aufragenden Kastanienbäumen, deren Blätter im Wind raschelten. Zwischen den Wurzeln und Felsen verbargen sich seltene Orchideenarten und leuchtend grüne Farne, die den Wald in ein mystisches Licht tauchten.

Plötzlich, nach nicht einmal zehn Minuten, rief Viale: »Hier! Die Hunde haben etwas aufgenommen. Schnell, folgt mir!«

Die Gruppe eilte durch das dichte Gestrüpp, begleitet vom aufgeregten Bellen der Hunde. Das Terrain wurde unwegsamer, die steilen Hänge forderten ihre volle Aufmerksamkeit. Jeder Schritt musste sorgfältig gesetzt werden, um nicht in den tiefen Schluchten, die sich wie Narben durch die Landschaft zogen, den Halt zu verlieren.

In einer kleinen Lichtung, umgeben von alten Eichen, machten die Hunde plötzlich Halt. Die Gruppe hielt den Atem an, als die Hundeführer die Tiere beruhigten und den Bereich sicherten.

Einer der Hundeführer rief Gallo:

»Commissario, kommen Sie! Die Hunde haben etwas gefunden. Aber seien Sie vorsichtig, der Boden ist unbeständig.«

Gallo näherte sich vorsichtig, sein Herz schlug schneller bei dem Gedanken, was sie möglicherweise finden würden. Doch statt der gefürchteten Entdeckung fanden sie lediglich einige persönliche Gegenstände, die möglicherweise Frau Bucher gehörten – ein durch den Regen verwaschenes Notizbuch, ein Stofffetzen, der einmal Teil eines

Kleidungsstücks gewesen sein mochte, und eine zerbrochene Wasserflasche.

Gallo zog ein paar Einweghandschuhe aus der Tasche, bückte sich und sah sich die Gegenstände genauer an: »Das könnten ihre Sachen sein. Wir müssen diese Funde sichern und gegebenenfalls genau untersuchen. Wir wissen nicht, wie es ihr geht, nicht einmal, ob sie noch am Leben ist. Oder ob sie überhaupt in Triora oder Italien ist.« Frustriert bat er Viale, die Sachen zu verstauen. »Vielleicht führen sie uns zu Frau Bucher«, sagte er, um nicht nur sich Mut zu machen.

Die Hunde hechelten und bellten. Sie zerrten an ihren Leinen, ungeduldig und nervös.

»Weiter«, befahl der ältere Hundeführer, »sie sind noch nicht am Ende.«

Viale brauchte einige Zeit, um die Fundstücke zu sichern, und blieb deshalb zurück. Der Suchtrupp arbeitete sich vorbei an Steineichen, Kastanienbäumen, einen Hang hinunter und dann wieder durch eine Senke, um einen mit dichten Büschen bewachsenen Hang hinaufzueilen, immer den Hunden hinterher, die schnell nach oben schießen wollten und an ihren Geschirren zerrten. Als sie oben angekommen waren, standen sie auf einem Plateau.

Das Plateau bot eine atemberaubende Aussicht über das Tal und die umliegenden Berge. Gallo hielt inne und sah sich um. Nicht nur, dass man das Plateau von der Straße her nicht sehen konnte, man konnte vom Plateau aus auch keine andere menschliche Behausung sehen. Am gegenüberliegenden Ende des Plateaus, etwa 100 Meter entfernt, stand eine Hütte. Die Hunde zogen dorthin.

Gallo und der Maresciallo zückten die Pistolen, bedeuteten den Hundeführern, die Tiere ruhig zu halten, und Gallo ermunterte Giulia und Viale, im Halbkreis im Abstand von zehn Metern zueinander auf die Hütte zuzulaufen.

Es war eine alte, behelfsmäßig errichtete Steinbehausung, von der Art, wie sie viele unterwegs im ganzen Tal Armea, dem Valle Argentina, gesehen hatten. Von drinnen drang Musik nach draußen.

»Polizia!«, brüllte Gallo und baute sich neben der Eingangstür auf. Der Maresciallo klopfte mit der Faust gegen die schwere Holztür. »Ist jemand da?«, rief Gallo. Die Musik wurde leise gedreht.

»Wer ist da?«, klang eine ängstliche Frauenstimme nach draußen.

»Polizia di Stato! Signora Veronika Bucher?«

»Ja …«

»Machen Sie auf, sofort!«

Die Tür ging einen Spalt auf, und eine schmächtige Frau mit blondem Bobby-Schnitt lugte heraus.

»Machen Sie bitte die Tür auf, Frau Bucher. Sind Sie allein?«, fragte Gallo eindringlich.

»Äh, ja, schon. Moment.«

Die Tür schloss sich, eine Kette wurde entriegelt, dann ging die Tür auf.

»Was ist denn los? Was wollen Sie hier?« Angelika Buchers Stimme wurde mit jedem Wort ärgerlicher. Sie musterte die Polizisten mit ihren gezogenen Waffen ängstlich und rieb ihre Hände aneinander.

»Wir müssen mit Ihnen reden, Frau Bucher, können wir reinkommen?«, Gallo hielt ihr seinen Ausweis unter die Nase.

Sie winkte sie herein.

»Alle?«, fragte sie, »muss das sein?«

»Nein, ich komme allein, nur in Begleitung von Giulia, der Inspektorin. Die anderen warten draußen.«

Giulia warf einen kurzen Blick zu Gallo und steckte ihre Dienstwaffe weg. Von dieser schmächtigen Person ging keine Gefahr aus. Veronika Bucher ging voraus, Gallo und Giulia hinterher.

Es war im Inneren viel dunkler als draußen, aber als sich ihre Augen an das Dämmerlicht gewöhnt hatten, schürzte Giulia die Lippen und pfiff.

»Wow!«, sagte sie, und Gallo rief sie mit einem Blick zur Ordnung.

In dieser alten, behelfsmäßigen Steinbehausung, die einst Hirten als Zuflucht gedient haben mochte, hatte sich Angelika Bucher eingerichtet. Die Hütte war vollgestopft mit einer Vielzahl an Pflanzen, Wurzeln, Blüten und Blättern, die sie sorgfältig gesammelt und sortiert hatte. Einige davon waren auf Seilen zum Trocknen aufgehängt, andere in großen Töpfen über einem improvisierten Herd am Köcheln.

Die Innenwände, soweit sie noch frei und zugänglich waren, waren bedeckt mit Zeichnungen und Notizen, die etwas Ähnliches wie ein alternatives Periodensystem darstellten – wie Gallo es aus der Schule kannte. Ein beeindruckendes Zeugnis davon, dass keine Hobby-Kräutersammlerin am Werk war, sondern eine Wissenschaftlerin.

»Frau Bucher, das ist unglaublich. Wenn es das ist, was ich vermute, dann haben Sie sich eine ganze Welt erschaffen. Was genau machen Sie hier?«

Angelika Bucher lächelte müde: »Commissario Gallo, richtig? Ich habe Sie schon erwartet. Ja, ich versuche, die Verbindungen zwischen der Chemie und der Natur neu zu interpretieren. Jedes Element hat sein Gegenstück in der Welt um uns herum.«

»Warum haben Sie mich erwartet, Frau Bucher? Wissen Sie, warum wir hier sind?«

Angelika Bucher nickte und beobachtete Giulia, die neugierig die Beschriftungen las, in die brodelnden Kessel spähte und die zum Trocknen aufgereihten Wurzeln inspizierte. Mehr zu ihr als zu Gallo sagte sie: »Ja, die Natur ist reich an Heilpflanzen. Einige trockne ich, andere destilliere ich. Es ist eine Arbeit, die Geduld erfordert, aber sie gibt mir viel zurück.«

Die Stille der Hütte wurde nur durch das Knistern des Feuers unterbrochen. Gallo bemerkte, dass Angelika trotz ihrer scheinbaren Ruhe eine gewisse Anspannung in sich trug.

»Meine Frage, Frau Bucher: Warum haben Sie mich erwartet?«

»Weil man hinter mir her ist, Commissario. Leute, die vor nichts Halt machen, wenn ihnen etwas wichtig genug ist. Sie sind doch da, um mich zu verhaften, oder? Gibt es ein Gesetz gegen Wilderei, das sich auch auf Pflanzen bezieht? Wenn ja, dann verhaften Sie mich dafür, denn ich habe gewildert, wie Sie sehen.«

»Sie verhaften?«, fragte Gallo vorsichtig. »Nein, warum um Himmels willen sollten wir Sie verhaften?«

»Ich bin aus einem bestimmten Grund hier. Und die Leute, die mich gezwungen haben unterzutauchen, schrecken vor nichts zurück und haben grenzenlose Möglichkeiten. Ich dachte, die haben etwas gefunden, was sie mir unterschieben können. Denn ich weiß, dass meine Forschung ihre Existenz oder zumindest ihre schönen Vorstandsposten bedroht. Übrigens hat mir jemand meinen Schal gestohlen.«

»Mal langsam, Frau Bucher, brauchen Sie Schutz? Wir wissen, dass Sie beobachtet wurden. Haben Sie das gemerkt?«

Angelika Bucher fixierte einen Punkt an der Wand hinter Giulia: »Ich dachte, es sei nur ein Jäger, angezogen von meiner Anwesenheit. Aber jetzt bin ich mir nicht mehr sicher. Es scheint, als wären meine Forschungen jemandem ein Dorn im Auge. Dieser Jemand hat ungeahnte Möglichkeiten.«

»Wer ist das?«, fragte Gallo.

»Einer der größten Pharmakonzerne der Welt, Commissario.«

»Und warum sollte der Sie belästigen und verfolgen?«

Bucher sah Gallo einen Moment prüfend an, dann blickte sie zu Giulia, die ihr ein aufmunterndes Lächeln zeigte.

»Kommen Sie, ich zeige Ihnen, worum es geht, Commissario.«

Sie öffnete eine Schublade, aus der sie eine Kladde voller Formeln und Zeichnungen zog, die darunter aufbewahrte getrocknete, seltsam aussehende Pflanzenteile verdeckte.

»Es geht um die Teufelsklaue. Genauer gesagt um die Tannen-Teufelsklaue.«

Gallo sah Giulia an, die aber nur mit den Schultern zuckte.

»Nie gehört.«

»Und doch sind Sie auf dem Weg hierher über Dutzende getrampelt oder gestolpert.«

»Ah ja?«

»Ja. Mit dieser Unterart der Teufelsklaue können Pferde getötet werden. Sie ist hochgiftig.«

»Teufelsklaue«, wiederholte Giulia neugierig.

Gallo sah auf seine Schuhe, kontrollierte sie auf Spuren der Teufelskralle, von der er nicht den blassesten Schimmer hatte, wie sie aussah.

»Ja, die Tannen-Teufelsklaue. Oder Bärlapp. Das klingt niedlicher. Der wissenschaftliche Name lautet Huperzia selago.«

»Und was kann dieser Bärlapp?«, fragte Giulia.

»Er wächst als Parasit jahrelang auf unterirdischen Pilzen, bis er geschlechtsreif ist. Dann kommt er an die Oberfläche und wächst zu diesen Dingern, die wie ein dicht genadelter, spiralförmiger Rosmarin aussehen. Diese Nadeln können bei Berührung bis zu einem Meter weit springen.«

Gallo sah wieder auf seine Hosenbeine.

»Ja, aber was kann sie? Warum ist sie so interessant, dass man hinter Ihnen her ist?«, fragte Giulia.

»Es ist das Huperzin A, das darin enthalten ist. Das ist ein starker Stoff. Schwindel, Taumeln und Bewusstlosigkeit können die Folge sein. Und sogar Pferde können daran sterben. Er wächst praktisch überall auf der Welt, aber der in dieser Gegend ist ganz besonders.«

»Und das wäre?«

»So ein Pilzparasit braucht sauren Boden, normalerweise. Dieser hier«, und sie hielt einen getrockneten Stängel von etwa 30 Zentimetern in die Höhe, »wächst auf pH-neutralem Boden, wie es ihn nur in dieser Gegend in großem Ausmaß gibt.«

»Und? Wozu braucht man das ... äh, diesen Wirkstoff?«

»Das geht bis zu den Druiden zurück. Da war es eine Zauber- und Heilpflanze. Was die Druiden nicht wussten, ist, dass Huperzin A ein starker die Acetylcholinesterase hemmender Wirkstoff ist.«

»Ja?«

»Alzheimer, Commissario. Er wirkt gegen Alzheimer. Es ist ein Antidementivum.«

»Ja, aber wenn er überall wächst, wie Sie sagen, warum dann ...«

»Weil die Konzentration von Huperzin A in diesem Tal so hoch ist, wie ich es noch nie gesehen habe. Ich vermute, es liegt an der Anpassung an den säurearmen Boden. 2,5 Milligramm pro Kilo Gewicht sind bei einer Ratte tödlich, bei diesem hier reicht ein Hundertstel. Daran können Sie ablesen, wie konzentriert dieser Wirkstoff ist.«

»Ja, und was bedeutet das nun für Sie?«

»Der Pharmariese, der mein Labor finanziert, hat Schwierigkeiten mit seinen Anlegern. Der Aktienkurs ist im Keller. Das Unternehmen braucht dringend ein neues Wundermittel gegen eine weit verbreitete Volkskrankheit. Die Ankündigung würde den Aktienkurs hochschnellen lassen. Huperzin A wird synthetisch hergestellt, für ein paar Cent. Das fertige Medikament wird mit dem zehntausendfachen vertrieben werden. Und es geht um das Patent. Dafür gibt es noch einmal eine Verdreifachung des Preises. Ich bin Bio-Chemikerin, Commissario. Wenn ich mit meinem Institut an die Öffentlichkeit gegangen wäre und bewiesen hätte, dass es eine Pflanze in der Natur gibt, die diesen Wirkstoff in Hülle und Fülle in hoher Konzentration auf natürlichem Weg produziert, am Wegesrand, dann war es das mit der Ankündigung. Die Patienten, die Öffentlichkeit, die Presse sind sehr sensibel geworden, wenn es um Nachhaltigkeit, um Produktionsstandorte in Europa und um naturbasierte Heilstoffe geht.«

Gallo kratzte sich am Kinn.

»Und die würden so weit gehen, dass sie Ihnen Schaden zufügen würden, um zu verhindern, dass Sie Ihre Entdeckung in den Hügeln von Triora öffentlich machen?«

»Natürlich, Commissario. Da geht es um viele Milliarden, die so ein Gerücht vernichten würde.«

»Und es gibt sonst nirgendwo Böden, die so hochwertig sind wie hier?«, fragte Giulia.

»Doch sicher, aber dieser ist etwas ganz Besonderes: trocken, säurearm und frostfrei. In dieser Höhe eine absolute Seltenheit. Und anscheinend ein idealer Platz für die Tannen-Teufelskralle, um so viel Huperzin A zu produzieren. Das ist wahnsinnig.«

»Darf ich fragen, wie Sie auf die Idee gekommen sind, hier zu suchen? Ich meine, ist die Gegend berühmt für solche Ausnahmepflanzen?«, fragte Gallo.

»Ganz einfach: Ich bin Bio-Chemikerin. Da wälzt man alte Aufzeichnungen, Folianten und Volkssagen. Hier wächst Absinth, überall. Hier wachsen Krokusarten, die es sonst schwer haben. Fast schon Orchideen sind das, so farbenprächtig. Und dann zählt man eins und eins zusammen und vermutet erst mal, dass es das hier geben könnte. Dann findet man es und stellt fest, dass es noch viel besser ist. Eine ganz ähnliche Geschichte wie das Schöllkraut. Gegen Magen-Darm-Beschwerden. Krämpfe.

Galle. Auch Warzenkraut genannt. Weil es Warzen auf der Haut heilen kann. Ein Mohngewächs. Ein billig zu produzierendes, pflanzliches Mittel. Alkaloide. Bis sogar die Arzneimittelbehörde auf die Gutachten der chemischen Pharmaindustrie reagiert hat. Seitdem gibt es das nur noch in geringer Dosis frei käuflich. Die Pharmariesen haben gewonnen.«

»Der Mann, der Sie beobachtet hat, der Jäger, er ist tot.«

»Was? Wirklich?«

»Ja, deshalb sind wir hochgekommen. Wir untersuchen den Mord.«

»Das ist ja entsetzlich!«

»Um abschätzen zu können, ob Sie weiterhin in Gefahr sind – wer weiß, dass Sie hier sind? Und wer ist der Besitzer dieser Hütte?«

Angelika Bucher stockte. Dann sagte sie traurig: »Diese Hütte gehörte einst einem alten Hirten, der vor vielen Jahren verstorben ist. Seitdem stand sie leer, bis ich sie mithilfe einer Freundin aus Deutschland fand. Sie wurde mein Zufluchtsort, mein Laboratorium. Wie es weitergeht, weiß ich nicht. Ich wollte nicht, dass jemand wegen mir stirbt. Das wollte ich wirklich nicht, Commissario. Das ist es alles doch nicht wert, oder?«

Gallo schwieg und sah sie an. Die Begegnung in der Hütte, umgeben von den Zeugnissen von Angelikas Wissen und ihrer tiefen Verbindung zur Natur, ließ Gallo über die vielen Facetten des Falles nachdenken. Hier stand eine zierliche Frau in Leinenhose und Wolljacke, mitten in der Abgeschiedenheit der Berglandschaft von Triora, sodass er nicht wusste, ob er in ihr eine Flüchtige sehen sollte oder eine Frau, die in ihrer Leidenschaft für die Wissenschaft und die Natur eine tiefe Wahrheit suchte. Letzteres schien Giulia zu glauben. Sie strahlte Angelika Bucher geradezu an.

»Kennen Sie jemanden aus Triora? Eine alte Frau, die sich mit Kräutern auskennt und Führungen macht?«

»Roberta, das muss Roberta sein. Sie hat ein Trockenhaus oben in Triora, wo man sagt, dass die Hexen gewohnt haben. Meinen Sie die?«

»Ich wusste, dass sie mich angelogen hat«, sagte Giulia mit finsterer Miene. »Oder sie wollte Sie schützen. Das kann auch sein.« Ihre Miene hellte sich auf.

»Schlafen Sie auch hier?«, wollte Gallo wissen.

»Ja, es gibt Wasser, eine Feuerstelle und einen kleinen Generator, der für mein kleines Labor reicht. Aber mit Kerzen lässt es sich ganz gut abends aushalten. Warum?«

»Weil ich immer noch nicht weiß, ob Sie in Sicherheit sind. Gerade nach dem Tod Ihres Beobachters. Wir haben Hinweise, dass sich noch jemand für die Natur interessiert. Vier Männer. Holländer. Sagt Ihnen das was?«

»Was? Noch jemand ist hinter mir her?« Sie legte die Hände wie in einem Gebet schützend vor die Brust. Ihre blauen Augen waren von sorgenvollen Schatten umrundet.

Gallo nickte stumm. Wartete, dass sie seine Frage beantwortete.

In diesem Moment klopfte es an der Tür. Es war Amadori. Er trat ein und unterbrach die Stille.

»Commissario, da ist jemand, der Sie sprechen will. Es ist dringend.«

Gallo sah ihn fragend an. Wenn der Maresciallo sie so unvermittelt unterbrochen hatte, musste es sich um etwas

Wichtiges handeln. Er machte eine Geste des Einverständnisses, worauf der Maresciallo die Hütte verließ und die Tür hinter sich zuzog.

Einige Augenblicke verstrichen, dann wurde die angespannte Stille der abgelegenen Hütte jäh unterbrochen, als die Tür mit einem leisen Quietschen aufging und eine Gestalt im Türrahmen erschien. Gallo, der gerade Angelika Bucher fixierte, hob überrascht den Blick. Vor ihm stand Sonia, die Frau, mit der er vor Kurzem eine heftige Liebelei gehabt hatte. Gallo war wie vom Donner gerührt. Giulia starrte sie entgeistert an.

»Sonia? Was machst du hier? Wie hast du uns gefunden?«, brachte Gallo schließlich hervor, um Fassung ringend.

»Darf ich vorstellen: Sonia Keller, meine Freundin, die mir diese Hütte empfohlen hat. Sie kennen sich?«, versuchte Angelika Bucher die Situation in den Griff zu kriegen.

Sonia trat langsam in den spärlich beleuchteten Raum, ihr Gesichtsausdruck war ernst, fast besorgt. Sie hatte sich anscheinend vollständig erholt, aber Gallo sah sofort, dass ihre Blässe nicht auf ihren allgemeinen Weltschmerz zurückzuführen war, sondern dass eine andere Intensität in ihrem Blick lag. Sie trug ihr Haar wesentlich kürzer.

»Ja, wir kennen uns«, sagte Gallo in Richtung Angelika Bucher und wandte sich an Sonia, die mit ihrem federnden, versonnenen Gang auf ihn zuging.

»Ich war oft im Krankenhaus, um dich zu besuchen. Eines Tages sagten sie mir, dass du weg seist. Entlassen. Niemand wusste, wo du hingegangen bist. Dein Telefon hast du dagelassen. Geht's dir gut?«

»Ja, Tomas, mir geht's gut. Es tut mir alles so leid. Ich hatte ein sehr schlechtes Gewissen, dass ich dich mit reingezogen habe. Du hast gar nichts anderes vermuten können. Ich war naiv – und es wäre beinahe alles schiefgegangen. Für mich und für dich. Aber Gott sei Dank habt ihr nicht aufgegeben und an mich geglaubt. Du weißt gar nicht, wie ich mich geschämt habe.«

Sie sah zu Giulia, die sie aufmunternd anlächelte und kurz die Hand zur Begrüßung hob.

»Ja, Tomas, ich schulde dir eine Erklärung. Es ist ganz einfach: Sobald es mir besser ging, wollte ich alles hinter mir lassen, nachdenken und das alles verarbeiten. Nach Deutschland wollte ich nicht, nach Frankreich konnte ich nicht. Du weißt, warum. Die Riviera ist mir so ans Herz gewachsen, ein Paradies auf Erden. Ich habe meine Vermieterin in Riva Ligure gefragt, und sie hat mir Leute empfohlen, die mir in der Abgeschiedenheit und dem Frieden von Triora eine Bleibe vermittelt haben. Dann hat mir jemand oben im Dorf von Angelika erzählt, und wir haben uns schnell angefreundet. Diese Hütte stand leer, und gemeinsam haben wir sie zum Leben erweckt. Was Angelika macht, ist wichtig. Du kennst mich, auch ich will die Welt retten. Und scheitere bei dem Versuch. Aber ich gebe nicht auf, genau wie Angelika.«

Gallo sah von Sonia zu Angelika Bucher und zurück. Giulia nickte mit dem Kopf. Viale steckte den Kopf durch die Tür.

»Alles okay? Wenn ihr fertig seid, sollten wir langsam zurück. Auch die Hunde müssen zurück.«

»Okay«, sagte Gallo, und alle sahen ihn an. »Frau Bucher, ich denke, Sie sind im Moment noch in Gefahr.

Ich kann Sie zu nichts zwingen, aber ich schlage vor, Sie gehen in Deckung. Es gibt zwei Alternativen. Entweder bleiben Sie bei uns in Triora, unter unserem Schutz. Oder Sie fahren runter an die Küste, und ich sorge dafür, dass Sie in einer diskreten Unterkunft abtauchen können, bis wir eine Klärung haben, worum es eigentlich geht und woher Ihnen möglicherweise Gefahr droht.«

Seine Stimme war fest, bestimmt und beherrscht.

»Die Küste, Commissario, die Küste scheint mir die bessere Lösung zu sein. Ich will keine Angst haben. Der Schreck, den Sie mir eingejagt haben, sitzt mir in den Knochen. Und ich möchte nicht, dass Sie wegen mir ein weiteres Gewicht schleppen müssen, weil Sie sich Sorgen um mich machen. Sie haben einen Fall zu lösen, Sie müssen herausfinden, wer den Jäger getötet hat, da können Sie keine weitere Person brauchen, auf die Sie aufpassen müssen.«

»Gut. Wir nehmen Sie mit. Wie lange brauchen Sie, um losfahren zu können?« Er machte mit dem linken Arm eine Bewegung, die den Raum, die Kräuter, die Reagenzgläser und den Trockenofen umfassten.

»Oh, ich bin in zehn Minuten fertig, Commissario. Das dauert nicht lange. Wir müssten nur kurz bei Sonia vorbei, das ist nicht weit. Ich muss ein paar persönliche Sachen mitnehmen. Geht das?«

»Frau Bucher, wir haben nicht viel Zeit. Machen Sie so schnell, wie es geht. Ich teile die Leute draußen neu ein. Viale wird Sie nach Triora bringen, und ich organisiere, dass jemand Sie runter an die Küste fährt. In der Zwischenzeit suche ich ein Doppelzimmer für Sie.«

Gallo angelte sein Telefon aus der Gesäßtasche und prüfte, ob es Netz gab.

»Doppelzimmer?«, fragte Angelika Bucher.
Gallo sah auf.
»Natürlich! Sonia kommt mit Ihnen«, sagte er bestimmt.

28. KAPITEL

Ein Geheimgang, Triora, 31. Oktober

Langsam wurde es unerträglich. Durst plagte ihn. Er hatte seit dem Morgen nichts mehr getrunken. Seine Zunge war angeschwollen und klebte am Gaumen. Er spürte ein Ziehen in den Nieren, ein Krampf stieg vom Nacken in den Kopf hoch.

Bald würde er starke Kopfschmerzen haben. Vor Durst. Und nicht, weil das Gewehr praktisch neben seinem Ohr explodiert ist. Dieser Idiot von Silvestri! War dicht vor ihm aufgetaucht und hatte ihn gezwungen, ihn zu erschießen, anstatt ihm lautlos die Kehle durchzuschneiden. Was er schon lange hätte tun wollen. Aus ganz anderen Gründen.

Na ja, jetzt war es halt so gekommen. Verdient hatte er es, der Nestbeschmutzer. Weiß Gott!

Er versuchte, sich so gut es ging zu bewegen. Wenigstens muss ich so nicht auf die Toilette, versuchte er sich einzureden.

Draußen muss es schon ziemlich dunkel geworden sein. Und im gleichen Maß, wie das Licht geschwunden war, stieg der Lärm unten aus der Kneipe an. Die Musik wurde lauter gedreht, und im Stimmengewirr versuchte das Bedienpersonal sich durch Schreien mit den Baristas hinter der Bar zu verständigen.

Die Feierlustigen trafen ein. Bald würde die Via Roma ein zäher Menschenstrom sein, der sich die Straße hinauf und hinab aneinander vorbeischob. Wie eine zähe Flüssigkeit würden sich die Menschen bis in die kleinsten Gassen verteilen, sich um Trauben von Stehengebliebenen herumschlängeln und das ganze wunderschöne mittelalterliche Triora verstopfen.

Darauf wartete er.

Da er sich bestens auskannte und diese Gassen schon als kleines Kind hinauf- und hinabgetobt war, würde es ein Leichtes sein, die Person, die er treffen sollte, ausfindig zu machen, ihr zu folgen und sich im Geschubse und Gedrängel dicht an sie heranzuschieben. Der Rest, der eigentliche Auftrag, wäre in weniger als einer Sekunde erledigt. Zum hundertsten Mal prüfte er die Schärfe seines zweischneidigen Dolches, seines präparierten Bajonetts.

Er tastete sich die stockfinsteren Steinwände entlang den Gang nach unten und schob seinen Körper näher an die provisorische Abtrennung, die diesen Geheimgang von der Gaststätte trennte. Auf der anderen Seite des verschiebbaren Paravents aus Gips standen zwei Kühlschränke und ein Stapel Getränkekisten. Beides konnte er leicht verschieben. Wenn er hindurchgeschlüpft war, musste er sich nur an jemand dranhängen, der von der Toilette kam, rasch durch den Gastraum eilen und wäre in der Menge verschwunden.

Aber noch war es nicht Zeit. Er musste Geduld haben. Von den 400 Einwohnern Trioras hatte ihn bestimmt über die Hälfte schon mal gesehen, der Rest kannte ihn vielleicht vom Hörensagen. Aber wenn das Fest erst so richtig in Fahrt gekommen war, dann waren alle Einheimischen, die ihn erkennen könnten, in ihren Geschäften, Cafés oder Ständen beschäftigt und abgelenkt.

Er wäre unsichtbar.

Geduldig hockte er sich wieder hin. Jemand schlug die Kühlschranktür auf der anderen Seite der Abtrennung zu. Die Gipswand zitterte leicht. Mit dem Zittern drang der betörende Duft einer Porchetta zu ihm in den dunklen Gang, dieser gerollte, mit Kräutern gefüllte, bis zu einem Meter lange Braten, der den ganzen Tag zu einer zarten Kruste über dem Feuer röstete und mit dem die Panini gefüllt wurden.

Sein Magen knurrte, er sog gierig den Duft ein. Das Fest hatte begonnen, stand aber erst am Anfang.

Geduld, mahnte er sich. Wie auf der Jagd.

29. KAPITEL

Molini di Triora, Halloween

Sie summte vergnügt vor sich hin. Der große Tag war gekommen. Ihr Zimmer im gemütlichen *Heilig Geist Hotel* in Molini di Triora gab durch seine zwei schmalen Fenster den Blick auf die umliegenden Täler frei, die vom abendlichen Dunkel umhüllt wurden. Vereinzelt konnte sie die Lichter auf den verstreuten Gehöften an den Hängen gegenüber erkennen. Wenn sie den Hals streckte und links nach oben sah, konnte sie die fast senkrecht über ihr liegenden Brüstungsmauern Trioras im abendlichen Schatten sehen. Ein Triora, das wie eine gigantische Trutzburg über dem Tal thronte. Bunte Lichtblitze von den Musikbühnen durchzuckten den Himmel.

Das Fest würde gleich beginnen.

Walpurgisnacht.

Im Oktober, nicht am 1. Mai.

Der Tanz mit dem Teufel – für alle Hexen der Welt, die Lebenden und die Toten.

Sie löste ihren Blick von der Landschaft, schloss das Fenster und blieb mit einem Zipfel ihres ausladenden Kleides an der Kommode hängen. Das Zimmer war eng, aber kuschelig.

Nachdem sie ihr bodenlanges Kleid befreit hatte, positionierte sie ihr Handy auf der Kommode, indem sie es an eine dort stehende Blumenvase aus Steingut lehnte.

Sie schaltete die helle Deckenbeleuchtung ein und prüfte, ob die Optik ihres Smartphones ihr Aussehen gut zur Geltung brachte. Sie trat einen Schritt zurück, um die richtige Position zu finden. Der Bildschirm mit der Beleuchtungsautomatik zoomte hin und her, bis alles genau richtig schattiert und scharf gestellt war.

Eine Frau in der Blüte ihrer Jahre lächelte sie vom Bildschirm an, ebenmäßige Züge, ein herzförmiges Kinn und ihre langen, dichten schwarzen Haare, die sie zu einer kunstvollen Turmfrisur hatte aufstecken lassen und von der links und rechts von ihrem Gesicht, nein, ihrem Antlitz, zwei kecke, gewellte schlangengleiche Strähnen ihren langen Hals komplementierten, sah ihr entgegen. Ein dichter, mehrlagiger schwarzer Gaze-Schleier mit reichem Spitzenbesatz fiel aus ihrer Frisur über ihre Schultern und bedeckte den halben Rücken, den sie durchdrückte, als trüge sie ein Korsett. Sie hatte den Schleier gewählt, nicht die typischen hohen, spitz zulaufenden Hüte der gotischen Damen, die wie eine umgedrehte Schultüte auf dem Kopf saßen. Wenn sie laufen musste, wäre das ein Hindernis gewesen. Sie hob ihren Rocksaum ein wenig an. Ihre Füße steckten in knöchelhohen Stiefeletten mit Absätzen, die gerade so hoch und breit waren, dass sie ihr einerseits zu einem vornehmen, schreitenden Gang mit leicht provozierend vorgeschobenen Hüften verhalfen, und andererseits auf dem unregelmäßigen, mittelalterlichen Steinpflaster von Triora, das sie bei mehreren Besuchen genauestens inspiziert hatte, genügend Halt boten.

Ihre Augen sprühten in einer Mischung aus Erwartung und Aufregung, Bangen und Hoffen, einer diffusen Angst und vor allem der trotzigen Entschlossenheit eines Es-gibt-kein-Zurück-mehr.

Sie drehte sich leicht nach rechts und links, beobachtete sich auf dem Bildschirm wie eine Influencerin auf einem Social-Media-Kanal, ließ ihr rabenschwarzes, matt glänzendes viellagiges Kleid, das oberhalb der hohen Taille mit einem eng geschnürten Bustier und tiefem Dekolleté abschloss, schwingen und prüfte spielerisch die Wirkung ihrer Erscheinung. Sie sah aus wie eine edle, reiche Dame der Spätgotik, genauso, wie sich vorstellte, dass Franchetta Borelli für eine Beerdigung gekleidet wäre. Eine edle Dame aus Triora, geachtet und bewundert.

In diesem Kleid würde sie sie willkommen heißen. Denn es war keine Beerdigung, auf die sie ging, nein, es war eine Hochzeit, zu der sie gleich aufbrechen würde. Zu einer Verschmelzung, auf die SIE 400 Jahre lang hatte warten müssen.

Sie versank zusehend in ihren eigenen Anblick auf dem Bildschirm. Es war noch Zeit, bis sie den Shuttlebus nach Triora, der direkt vor ihrem Hotel abfuhr, mystisch verhüllt unter ihrem federnden Schleier, besteigen würde. Die Lampe an der Decke flackerte. Das Stromnetz kam durch die vielen Besucher an seine Grenzen.

Aber das geheimnisvoll und unkontrollierbar flackernde Licht erst bildete die Brücke zwischen Wach und Schlaf, zwischen Traum und Realität, zwischen Liebe zur Schwester und Hass auf ihren Henker, die Brücke, die für sie zwei Enden hatte, aber keinen Ausweg.

Nur den einen: Das Schwein musste sterben. Heute

Nacht. Franchetta musste leben. Nur sie konnte sie retten. Sie war bereit, von der Brücke zu springen.

Eine wohlige Wärme breitete sich in ihrem Leib aus, und so wie im lodernden Kamin ein Scheit das andere entzündet, wurde sie von einer erwartungsvollen, sinnlichen Erregung erfasst.

Sie summte weiter eine Melodie, die wie von selbst in ihrem Inneren erklang. Ihre Wangen wurden rosa, ihr Dekolleté nahm eine rötliche Färbung an, was sie noch schöner, noch begehrenswerter scheinen ließ. Sie drehte sich hin und her, schwang ihr Kleid und betrachtete sich im flackernden Licht der Deckenlampe auf dem Bildschirm. Und was sie noch mystischer erscheinen ließ, war die Unschärfe ihres Bildes, weil die Technologie, um Nachschärfung bemüht, ihre Konturen weichzeichnete.

So war sie würdig, Franchetta entgegenzutreten und sie in sich aufzunehmen. Es spielte keine Rolle mehr, dass ihr Gesicht vom Alkohol aufgedunsen war, dass ihr Körper angeschwollen und vom Bewegungsmangel unförmig geworden war. In der Erscheinung ihrer Spiegelung auf dem Smartphone traf sich in ihrer Einbildung alles, was die menschliche Schönheit vervollkommnet, sodass Sinne, Herz und Seele sich im Einklang miteinander vollständig befriedigt fühlen: die Perfektion der äußeren Form, die Natürlichkeit der Gesten, die Wahrhaftigkeit des Blicks. Sogar bei der an der Menschheit Verzweifelnden – der Lena Dallobosco, die nach wie vor in ihr steckte – weckte ihr Anblick die Erinnerung an den Garten Eden, wo Adam – wie noch heute seine tierischen Gefährten – nichts vom eigenen Tod und Verderben ahnte.

30. KAPITEL

Cetta, 31. Oktober

Die beiden Streifenwagen standen an einer Einbuchtung der Strada Provinciale 52. Cetta hieß diese letzte Ansammlung von wenigen Häusern, bevor die Straße vor einem auf drei Seiten aufragenden, steilen Hang endete. Im Tal war die Nacht bereits vollständig hereingebrochen, eine unsichtbare Sonne ließ die schroff aufragende Schneekappe des Monte Saccarello, dem eisigen Wächter des Argentina Tals, rosa leuchten. Sonia und Angelika Bucher waren aus den Autos gesprungen und in das Haus Nummer 43 geeilt, wo sie – unter Polizeischutz – ein paar Sachen zusammenpacken sollten. Sonia war wohl schneller als Angelika und trat als Erste durch die Tür, hielt auf den ersten der beiden Streifenwagen zu und setzte sich auf den Rücksitz, hinter Gallo, der vorne rechts saß. Viale, der Fahrer, war noch im Haus. Etwas außer Atem sagte sie:

»Tomas, wie geht es dir? Alles in Ordnung? Ich hoffe, du bist mir nicht böse, dass ich so sang- und klanglos verschwunden bin.«

Gallo sah von seinem Handy auf.

»Lass gut sein, Sonia. Du wirst deine Gründe gehabt haben. Ich bin dir nicht böse. Du schuldest mir nichts.«

»Danke, dass du dich um uns kümmerst, Tomas. Habt ihr schon Neuigkeiten über das Opfer?«

»Sonia, ich darf mit dir darüber nicht reden. Aber der Fall ist unglaublich verworren, mehrere Ebenen legen sich übereinander und nichts ergibt Sinn.«

Sonia machte »Hmmmhh« vom Rücksitz.

»Werden wir, wenn das vorbei ist, uns treffen, Tomas? Um ein wenig zu plaudern, meine ich«, fragte sie zaghaft.

»Sonia, das können wir gerne machen. Ich behalte es im Hinterkopf – auch weil du mir seit unserer Geschichte nicht aus dem Sinn gegangen bist. Aber jetzt ist nicht die Zeit, Verabredungen zu treffen. Ich lass euch nach Sanremo bringen, dort kommt ihr anonym in einem Hotel unter und rührt euch nicht von der Stelle, bis wir sicher sind, dass für euch keine Gefahr besteht. Abgemacht?« Er hatte sich nach hinten gewandt und suchte Sonias Blick.

»Ja, klar. Vielen Dank, Tomas.«

Gallo blickte nach vorne und trommelte mit den Fingern auf dem Armaturenbrett herum.

»Wo bleibt sie? Braucht sie noch lange?«

»Müsste gleich kommen, Herr Commissario«, klang es belustigt vom Rücksitz.

»Wir müssen zurück nach Triora. Dieses vermaledeite Halloween-Fest geht los, die Straßen werden blockiert, und es wird von Minute zu Minute schwieriger durchzukommen, aber wir bleiben heute Nacht hier oben. Ich kann die Ermittlungen wegen des Festes nicht unterbrechen, und irgendwann morgen Früh wird es ja dann vorbei sein.«

»Tomas, pass auf dich auf, bitte.«

»Wie meinst du das, Sonia?«

»Gallo«, wie sie ihn nannte, als sie sich im turbulenten Fall vor einem halben Jahr kennengelernt hatten, »hör mir zu. Es gibt immer Dinge, die man nicht weiß, Gefahren, die einem nicht bewusst sind.«

Gallo, der Sonia als eine komplizierte, ambivalente und zerbrechliche Figur mit einer ganz besonderen Stärke betrachtet hatte, spürte, wie alte Erinnerungen hochkamen. Sonia war vor nicht allzu langer Zeit Teil eines Falles gewesen, der die ganze Welt interessiert hatte. Sie hatte ihn tief geprägt, und ihre Wege hatten sich unter Umständen getrennt, die noch alle Fragen offen ließen.

»Ist das eine Warnung? Wovor? Sonia, sprich klar. Was meinst du?«

Sonia blickte nach vorne, als suche sie nach den richtigen Worten: »Du bist kein gewöhnlicher Mann, Tomas. Polizist, ja, aber bei dir geht alles viel tiefer. Du bist eine alte Seele, das spürt man deutlich. Und es geht bei dir niemals nur um den Grund, warum du irgendwo bist, Gallo. Das, was Angelika macht, und der Grund, warum sie hier ist, ist wichtig. Und ja, wie deine Kollegin Giulia – ohne es auszusprechen – vermutet, es gibt Parallelen zu Angelikas Geschichte und den Geschichten um die Hexen, die Verfolgung und die heute immer noch mangelnde Gleichberechtigung, bei der Frauen benachteiligt und übervorteilt werden. Ich habe gleich gespürt, dass es um Angelika Bucher herum Kräfte gibt, die ein großes Interesse an ihr haben. An ihr und an den Forschungen, die sie durchführt, und zwar, um sie zu sabotieren. Und sie schrecken vor nichts zurück. Und mich bringt es zum Nachdenken, dass das alles ausgerechnet in der Hexenhauptstadt Italiens passiert, noch dazu an Halloween. Der gewaltsame Tod eines Menschen hat immer einen Grund, das weiß ich aus eigener Erfahrung, Tomas, und ich möchte einfach, dass du vorsichtig bist. Sehr vorsichtig. Dieses Triora hat eine Kraft und eine Energie wie wenige andere Orte, die ich kennengelernt habe.«

Gallo fühlte, wie sich die Luft im Auto zu verdichten schien. Sonias unerwartetes Auftauchen und ihre kryptischen Warnungen ließen ihn ahnen, dass die Ereignisse in Triora weit komplexer waren, als er zunächst angenommen hatte. Sie hatten einen toten Jäger, erschossen aus nächster Nähe, sie hatten einen flüchtigen jungen Mann auf einem Motorrad, der Neffe des dringend Tatverdächtigen – der ebenfalls verschwunden war –, und sie hatten Belege, dass der tote Jäger, das Mordopfer, sie, Angelika Bucher und möglicherweise auch Sonia, über Wochen observiert hatte. Und jetzt hatten sie Hinweise, dass es mehrere Männer gab, die genau in der gleichen Gegend, in der Angelika Bucher ihr – na, wie hieß es doch – also ihre Teufelskralle suchte. Und sie war ja auch kein irgendwer. Hochdekoriert und dann rausgemobbt.

Wie zum Teufel sollte das alles zusammenpassen? Wo war der gemeinsame Nenner? Gallo fühlte sich so, als würde er Mensch-ärgere-dich-nicht auf mehreren Spielfeldern gleichzeitig spielen müssen, was die Hütchen dauernd durcheinanderpurzeln ließ.

Er wandte sich nach hinten: »Wer sind diese Kräfte, Sonia? Und was haben sie mit Triora zu tun? Wenn du etwas weißt, dann musst du es mir sagen!«, sagte er fast streng.

»Ich kann nichts Konkretes sagen, Gallo. Aber glaube mir, ich spüre, dass du dich in großer Gefahr befindest.

Ich kann's auch nicht genau beschreiben, aber es ist, als hätten deine Ermittlungen jemanden auf den Plan gerufen, der tief in der Geschichte dieses Ortes verwurzelt ist.«

»Sonia!«, sagte Gallo fast streng. »Hör mit dem Hexen-Quatsch auf! Das ist 400 Jahre her, längst aufgearbeitet und ad acta gelegt. Hier war ja beileibe nicht der einzige Ort auf der Welt, wo Frauen als Hexen denunziert, gesucht, verhaftet, gefoltert und viele von ihnen grausam umgebracht worden sind.«

»Ja, aber was ich meine ...«, stammelte Sonia.

»Aberglaube, Sonia, das ist purer Aberglaube. Heute ist davon nicht viel übrig, was für jetzt lebende Menschen relevant ist oder was ihr Leben bestimmen könnte.«

»Wenn du dir da mal ganz sicher sein könntest, Gallo.«

»Heute Nacht in Triora wird das Halloween-Fest gefeiert, nach heidnischer Tradition und amerikanischem Kommerz. Das ist alles. Ein Volksfest, bei dem die meisten Menschen ein weiteres Mal im Jahr die Gelegenheit nutzen, sich zu kostümieren, wie an Karneval oder auf Mittelalterfesten, und wo sie maskiert in eine andere Rolle schlüpfen.«

»Vielleicht ist es das, Gallo, was mich so berührt. Bleibt dieses In-eine-andere-Rolle-Schlüpfen nur an der Oberfläche, oder steckt da etwas Tieferes dahinter?«

»Jetzt redest du schon wie alle hier! Ich komme mir vor wie mitten in einer Theatervorstellung. Heute gehen, reden und philosophieren hier alle irgendwie komisch. Muss am Ort und an Halloween liegen. Sei beruhigt, Sonia, ich pass auf mich auf. Die größte Gefahr, die mir droht, ist, dass ich in dem Getümmel ein Glas Bier über die Jacke geschüttet bekomme oder dass mir jemand Soße draufschmiert.«

»Ja, Tomas«, sagte Sonia fast flüsternd, »du hast wahrscheinlich recht. Aber ich kann nicht anders, ich spüre, dass Schatten über Triora liegen, die tiefer und dunkler sind, als ich es mir hätte vorstellen können.«

Die Worte hingen schwer in der Luft, während Gallo Sonias ernsten Ausdruck im Rückspiegel zu deuten versuchte.

»Dann müsst ihr auch euren Beitrag leisten, Sonia. Wir müssen herausfinden, was eigentlich vor sich geht, und deshalb geht ihr erst mal aus der Schusslinie, bevor es zu spät ist. Verhaltet euch so unauffällig wie möglich. Wir werden gut zusammenarbeiten und den Fall lösen. Du kennst ja fast mein gesamtes Team. Wir passen auf uns auf, das weißt du ja«, sagte Gallo und sah Sonia aufmunternd im Rückspiegel an.

Fall lösen, dachte Gallo bei sich, wenn ich nur wüsste, was für einen Fall wir überhaupt haben. Und jetzt auch noch diese Riesenparty, um die wir herum ermitteln müssen ...

15 Minuten später hielten sie an der Absperrung vor dem Ortseingang von Triora, die von den Carabinieri und der Polizia Locale errichtet worden war. Triora war für den Verkehr abgeschottet worden. Nur noch die Shuttlebusse durften passieren. Die Gäste wurden ausgeladen, und sie fuhren wieder nach unten, um neue Besucher, die auf den eingerichteten Parkplätzen rund um Molini weiter unten parken mussten, hochzubringen. Sonia und Angelika Bucher waren mit dem zweiten Streifenwagen unterwegs nach Sanremo in ihr Hotel.

Vor ihnen hielt ein Shuttlebus-Fahrer, der den ankommenden Gästen zurief: »Willkommen in Triora! Der letzte Bus zurück geht um 1 Uhr– verpasst ihn nicht!«

Gallo und sein Team wurden durchgewunken und auf

einen eigens reservierten Parkplatz eingewiesen. Gallo war am Telefon und wartete, dass Chiara Percivaldi ranging.

»Commissario! Sind Sie zurück?«

»Ja, wir sind gerade eben angekommen. Wo sind Sie?«

»Ich stehe am Eingang zum B&B, das Giulia mir genannt hatte. Gibt es was Neues? Kommen Sie hierher? Ist schon ganz schön voll. So viele Leute, hätte ich nicht gedacht.«

»Ja, bin gleich da, dann erzähl ich Ihnen, was in der Zwischenzeit passiert ist. Wir haben Angelika Bucher gefunden und in Sicherheit gebracht. Und wir haben eine alte Bekannte getroffen. Ich werde Ihre Lücken nachher auffüllen. Aber es scheint, es wird immer komplizierter und undurchsichtiger.«

Gallo, das Telefon am Ohr, war ausgestiegen. Es war dunkel, Musik wummerte, Lichter zuckten über die Steinfassaden und Leute schoben sich an den Ständen vorbei. Gallo stieg der Duft eines Standes, der Porchetta-Panini anbot, in die Nase. Unwiderstehlich!

»Das ist doch Ihre Spezialität, Commissario, sonst bräuchten wir Sie ja nicht.«

»…«

»War ein Scherz, das mit dem kompliziert und undurchsichtig. Wollte Sie nur aufmuntern.«

»Ah ja, okay. Ich schau auf dem Weg noch nach Rubbano im Museum, dann komm ich.«

»Im Museum? Das Hexenmuseum?«

»Ja, die Gemeinde hat uns dankenswerterweise den Versammlungsraum für unser provisorisches Hauptquartier zur Verfügung gestellt. Vorübergehend.«

»Na, dann bis gleich.«

Gallo unterbrach das Telefonat mit Chiara Percivaldi. Rubbano war in der provisorischen Polizeistation im Museum von Triora und probierte mit seiner Akribie, ob er die Handydaten ihres einzigen und flüchtigen Tatverdächtigen, Baldassare Mandragoni, knacken konnte, damit sie wenigstens ein Profil seiner Bewegungen erstellen konnten. Dorthin wollte er jetzt, damit sie endlich weiterkamen. Giulia verschloss gerade den Wagen und Viale war unterwegs nach Sanremo, um Angelika Bucher und Sonia abzuliefern.

Eilig hastete Gallo durch die anschwellende Menschenmasse, wendiger als die meisten, schneller als alle.

Die Straßen und Plätze des mittelalterlichen Dorfes verwandelten sich in einen lebhaften Schauplatz. Es wurde in den engen Gassen dunkel, das Tintenblau des Himmels hatte einem Schwarz Platz gemacht und ließ die sich nahende Nacht erahnen. Fackeln warfen ein flackerndes Licht auf die Gesichter der Menschen, die in immer größerer Zahl in kreativen und oft schaurigen Kostümen durch die engen Gassen zogen, als ob sie die Charaktere aus den alten Geschichten und Legenden Trioras zum Leben erweckten. Auf ausgelegtem Stroh kauten Ziegen in mit Holzpflöcken abgesteckten Gehegen, behütet von Schäfern in mittelalterlicher Tracht, während nebenan Rockbands auf ihren Bühnen die letzten Riffs probten. Ihre Lichtshows fügten der Szenerie eine moderne, pulsierende Energie hinzu, die im starken Kontrast zu den alten Steinfassaden stand.

Die Ermittlungen mussten wohl einige Stunden ruhen, denn in diesem Chaos und Lärm, der von Minute zu Minute anschwoll, war es unmöglich, eine zielgerichtete Fahndung aufzubauen. Sie brauchten dringend neue Erkenntnisse aus den technischen Auswertungen, um Bewegungsprofile erstellen zu können und die Hintergründe von Buchers Observierung aufzuklären. Hier im Freien, im Trubel des Festes, konnten sie nur ihr Bestes tun und so gut es ging die Augen aufhalten.

Eine Minute später hatte Gallo sich durchgekämpft und stand vor dem Eingang des Museums und musste sich etwas unsanft durch die wartenden Menschen schieben. Er hastete nach oben in den ersten Stock und betrat ihren für sie reservierten Raum. Rubbano saß vor zwei Computern und hackte vertieft auf einer der Tastaturen herum. Ein Computertower stand auf dem Tisch und blinkte und summte.

Rubbano sah kurz auf, als Gallo die Tür hinter sich geschlossen hatte.

»Und, Antonio, hast du was erreicht?«

»Die Wiederherstellung der Daten vom Mobiltelefon des toten Jägers erwies sich als komplexer als erwartet, doch meine Hartnäckigkeit und mein technisches Knowhow zahlen sich aus.«

»Nicht immer so bescheiden, Antonio«, murmelte Gallo amüsiert, »was hast du?«

Rubbano starrte konzentriert auf den Bildschirm und sagte: »Komm schon, zeig mir, was du versteckst.«

Gallo kam um den Tisch herum und sah ihm über die Schulter.

Mit einem letzten gezielten Befehl öffnete sich das Tor zu den gespeicherten Informationen, und Rubbano und Gallo konnten kaum glauben, was sie sahen. Anhand der Nummer von Gerolamo Silvestri und der Nummer von

Angelika Bucher, die sie von ihr bekommen hatten inklusive ihrer Vollmacht, die Daten auslesen zu dürfen, hatte Rubbano ein Bewegungsprofil der beiden für die letzten vier Wochen erstellt, um festzustellen, ob sich deren Wege gekreuzt hatten. Das war wichtig, sollte es zum Prozess gegen Mandragoni kommen. Und die detaillierten Aufzeichnungen des Jägers über die Bewegungen und Aktivitäten von Angelika Bucher waren eindeutig – er war ihr gefolgt. Seit dem Tag, an dem Bucher in Triora angekommen war. Er musste im Auftrag gehandelt haben. Es war keine zufällige Begegnung, kein Stalking und keine heimliche, einseitige Liebelei.

Rubbano berichtete: »Commissario, ich habe da noch etwas. Wir haben die Verbindungen nachvollzogen, Kontoauszüge, Überweisungen, Telefonnummern und alles, was wir sonst noch über die Verbindungsdaten hatten. Die deutschen Behörden waren zäh, aber es hat doch noch geklappt. Der Jäger, dieser Mandragoni, war tatsächlich ein Beobachter, eine Art Spitzel, angestellt von einer deutschen Privatdetektei.«

Gallo fragte: »Eine Detektei? Privatdetektive? Wie heißen die?«

»Ich hab's aufgeschrieben. Eine große Firma. Der Hauptsitz ist London. Corner & Marson. Büros in mehreren Städten in Europa.«

»Und die arbeiten für wen hauptsächlich?«

»Die sind natürlich sehr diskret. Aber fast alle großen Anwaltssozietäten arbeiten mit denen. Eine sticht allerdings heraus. Die findet sich auch auf der Website als Kunden-Referenz der Detektei wieder.«

»Und diese? Haben wir da eine Kundenliste?«

»Nein, natürlich nicht. Aber ich habe online recherchiert. Die Namen von in Gerichtsprozessen involvierten Anwaltskanzleien tauchen fast nur in den Fällen auf, wenn die Allgemeinheit ein Interesse an den Verfahren hat.«

»Aha, und um wen handelt es sich?«, fragte Gallo etwas ungeduldig.

»Eine Kanzlei in Nordrhein-Westfalen. Die sind auch etwas redseliger auf ihrer Website und haben dort einen Button mit Presseberichten über sich.«

»Weiter!«

»Sie sind spezialisiert auf Patentverfahren der chemisch-pharmazeutischen Industrie.«

»Rubbano!«

»Die Detektei könnte von denen beauftragt worden sein.«

»Patentverfahren der Pharmaindustrie? Geht's da um Medikamentenzulassungen? Das würde einiges erklären. Hast du einen Verdacht, wer genau der Auftraggeber sein könnte?«

»Ja, und das ist keine Überraschung. Einer der größten Kunden dieser Anwaltskanzlei ist ein bekannter deutscher Pharmakonzern. Aus der Nähe von Neuss. Sie vertreten den Konzern in vielen Verfahren. Auch in den USA. Wir können es nicht beweisen, aber alles deutet darauf hin, dass der Pharmakonzern die Anwaltskanzlei beauftragt hat, die Kanzlei dann die Privatdetektei, und die hat Gerolamo Silvestri angeheuert. Es scheint, als wären Buchers Forschungen eine größere Bedrohung für sie, als man annehmen könnte.«

»Und wieso kommen die von Nordrhein-Westfalen aus auf Gerolamo Silvestri bei Triora? Ausgerechnet auf ihn?«

»Sie haben nach einer vertrauenswürdigen Person gesucht, die das Gebiet kennt.«

»Ja, aber warum er?«

»Es ist viel einfacher, als man vielleicht denkt.«

»Wie finden die aus Deutschland jemanden an der Riviera? Warum ihn?«

»Weil Silvestri nebenher seit Langem als Verwalter von Ferienhäusern für einige deutsche Familien tätig ist. Es sind Ferienhäuser an der Küste und in den Hügeln, welche die deutschen Eigentümer von ihm warten lassen.«

»Er ist sicher nicht der Einzige, der so was macht, oder?«

»Nein, aber nicht jeder hat seinem Arbeitgeber geholfen, einen Rechtsstreit mit einer Baufirma zu gewinnen, die schlampige Restaurierungsarbeiten durchgeführt hat.«

»Und um wen ging es da? Wessen Besitz?«

»Ein Industriekapitän aus Deutschland. Vorstandsmitglied eines Pharmakonzerns.«

»Girolamo Silvestri war in einer Privatangelegenheit sein Mann vor Ort.«

»Ja, und er hat geholfen, den gesamten bürokratischen Prozess mit lückenlosen Dossiers vor Gericht zu untermauern.«

»Und darüber gibt's was im Netz.«

»Genau.«

»Es ging um viel Geld, und das hat die Medien interessiert.«

»Und Silvestri war ab da ein zuverlässiger Partner vor Ort, den sich mehrere andere Eigentümer von Ferienhäusern für Wartungsaufträge gemerkt haben.«

»Die Privatdetektive müssen zugegriffen haben, als sie

ihn entdeckt hatten. Wahrscheinlich kam der Tipp direkt vom Konzern.«

»Sie taten etwas noch Besseres, sie stellten ihn ein.«

»Aber wie hat der ›Magier Rubbano‹ die Verbindung entdeckt?«

»Rate mal.«

»Du hast das Netz weiträumig abgesucht.«

»Das ist klar, aber das alleine reicht nicht.«

»Was heißt das?«

»Ich habe nach dem Namen Gerolamo Silvestri gesucht, und unter den ersten Ergebnissen war eines in deutscher Sprache.«

»Und?«

»Ich wurde neugierig, und mit dem automatischen Übersetzer konnte ich verstehen, worum es ging, und der Bericht stand im Zusammenhang mit dem Rechtsstreit um die Baustelle unterhalb von Triora. Ich habe die Suche verfeinert, indem ich ein paar verknüpfende Stichwörter auf Deutsch eingegeben habe, und das Ganze hat mir dann die Verbindungen gezeigt. So haben mich die Algorithmen auf diese Spur gebracht.«

»Es hat auch seine Vorteile, dass wir in einer Welt leben, die nur noch streiten kann.«

»Mehr brauchten die Privatermittler nicht, um zu entscheiden, wen sie Doktor Bucher auf die Fersen heften könnten.«

»Die Wahl ist auf ihn gefallen.«

»Ja.«

»Das ist ein entscheidendes Stück des Puzzles, Rubbano. Großartige Arbeit. Halte mich auf dem Laufenden, wenn du mehr findest.«

Rubbano murmelte: »Ich werde diesem Konzern auf den Grund gehen. Es ist Zeit, dass sie für ihre Taten zur Rechenschaft gezogen werden.«

»Ja, da bin ich bei dir. Aber das ist ein anderer Schauplatz. Ein anderes Verfahren. Da muss Angelika Bucher mit einer Anzeige die Ermittlungen der deutschen Behörden auslösen. Verletzung der Privatsphäre, Stalking, Bedrohung oder anderes. Das ist wohl eher etwas, was einen deutschen Staatsanwalt interessieren dürfte. Wir müssen erst mal rausfinden, wer ihn umgebracht hat. Leg alles in den Ordner, damit ich es später Bevilacqua schicken kann. Er muss entscheiden, ob wir weitermachen sollen. Für mich ist die Priorität, diesen Mandragoni zu erwischen. Ist sein Handy immer noch aus?«

»Mausetot, Commissario. Immer noch mausetot.«

»Okay, ich geh mal rüber in unser Quartier. Komm dann nach, wenn du mit Abspeichern fertig bist. Gute Arbeit, Rubbano, irrsinnig gute Arbeit!«

31. KAPITEL

Triora, Halloween

»Unglaublich, unser Antonio Rubbano. Jetzt aber schnell, die anderen warten bestimmt schon auf mich«, murmelte Gallo. Er stürzte die Treppe hinunter. Je weiter er nach unten kam, umso mehr Menschen drängten sich vor den Ausstellungsstücken des Hexenmuseums. Er nahm die Abkürzung durch die Kräuterabteilung, in der es Duftproben der getrockneten, von den Menschen in Triora seit Jahrhunderten verwendeten Pflanzen gab und die liebevoll in Geruchsboxen, in die man seine Nase halten konnte, untergebracht waren.

Noch durch den Zwischenstock, dann blieb er einen Moment stehen. Es gab ein Fenster, aus dem man die Piazza Reggio sehen konnte.

Volksfest!, dachte er, da kann man nichts ermitteln, ohne die Menschen zu gefährden oder zumindest zu behindern. Für ein paar Stunden müssen wir wohl unterbrechen, bis das alles abebbt. Machen wir das Beste daraus. Die neuen Verbindungen, die Rubbano herausgefunden hat, brachten vielleicht einen ganz anderen Ansatz in die Ermittlungen. War Silvestri deshalb erschossen worden? Was hatte dann Mandragoni, der flüchtige Jäger, für Altlasten aus der Zeit auf dem Kerbholz?

Gallo lief die letzten drei Stufen der Treppe hinunter. Im Erdgeschoss des Museums musste er sich einen Weg durch die neugierigen Besucher bahnen, die unter erstaunten Kommentaren die Artefakte über die Hexen musterten und ehrfürchtig vor der nachgebauten Zelle standen, die sich eine lebensgroße Puppe als Mönch verkleidet mit einer gefesselten Frau in Leinenhemd teilte. Der Mönch hielt ein religiös anmutendes Buch in der Hand, im Raum waren allerlei Furcht einflößende Foltergegenstände zu sehen. Das Ganze war spärlich von zwei elektrischen Kerzen beleuchtet und ließ den Besuchern ein Schauern über den Rücken laufen. Als er endlich unten durch die automatische Glasschiebetür ins Freie treten wollte, rammte ihn ein gedrungenes Wesen im Batman-Kostüm, das offensichtlich ins Museum wollte. Auf dem Kopf trug Batman eine schwarze Kappe mit spitzen Fledermausohren, eine breite Augenmaske mit integrierter Nase und einen bodenlangen Umhang in fransigem Batman-Design. Gallo wich zurück, sah ins Gesicht von Batman und sah etwas, was er sofort wiedererkannte: einen Zigarrenstumpen.

»Benzina? Bist du es?«

»Commissario! Ich bin's! Ich bin bereit.« Er sah an sich herunter, strich den bodenlangen Umhang glatt und ordnete die Fransen. »So falle ich weniger auf. Wir suchen doch zwei Leute, oder? Diesen Jäger und seinen jungen Neffen.«

»Benzina! Was machst du da?«, fragte Gallo mit einer Mischung aus Ärger und Belustigung.

»Was gibt es Besseres, als sich an Halloween zu kostümieren, um auf diskrete Art in der Menge jemand zu finden, den man sucht?«, sagte Benzina, und der Stumpen wanderte hektisch von einem Mundwinkel in den anderen.

»Ja, aber wir sind Polizisten, Benzina, keine Clowns, die sich verkleiden. Was soll die örtliche Polizei von uns halten? Soll ich denen sagen, dass du undercover unterwegs bist? In einem Batman-Kostüm?«

»Ja, ganz genau, Commissario. Die beste Tarnung! Die werden das sofort verstehen.« Er deutete vage auf die vorbeischlendernden Menschen, fast alle hatten irgendeine Form der Verkleidung, dann machte er die Andeutung einer Drehung, um sein eigenes Kostüm vorzuführen.

»Perfekte Tarnung!«, sagte er an seinem Stummel vorbei.

Gallo fasste nach dem Stoff, insgeheim sich darauf vorbereitend, wie er die Ausgaben für ein Halloween-Kostüm vor der Questura in Imperia begründen würde können. Aber Entwarnung: Das, was Gallos Finger berührten, war billigster Plastikstoff.

»Außerdem weiß ja keiner, dass ich euch helfe und ...«

»Wo hast du das her?«, fragte Gallo.

»Weiter unten gibt's einen Stand für Last Minute-Kostüme zum Drüberziehen über die Straßenkleidung. Entweder Harry Potter oder das. Was anderes hätte mir nicht gepasst. Das hier ist eine Kindergröße«, sagte er stolz.

»Und was hast du dafür bezahlt?«

»Nix«, erwiderte Benzina, »ich habe deine Visitenkarte von der ›Polizia di Stato‹, die ich immer dabei habe, gezeigt, und gesagt, dass du nachher vorbeikommst, um zu bezahlen. 17,50 Euro hat das nur gekostet. Hab so 'nen Zettel, also 'ne Quittung unterschrieben.«

Gallo überlegte. Vielleicht war die Idee gar nicht so schlecht. Benzina könnte in dem ganzen Spiel ein Joker sein.

Er nickte Benzina zu. »Gut, Benzina, halt die Augen auf. Eine Beschreibung hast du ja, oder?«

»Ja, Commissario, habe mir alles genau erklären lassen. Zu Diensten, Commissario! Habe sogar ein Foto!«

»Lass den Quatsch!«, sagte Gallo barsch und konnte sich ein Lächeln nicht verkneifen.

»Es sind noch vier weitere, nach denen wir suchen. Vier Männer. Holländer. Noch haben sie nichts gemacht, aber sie waren verdächtig nahe und verdächtig oft in der gleichen Gegend unterwegs wie Angelika Bucher. Vielleicht haben sie was mit unserem Fall zu tun. Vielleicht nicht. Aber da ein großer Konzern aus Deutschland im Spiel ist, könnte es durchaus sein. Keine Ahnung, ob die heute Abend hier sind. Alle wurden als sportlich beschrieben, athletisch. Vermutlich können die ungemütlich werden. Also pass auf, und sag sofort Bescheid.« Dann drehte er sich um und ging los.

Im Gehen schickte Gallo schnell eine Sammelnachricht an sein Team. Er wollte eine schnelle Einsatzbesprechung abhalten und beorderte sie alle zum Eingang des B&B »Kleine Hexe«, dem Bed & Breakfast, das seinem Namen alle Ehre machte. Dann schickte er sich an, die Piazza Reggio zu überqueren, denn die B&B-Pension lag auf der gegenüberliegenden Seite und war durch eine kleine Gasse erreichbar, die von der Piazza abführte.

Und dann merkte er es: Er hatte einen Schatten. Batman. Gallo blieb abrupt stehen.

»Hör mal, Benzina, deine Idee ist vielleicht gar nicht

so schlecht. Aber keiner darf erfahren, dass du zu mir gehörst. Sollten wir tatsächlich beobachtet werden oder sollte Mandragoni sich hier aufhalten, dann darf niemand ahnen, dass du zu uns gehörst. Also mach, dass du wegkommst und halt dich von mir und den anderen, vor allem den Kollegen in Uniform fern. Okay? Sonst bringt das nichts.«

»Hast recht, Commissario, ich geh in die andere Richtung und lauf hoch zur Cabotina. Da seh ich mich mal um.«

»Pass auf, dass du keine Hexen triffst, Benzina. Hast du dein Handy dabei?«

»Klar doch, Tomas.«

»Hast du noch Guthaben? Kannst du Anrufe tätigen?«

»Äh, nein, ich glaube nicht.«

Gallo trat einen Schritt zur Seite, suchte sich eine Mauernische und zückte sein Handy.

»Viale! Du musst mir einen Gefallen tun: Lade zehn Euro auf Benzinas Handy auf. Er hat kein Guthaben mehr. Wo bist du übrigens?«

Das »Schon wieder?« Viales aus Gallos Telefon war so laut, dass Gallo instinktiv die Hand über den Lautsprecher legte.

»Mach schon, ist wichtig. Ich erklär's dir gleich. Wo bist du?«

»Ich parke gerade neben eurem Wagen. Bin gleich da.«

»Bist du geflogen?«

»Mehr oder weniger. Das Blaulicht hilft.«

»Bis gleich, du weißt, wo. Giulia hat die Adresse rumgeschickt.«

Damit legte er auf, Batman war verschwunden.

Gut so.

Der charmante Familienbetrieb, gelegen im Herzen des historischen Zentrums, war mit Liebe zum Detail eingerichtet und schien Geschichten aus vergangenen Zeiten zu flüstern.

Gallo traf auf Giulia, die ihn neugierig ansah: »Ich hätte nie gedacht, dass ich noch mal Halloween in Triora verbringen würde. Diese Nacht könnte uns neue Perspektiven eröffnen«, sagte sie, und ihre Augen leuchteten vor Begeisterung. »Das letzte Mal war ich als kleines Mädchen hier, ganz schön aufregend!«

Giulia lächelte und sah sich um: »Es ist wie eine Zeitreise, nicht wahr? Die alten Geschichten von Triora, lebendig geworden in den Straßen.«

Viale kam angestürmt: »Seht euch all die Leute da draußen an. Jedes Kostüm könnte eine Geschichte erzählen, jede Maske ein Geheimnis verbergen.«

Auch er konnte sich der gespannten, erwartungsvollen Atmosphäre nicht entziehen. Im Dunkeln wirkte das, was die Gemeinde und die vielen freiwilligen Helfer aufgebaut hatten, umso mehr.

»Komm rein, Viale, ja, das ist schon beeindruckend. Lass uns mal einen Plan besprechen, damit wir keine Zeit verlieren.«

Sie ließen die Tür zum B&B zuschnappen und standen in einer winzigen Lobby.

»Willkommen im *Kleine Hexe*. Ich hoffe, Sie finden Ruhe, auch wenn draußen gerade die Geister erwachen«, sagte eine Frau Mitte 40, in Tracht gekleidet, zu ihnen.

Gallo lächelte, sah sie an und deutete auf ihre Kleidung:

»Denken Sie, hinter all diesen Traditionen steckt mehr, als auf den ersten Blick ersichtlich ist?«

Die Besitzerin der Herberge war in eine geheimnisvolle Rolle geschlüpft, die sie – in dieser Nacht zumindest – komische Sachen sagen ließ: »In Triora, Commissario, ist nichts so, wie es scheint. Die Nacht von Halloween entfesselt Kräfte, die sonst im Verborgenen ruhen.«

Giulia ging darauf ein: »Es ist eine perfekte Kulisse, um in die Vergangenheit einzutauchen. Wer weiß, was wir zwischen all den Geistern und Legenden entdecken werden.«

»Sie sind Commissario Gallo, richtig?«

Giulia hatte sich neben ihn geschoben.

»Ja, das ist Commissario Gallo, von dem ich Ihnen erzählt hatte.« An ihn gewandt sagte sie: »Ich freu mich, dass wir hierbleiben. Bin so gespannt, wie das auf mich wirkt, nach so langer Zeit. Immer war irgendwas, sodass ich lange nicht mehr in Triora war. Dann ausgerechnet in dieser Nacht ...«

»Dann lasst uns diese Gelegenheit nutzen«, sagte Gallo energisch. »Vielleicht finden wir in den Schatten dieser Nacht Antworten, die uns am Tag verborgen bleiben«, und nahm die Zimmerschlüssel des B&B entgegen.

»Sie können gerne in den Frühstücksraum gehen«, sagte die Besitzerin und wies eine Treppe hinauf in den Zwischenstock, »da sind Sie ungestört.«

Gallo nickte und wandte sich an die Besitzerin: »Vielen Dank, Signora. Es ist ein charmantes Haus, das Sie haben. Ich hoffe, die Geister sind uns wohlgesonnen«, erwiderte er mit einem schiefen Lächeln.

Die Inhaberin lachte leise. »Oh, die Geister von Triora sind meist freundlich, solange man sie respektiert. Aber erzählen Sie, Commissario, was führt Sie in unser kleines Dorf? Geschäft oder Vergnügen? Ihre Kollegin wollte mir nichts verraten«, und dabei zeigte sie auf Giulia.

»Ein wenig von beidem, fürchte ich«, antwortete Gallo nachdenklich. »Die Vergangenheit von Triora ist faszinierend, aber sie birgt auch ihre Geheimnisse.«

»Ach, die Geschichten dieses Ortes könnten Bücher füllen«, seufzte sie, »und tun es wohl auch. Schauen Sie oben im Frühstücksraum, da haben wir ein ganzes Regal mit Büchern über Triora und die Hexen.«

Dann beugte sie sich verschwörerisch zu Gallo: »Aber ich sage Ihnen, in der Nacht von Halloween erwacht Triora wirklich zum Leben. Es ist eine magische Zeit, trotz – oder vielleicht gerade wegen – all der alten Legenden.«

Mit diesen Worten verließ sie die Gruppe, um sich um das Abendessen zu kümmern, und ließ Gallo und sein Team inmitten der Gemütlichkeit des B&Bs mit seinen Steinmauern, den Schiefertreppen, den schießschartenartigen Fenstern und den schön hergerichteten alten Holzmöbeln zurück, umgeben von den flüsternden Geheimnissen Trioras.

32. KAPITEL

Genua im Regen, 1. September

Plötzlich begann es zu schütten. Ein heftiger Wasserwirbel kombiniert mit einem bösen Wind peitschte durch die Straßen. Es gab kein Entkommen, wie es in Genua, der Hafenstadt zwischen Meer und Bergen, bei schlechtem Wetter oft der Fall ist: wenn schon Gewitter, dann gleich orkanartig.

Lena hatte vor Kurzem die Buchhandlung verlassen. Sie hatte sich warm angezogen und dann ihr Haar mit einem Kopftuch, dessen Farbe sie für zu grell hielt, hochgesteckt. Sie hatte Checca in ihre Transportbox geladen, sie dann auf ihr Fahrrad gebunden und war wie eine Verrückte in die Pedale getreten, um nach Hause zu fahren. Wie ein gehetztes Reh war sie auf ihrem Fahrrad durch die bereits regengepeitschten Gassen der Altstadt gerast und spürte in der Luft das drohende Unwetter, das sich in stürmischer Dunkelheit zusammenbraute. Sie war es gewohnt, mit dem Fahrrad durch die Gassen zu rasen und dabei Verbote und gesunden Menschenverstand zu ignorieren, die von rücksichtslosen Slaloms zwischen Menschen abrieten. Aber dieses Mal strampelten ihre Beine sogar noch energischer.

Als sie im Begriff war, bereits leidlich durchnässt, das alte Hafengebiet zu verlassen, kamen zu dem Wolkenbruch noch ein Blitz und unmittelbar danach ein so heftiger Donner hinzu, dass sie plötzlich anhalten und Schutz suchen musste. Dann schlugen weitere Blitze ein, und noch mehr Donner grollte mit ohrenbetäubendem Krach ganz in der Nähe. Lena suchte verzweifelt nach einer offenen Tür, doch bevor sie auch nur unter einem Dachüberhang Schutz finden konnte, merkte sie, dass sie bereits völlig durchnässt war, während Checca in ihrem Transportkorb vor Angst fauchend fast durchdrehte. Und es war noch ein weiter Weg bis nach Hause. Also beschloss sie, zurück zur Buchhandlung zu fahren und dort zu warten, bis Regen und Sturm nachließen.

Sie schwang sich wieder auf ihr Fahrrad, erreichte in wenigen Minuten wutentbrannt die Buchhandlung und zog den Rollladen wieder hoch. In die Dunkelheit eingetaucht, die von den Blitzen, die sich über der Stadt abzeichneten, durchbrochen wurde, schob sie ihr nasses Gefährt in den Laden. Dann begab sie sich hüftschwingend, wie einem Ritual eines satanischen Tanzes folgend, in das Hinterzimmer, die Höhle, in der sie sonst stundenlang vor alten Texten saß, und zog ihre durchnässten Kleider aus. Sie warf sie zusammen mit dem durchnässten Kopftuch in eine Ecke und suchte nach der Tasche, in der sie eine komplette Garnitur Wechselkleidung für alle Fälle aufbewahrte. Sie fand in ihrer Tasche auch ein Handtuch und einen Waschlappen. Besser als nichts. Sie wischte sich das vom Regen verschmierte Make-up aus dem Gesicht. Sie zog ihre Unterwäsche aus und trocknete sich im düsteren Schein des Gewitters den vom Regen tropfenden Körper, der wie aus Bitterkeit seine Tränen vergoss. Als sie trocken und fertig angezogen war, hob sie den Katzenkorb auf.

»*Hab keine Angst, es ist alles vorbei. Wir sind jetzt in Sicherheit*«, *sagte sie, während sie Checca weitere beruhigende Worte zuflüsterte. Die gleichen Worte, die auch sie gebraucht hätte. Dann beschloss sie, die Katze freizulassen, die mit einem Satz in einer Gischt aus Wasser davonschoss und sich ein sicheres Versteck suchte. Sie holte ein paar Leckerbissen aus dem Beutel, den sie immer bei sich trug. Und mit unendlicher Geduld gelang es ihr, das kleine Tierchen dazu zu bewegen, sich trocknen zu lassen. Als sie das geschafft hatte und der Sturm in Genua immer noch tobte, glichen der Laden und der vordere Teil der Buchhandlung einer Art Schlachtfeld, das von Pfützen durchzogen war. Der Fußboden im Fensterbereich war regelrecht überschwemmt, und das Fahrrad tropfte immer noch vor sich hin. Und selbst hinten im alten Lagerraum für die Bände stand überall Wasser, Kleidung und Unterwäsche lagen verstreut herum. Auch Checca hatte ihren Teil dazu beigetragen.*

Lena fühlte sich erschöpft, aber auch zufrieden mit der Schnelligkeit, mit der sie reagiert hatte. Sie hätte sich eine böse Erkältung einfangen können. Und so war ihre Checca schneller in Sicherheit.

Aber jetzt den Laden wieder aufzuräumen, kam nicht im Entferntesten infrage. Sie strich sich durch die langen schwarzen Haare. Dann wickelte sie ihre Haarpracht in das Handtuch. Langsam schminkte sie sich ab, bereit, eine ganz andere Maske anzulegen. Sie setzte sich an ihren Arbeitsplatz und ruckelte mit der Maus, sodass der Bildschirm aufleuchtete.

Sie wollte die Zeit nicht damit verschwenden, sich mit einem Putzlappen den Rücken zu schinden. Dafür wäre morgen Zeit genug. Stattdessen würde sie ihre Recherchen fortsetzen. Es war das, was sie am besten konnte und was ihr am meisten Spaß machte. Das Einzige, was ihre Unzufriedenheit lindern konnte.

Sie öffnete am Bildschirm eine der Suchmaschinen und gab den Familiennamen ein, den sie nun untrennbar mit Franchettas tragischem Ende verknüpft hatte. Sie tippte Galimberti della Casa ein, auf der Suche nach weiteren Hinweisen und neuen Spuren. Und die Geschichte der mächtigen Familie begann sich immer klarer vor ihren Augen zu entblättern. Mehr und mehr Details kamen zum Vorschein. Sogar noch nach Jahrhunderten, die, soweit sie es betraf, nie vergangen waren.

Sie hatte mit dem Namen des Adjutanten des Inquisitors begonnen, den sie in dem weinbefleckten Buch gefunden hatte. Und allmählich war die Suche immer ausgefeilter geworden. So gründlich sie die entsetzlichen Grausamkeiten, die an den unschuldigen Körpern der armen Schwestern – der Opfer – verübt worden waren, recherchierte, genauso gründlich rekonstruierte sie die Entwicklung des Stammbaums der Familie, die diese Grausamkeiten verübt hatte: die Familie der Täter, die Franchetta in den Abgrund getrieben hatten. Nach unsagbarem Leid.

An diesem stürmischen Abend hatte Lena keinen Bedarf an Wein. Weder um sich mit herzhaften, magenverbrennenden Schlucken zu wärmen, noch um eine Spurensuche zu befeuern, deren Ziel bereits entdeckt hatte. Der Compu-

ter spuckte Informationen im Rhythmus des nicht enden wollenden Regens aus. Und gleichzeitig spuckte er historische Daten und kuriose Begebenheiten aus.

Als Lena bei den Nachkommen der Familie Galimberti angekommen war, bekam selbst der vehemente Sturm, der sie auf dem Heimweg überrascht hatte, durch das, was sie herausfand, einen tieferen Sinn. Vor allem bei den Nachfahren, die ihrer eigenen Generation zeitlich am nächsten standen. Und ganz besonders ihre aktuellen Zeitgenossen. Die, die noch lebten.

Es gab unter anderem in der Belle Epoque einen Opernsänger von gewissem Renommee. Sein Name tauchte in den unsichtbaren Verknüpfungen des digitalen Universums in unterschiedlichsten Zusammenhängen auf. Man fand ihn in Artikeln über Aufführungen und Spekulationen über verschiedene Besetzungen an großen Bühnen, bis hin zu süffisanten und neidvollen Beiträgen über das gesellschaftliche Leben der Eliten. Er war eine so aufdringliche Präsenz, dass der Drang, ein Foto von ihm zu suchen, unwiderstehlich wurde.

»Ich will ihre Gesichter sehen«, murmelte Lena vor sich hin. »Ich will die Visagen in dem Stammbaum sehen, der den Schlächter von Franchetta hervorgebracht hat.«

Sie wechselte also von allgemeinen Informationen zur Suchmaske der Bilder. Ein neues Fenster öffnete sich mit einer Reihe von sepiafarbenen Aufnahmen, die den Opernsänger zeigten. Es gab auch einige Porträts, die einige seiner Vorfahren abbildeten. Aber im Grunde waren es alles Links, die den Künstler zum Gegenstand hatten. Vom jungen debütierenden Sänger bis zum reiferen Alter, in dem er bei Cocktail-Empfängen und Preisverleihungen zu sehen *war. Und zusammen mit berühmten Kollegen und sogar Filmstars.*

Sie scrollte erneut über den Bildschirm, ziellos zunächst. Sie lenkte die Suche in eine andere Richtung, als die Halbtotale eines jungen Mannes mitten unter den Fotos des Sängers auftauchte.

Auf dem Foto hatte der junge Mann einen stolzen Gesichtsausdruck, der von feinen Fältchen geprägt war und ihn ein wenig melancholisch aussehen ließ. Sein Bart war ein paar Tage alt, aber ordentlich gestutzt. Und sein Haar war lang und gewellt, so lang, wie man es in den 1970er-Jahren getragen hatte, eine Zeit, in der er noch nicht geboren gewesen sein konnte. Er hatte eine vage Ähnlichkeit mit einem Schauspieler, an dessen Namen sie sich nicht erinnern konnte. Was zum Teufel hatte der jetzt mit dem Sänger und allem anderen zu tun?

Sie las die Bildunterschrift und fand einen weiteren Namen. Den sie sofort eintippte. Und die Suche brachte ein scheinbar nicht unsinniges Ergebnis. Denn das Netz war voll von Hinweisen auf diesen Namen, und zwar entnommen aus Artikeln, die mit einigen Kriminalfällen in Verbindung standen. Sie verfeinerte ihre Suche erneut. Und schließlich fand sie, was sie suchte. In einer Liste von Sportlern, die Jahre zuvor bei einem Leichtathletikwettbewerb ausgezeichnet wurden, fand sie den Nachnamen Galimberti della Casa ausgeschrieben in der Titelzeile. Er war Polizist.

Sie beschloss, eine weitere Überprüfung vorzunehmen. Sie verknüpfte die drei Namen und blätterte durch eine lange Liste mit nutzlosem Material. Am Rande eines ganzseitigen Artikels über eine brillante Drogenbekämpfungs-

aktion, die er Jahre zuvor durchgeführt hatte, tauchte eine sehr kurze Notiz auf, die den Werdegang von Tomas Gallo zusammenfasste. Und die Notiz enthielt einen Hinweis auf frühere Stationen seiner Karriere. Und auf den Doppelnamen.

Ein gewaltiger Blitz krachte aus dem Himmel von Genua, als diese Entdeckung die Pläne von Lena Dallobosco in greifbare Nähe rückte. Das jüngste Blut der Galimberti della Casa floss durch die Adern von Commissario Tomas Gallo.

Sie scrollte zurück zu dem Foto und druckte es aus. Das Blatt Papier ruhte leicht auf dem Tisch, den die regennasse Checca auf ihrer Flucht vor dem Regen nass gemacht hatte. Und das Gesicht des Mannes verzerrte sich leicht, bis es beinahe durchweicht war.

»Tomas Gallo, du bist Geschichte«, flüsterte sie. »Aber ich will dir noch einmal persönlich in die Augen sehen, bevor ich dich in die Hölle schicke.«

33. KAPITEL

Triora, Halloween

Mit seiner Halloween-Maske mischte sich Benzina unter das Partyvolk, das bereits seit dem späten Nachmittag mit Glühwein und Snacks die Straßen bevölkerte. Er hielt seine Augen offen, um die beiden Flüchtigen und die vier verdächtigen Personen zu identifizieren.

Mitten im Trubel, kaum zu erkennen unter den vielen maskierten und kostümierten Gestalten, bewegte sich Benzina geschickt durch die Menge. Verdeckt unter seinem effizienten Ganzkörperkostüm, das sein Gesicht vollständig verbarg, war er auf der Jagd – nicht nach Süßigkeiten, sondern nach Silhouetten, verdächtigen Schatten und Menschen, die aus der sorglos und neugierig umherschlendernden Masse herausstachen.

Benzina behielt die Umgebung genau im Auge. Unter seiner sorgfältig gewählten Verkleidung, die ihn als einen der vielen festlich gestimmten Gäste tarnte, hat er einen großen, fast ein Kilo schweren Radmutterschlüssel – ein Werkzeug, das ihm im Notfall als Waffe dienen konnte. Er zog sein Kostüm an der Seite nach oben, nestelte ihn hervor und steckte ihn seitlich oben in sein Hosenbein, sodass er ihn beim Gehen nicht behinderte, er beide Arme frei hatte und ihn sofort zücken konnte, sollte er sich wehren müssen.

Ein Tourist, der ihn zufällig dabei beobachtet hatte, sagte zu ihm: »Hey, bist du hier, um die Geister zu reparieren?«

Benzina ließ sich darauf ein, verbarg den unterarmlangen Eisenstab mit dem massiven Kopf unter seinem Kostüm: »Genau, man weiß ja nie, wann so ein Geist mal eine Schraube locker hat.«

Benzina murmelte leise zu sich selbst, während er die Umgebung absuchte: »Vier Verdächtige, alles Männer, hat der Commissario gesagt. In dieser Menge könnten sie überall sein. Holländer, wie klingt holländisch?«

Mit scharfen Augen scannte er die Gesichter, die vorbeizogen, die Gestalten, die in der Nähe der Stände verweilten, und die Gruppen, die sich zu Gesprächen zusammenfanden. Jedes Lachen, jedes Flüstern zog seine Aufmerksamkeit auf sich, in der Hoffnung, einen Hinweis auf die gesuchten Personen zu entdecken.

Er war einigermaßen ratlos, musste sich zur Geduld zwingen.

Ein Passant in Totenkopfmaske streifte ihn und lachte ihn an »Hey, coole Maske! Gruseliger als die echten Geister von Triora! Batman und die Untoten. Hahaha.«

Benzina, obwohl fokussiert auf seine Aufgabe, konnte nicht umhin, kurz zu lächeln, als er sich für das, was er für ein Kompliment hielt, bedankte, seine wahre Identität hinter der Maske verborgen haltend.

Benzina, seinen Stumpen hin und herschiebend und hinter seiner Batman-Maske den Totenkopf musternd, sagte: »Danke, Freund. Heute Nacht sind wir alle ein bisschen geisterhaft, nicht wahr?«

Es kam ihm vor wie Stunden, dabei war er gerade erst

15 Minuten als Späher unterwegs gewesen. Die Schatten wurden länger und das Fest pulsierender. Die Musik wurde lauter, die Rufe fröhlicher, und der Wein floss in Strömen und die Trauben um die Stände herum wurden größer. Benzina versuchte, sich einen Überblick darüber zu verschaffen, welche Gäste gerade neu angekommen waren, die er daran erkannte, dass sie im Eilschritt durch die Gassen liefen und sich neugierig umschauten – und diejenigen, welche sich nach einem ersten Durchlauf durch die Gassen gemächlicher bewegten, und denen, die sich zurückzogen – den Autoschlüssel schon in der Hand, mit Tüten und Mitbringseln unter dem Arm gemächlich in Richtung Via Roma trotteten, wo die Shuttlebusse sie wieder nach Molini zu ihren Autos brachten.

Plötzlich, am Rande seines Blickfeldes, bemerkte er eine Gruppe, die in der Nähe einer der Kneipen stand und sich von den anderen unterschied. Ihre Bewegungen waren abgehackt, irgendwie ziellos, ihr Lachen klang forciert, und ihre Blicke schweiften unstet umher, als wären sie auf der Suche – oder auf der Flucht.

Benzina überlegte sich eine Strategie, wie er sich näher an sie heranschieben könne. »Das könnten sie sein. Wirklich!«, machte er sich Mut. »Zeit, näher hinzusehen. Holländisch, mal sehen.«

Benzina kramte in seinem Gedächtnis. Als Rallye-Mechaniker in den glorreichen 70er- und 80er-Jahren bei der Rallye Monte Carlo gab es Finnen, Schweden, Deutsche, Amerikaner, Engländer, aber Holländer?

34. KAPITEL

Genua, Ende September

»Nur du kannst es tun, nur du kannst mich befreien«, wiederholte sie, ohne den Blick von dem großen Spiegel an der Seite des Bettes zu nehmen. Er war an der Wand über der Kommode und auf der gegenüberliegenden Seite des Fensters angebracht, um das helle Licht der Genueser Morgensonne zu nutzen. Eine unnötige Maßnahme, denn seit einiger Zeit war Lena Dalloboscos Zimmer ständig in ein Halbdunkel getaucht, das fast so dunkel war wie ihre Gedanken an den Tod. Der auch in dieser Nacht mit abstoßender Pünktlichkeit eingetroffen war, begleitet von der üblichen Vision des Mönchs mit dem blutigen Gürtel. Und durch die übliche Dosis an Alkohol.

Lena saß am Rande der Matratze und hatte einen Umhang über die Schultern gelegt, der sie vor einer Kälte schützen sollte, die mit nichts gelindert werden konnte, weil sie aus abgründigen Tiefen ihres Körpers strahlte, die sie nicht ausfindig machen wollte. Es war die Kälte ihrer verwundeten Seele. Und diese war verloren, bis sie sie erlösen konnte.

Sie trug ihr Haar offen und betrachtete sich mit zusammengekniffenen Augen im Spiegel, in dem sie auch den Schatten ihrer Dämonen sehen konnte, der sich noch um eine weitere, vom Leid gezeichnete Frauengestalt legte. Franchetta Borelli war diese Frau. Auch sie mit halb geschlossenen Augen und langem Haar, schutzlos gegen die Stürme der Zeit. Nackt bis auf ein leinenes Nachthemd. Und regungslos, die Arme über dem Bauch verschränkt, vergewaltigt von den grausamen Qualen, die ihr Jahrhunderte zuvor zugefügt worden waren.

Zwei Schwestern, die nebeneinandersitzen, um für eine nie begangene Schuld zu büßen. Verschmolzen in einer einzigen Idee der Wiedergeburt, um jede Grausamkeit, die ihr Fleisch ertragen musste, endgültig hinter sich zu lassen. Sie waren Blutsverwandte. Sie waren keine Hexen. Franchetta, die nur deshalb für eine Braut des Satans gehalten wurde, weil sie Schwestern in Not mithilfe von Kräutern und der Natur zu heilen wusste, war keine. Und Lena war es auch nicht, die sich nur deshalb mit Füßen getreten fühlte, weil sie besser vorbereitet und strenger als ihre Kolleginnen war, zuerst in ihren Studien und dann in ihrer Arbeit. Verlassen im Labyrinth ihres Leidens.

»Nur du kannst es tun, nur du kannst mich befreien.« Die Stimme breitete sich quälend im Raum aus und wiederholte zwanghaft dieselben Worte. Es war nicht Franchettas herzzerreißender Schmerzensschrei unter der Folter, und auch nicht Lenas gequältes Schreien. Es war das Flehen und Wimmern eines neuen und vereinten Wesens, das endlich gekommen war, um sie beide zu einen, und das für sich selbst flehte. Die verfluchte Hexe, die die Welt zu einem Bußgang voller körperlicher Schmerzen und Ausgrenzung verdammt hatte. Die verabscheuungswürdige Hexe, die es nun verstand, die Boshaftigkeit eben dieser grausamen Welt zu erwidern.

Rache!

Mit einer Tat, die endlich ein triftiger Grund sein würde, sie beide auf den Scheiterhaufen zu schicken. Bereit, über lodernden Holzplanken zu verbrennen oder in der kalten Gewalt des Internets mit seinen Social Media-Inquisitoren seelisch zu verglühen. Aufgespießt von einer Schar von Ignoranten. Oder gepfählt von Robotern und Algorithmen, die nach Gift und Gewalt gierten. Eine Tat, die niemals entdeckt oder bestraft werden würde. Und das war in der Qual ihrer einsamen Nächte zu ihrem Elixier, zu ihrem einzigen Trost geworden.

Seit Lena den Holzfäller in der Wallfahrtskirche im Hinterland von Sanremo getroffen hatte, sah sie einer heiteren Zukunft mit Franchetta entgegen, in der ihre Vergangenheit voll und ganz wiederhergestellt, gesühnt und gerächt war. Der Mann würde einen seiner Jagdgefährten töten. So würde eine Blutspur unaufhaltsam in die Täler von Sanremo fließen. Und die Folter, das Fleisch eines Familienmitglieds der Inquisitoren des Hexenprozesses, der in Franchettas Tod gipfelte, zur Schlachtbank zu schicken, würde beginnen. Es würde geschehen, wie sie es in dem Film ihrer schlaflosen Nächte immer wieder gesehen hatte. Inzwischen wusste sie, was sie zu tun und wie sie es zu verwirklichen hatte.

»Nur du kannst es tun, nur du kannst mich befreien«, wiederholte die Stimme. Und schließlich löste sich im Dunst einer Blase ein Schatten auf, und die beiden Körper im Spiegel wurden eins. Die Arme bewegten sich vom Schoß weg und die Hände fuhren zu den Haaren. Die Augen öffneten sich langsam und blickten wieder in die Reflexionen, in denen Checcas Silhouette flüchtig hin-

durchhuschte. Die Katze streckte ihre Beine aus und rollte sich zusammen. Sie ruhte auf Lenas Bauch, die sie nun streichelte. Und sie gebar ein neues Leben.
   Happy End.
   Endlich.

35. KAPITEL

Konferenz in Neuss, am Vortag

In einem kargen Konferenzraum, dessen Wände mit Grafiken und Diagrammen bedeckt waren, diskutierte das Management eines deutschen Pharmakonzerns die jüngsten Herausforderungen und strategischen Pläne. Die Stimmung war angespannt, die Gesichter spiegelten die Schwere der Situation wider.

Der Vorstandsvorsitzende sagte mit besorgtem Blick: »Die Übernahme in Kanada hat uns in eine prekäre Lage gebracht. Das Düngemittelproblem könnte uns Milliarden kosten. Wir müssen dringend eine Lösung finden.«

Die Diskussion drehte sich um das neu entwickelte synthetisch hergestellte Medikament, ein Antidementivum, welches das Potenzial hatte, den Konzern wieder in eine stabile Lage zu bringen. Vor allem seinen abschmierenden Aktienkurs.

Alzheimer und Demenz waren für die Krankenversorgung in den ständig älter werdenden Bevölkerungen auf der Welt eine rapide wachsende, ernsthafte Herausforderung. Die hochgerechneten Prozentzahlen der Pflegefälle unter Alzheimer- und Demenzpatienten belegten einen der größten Zukunftsmärkte für erfolgreiche Medikamente auf diesem Gebiet. Acetylcholinesterasehemmer und Glutamat-Antagonisten waren gerade entdeckt worden – und versprachen, dass Patienten ihren Alltag länger alleine bewältigen konnten. Gesundheitsbehörden, Ärzteschaften und Pflegeverbände machten erheblichen, auch politischen Druck, dass endlich ein zuverlässiges, helfendes Medikament zur Verfügung stand.

Ein Milliardengeschäft. Allein die bevorstehende Ankündigung würde die Aktienkurse hochschnellen lassen. Und es ging nicht mehr nur um die Boni des Managements. Der Konzern mit Hunderttausenden Angestellten auf der ganzen Welt war durch strategische Fehler – die meisten davon aus Größenwahnsinn begangen – in ernste Schieflage geraten.

Doch die Nachrichten von Angelika Buchers Entdeckung im Argentina-Tal drohten, die Pläne zu durchkreuzen.

Glutamat-Antagonisten kamen in der Natur vor. In Hülle und Fülle. Eine Pflanze, die eine besonders hohe Konzentration aufwies, war die Tannen-Teufelsklaue.

»Die kognitive Fähigkeiten, das heißt Gedächtnisfunktionen sowie Konzentrations-, Lern- und Denkfähigkeit können sich erheblich verbessern und die dadurch krankheitsbedingte Beeinträchtigungen sozialer Alltagsaktivitäten vermindern«, referierte der Forschungsleiter. »Das Huperzin A, das Selagin, das darin enthalten ist, ist so stark, dass eine relativ geringe Anzahl an Pflanzen, die auf den richtigen Böden wächst, unsere prognostizierte Jahresproduktion an synthetischem Selagin übertrifft. Die Pflanze war schon den Druiden bekannt.«

»Und dann kann man das als natürliche Medizin in jeder

Apotheke kaufen? Wie ein Nahrungsergänzungsmittel?«, wollte der Vorstand wissen.

Der Forschungsleiter rutschte auf seinem Stuhl herum: »Unser neues Medikament ist vielversprechend, aber wenn Buchers Entdeckung publik wird, stehen wir vor einem ernsthaften Problem. Ein natürliches Mittel, das die gleiche Wirkung erzielt, könnte unseren Markt komplett zerstören. Die Menschen sind sensibler geworden, sie bevorzugen Medikamente, die Wirkstoffe beinhalten, die unbedenklich sind und direkt aus der Natur kommen, nicht aus Chemie-Laboren in Bangladesch oder China.«

»Ja, und dann ›verschreibt‹ das jeder Heilpraktiker und empfiehlt gemeinsames Singen, Tanzen und Malen als Demenztherapie«, ätzte der Vorstandsvorsitzende.

»Befeuert von Social-Media-Kanälen und Doktor Internet, glauben die Leute auch sofort daran«, warf der Marketingvorstand ein. »Es wäre nicht das erste Mal, dass so etwas viral geht, weltweit.«

»Der größte Vorteil der Tannen-Teufelskralle ist, dass die Extraktion des Selagin spottbillig ist. Ein Medikament, in Tropfenform oder als Dragees, kostet – ohne Vertrieb, versteht sich – ein paar Cent pro 100 MG-Einheiten«, fügte der Forschungsleiter hinzu.

Der Konferenzraum war erfüllt von betretenem Schweigen.

»Wie ist diese Bucher darauf gekommen? Ich meine, was um alle Welt hat die geritten, ausgerechnet in Italien herumzugraben und unseren Milliardenmarkt zu gefährden?«

»Nun, es ist altes Wissen, das sie ausgegraben hat. Nur scheint es so, dass es genau dort, in diesem Tal, einen besonders pH-neutralen Boden gibt, an den die Pflanze sich angepasst hat. Und damit Selagin in hoher Konzentration produziert – tausendmal mehr, als bei uns oder in den Alpen. Druiden, Magier und auch die als Hexen verfolgten Heilerinnen kannten sich damit anscheinend bestens aus.«

»Und in unserer hoch bezahlten Forschungsabteilung ist niemand auf die Idee gekommen, das mal vorher zu recherchieren? Wie kann das sein?« Er war hochrot angelaufen. »Und wir haben diesen ganzen Schlamassel auch noch finanziert!«, donnerte er los, »und sie für den Otto-Hahn-Preis vorgeschlagen. Was denn noch? Den Nobel-Preis dafür, dass sie unserem Unternehmen den Todesstoß versetzt?« Er haute mit der Faust auf die Tischplatte, Eiche massiv und sechs Meter lang.

»Ich möchte wissen, wer mich in die Aktionärsversammlung schickt, um von schönem Wetter zu reden, indem ich ankündige, dass wir kurz davor stehen, ein Medikament für einen milliardenschweren Markt einzuführen, wenn wir es nicht mal schaffen, die von uns selbst finanzierten biochemischen Labors zu fragen, ob es da Alternativen gibt, die das gefährden, Herrgott noch mal.«

»Das liegt in der Natur der Sache, wir suchen Lösungen, die die Auslastung unserer Labore in Asien optimieren, und befassen uns nicht mit alten Geisterheilungen«, erwiderte der Forschungsleiter pikiert.

»Und jetzt? Was machen wir jetzt?«, fragte der Marketingvorstand.

»Wir lassen Bucher beobachten. Wir kennen jeden Schritt von ihr«, warf der Sicherheitschef ein.

»Wie sollen wir sie stoppen? Ich meine, chattet sie? Telefoniert sie? Trifft sie sich mit Leuten? Was macht sie?«

»Sie krabbelt herum, sammelt Pflanzen ein, schleppt sie in ihre Hütte und – so hat es unser Mann berichtet, als er heimlich durch das Fenster gesehen hat – trocknet sie oder kocht sie. Mehr nicht. Im Moment.«

»Was heißt im Moment?«

»Sie ist weg.«

»Bitte?«

»Sie ist verschwunden. Die Polizei war da.«

»Sie haben sie verhaftet? Was weiß Ihr Mann da unten vor Ort darüber?«

»Der ist auch weg.«

»Was soll das? Wollen Sie uns auf den Arm nehmen?«

»Nein, ganz und gar nicht. Es hat einen Todesfall gegeben. Wir haben jemanden losgeschickt, aber der weiß noch nichts. Die Polizei ermittelt, wahrscheinlich war es ein Jagdunfall.«

»Wollen Sie sagen, dass Ihr Mann tot ist? War das die Konkurrenz? Sind die schon hinter ihr her? Gibt es eine Spur zu uns?«

»Wie gesagt, wir brauchen noch ein paar Tage Zeit. Im Moment ist alles schwierig da oben in dem Tal. Heute ist Halloween. Da ist jede Menge los. Die Polizei ist auf jeden Fall noch vor Ort.«

»Und worauf warten wir? Ein Youtube-Video von Bucher? Einen TikTok-Beitrag? Ein Reel, der viral geht? Eine Instagram-Story zum Thema Alzheimer- und Demenzheilung aus dem Wald? Ist die Kanzlei informiert?«

»Von denen weiß ich es ja. Wir beeilen uns, tun, was wir können. Aber sie ist wie vom Erdboden verschluckt.«

»Finden Sie diese Frau und beenden Sie diese Sache endlich!«

Im Konferenzraum des Pharmakonzerns herrschte eine bedrückende Stille. Die Führungskräfte waren sich der potenziellen Bedrohung durch Angelikas Arbeit bewusst, und der Druck, eine Lösung zu finden, wuchs.

»Buchers Entdeckung darf nicht an die Öffentlichkeit gelangen«, fasste der Marketing-Chef zusammen.

»Und ich möchte nichts mehr von diesem Halloween-Nonsens hören«, sagte der Vorstandsvorsitzende.

36. KAPITEL

Triora, Halloween

Benzina schlich sich an. Ja, die Männer redeten eine auffällige Sprache. Es könnte Holländisch sein. Sie schienen ihre Umgebung aufmerksam zu mustern. Immer wieder streiften ihre Blicke über die Menge. Aber sie sahen nicht die Menschen, sie schienen ihre Anzahl einschätzen zu wollen.

Warum?, dachte Benzina und zückte sein Handy.

Giulia ging ran.

»Ich glaub, ich hab sie!«, sagte er leise. »Am kleinen Platz, wo die Hexenstatue steht. Einem baumelt ein Schlüssel aus der Hosentasche, mehr so ein Anhänger, so ein altmodischer. ›Heilig Geist‹ steht da drauf.«

»Bleib dran, aber unternimm nichts, Benzina. Wir sind gleich da. *Heilig Geist* ist ein Hotel unten in Molini. Ich ruf da schnell an und schick inzwischen die anderen los.«

Zwei Minuten später flogen ihre Augen über die Liste der Gäste auf ihrem Handy, die ihr die Rezeptionistin abfotografiert hatte, auf der Suche nach einem Anhaltspunkt, der sie zu den verdächtigen Männern führen könnte.

Giulia zeigte auf das Display ihres Handys: »Schau, hier im Hotel *Heilig Geist*. Zwei Reservierungen unter Namen, die holländisch klingen. Vandenberg, Maastricht.

Zwei Doppelzimmer. Das könnten unsere Männer sein. Sie sind zu viert.«

Viale nickte entschlossen: »Wie hast du das denn hinbekommen? Hat sie dir die Liste einfach so abfotografiert und geschickt?«

»Ich hab gesagt, wir ermitteln in einem Mordfall. Und dass es dringend ist. Und dass wir die Herausgabe der Daten später mit einem Beschluss absichern werden. Und dann hab ich ein bisschen gedroht: Wir müssten sonst eventuell befürworten, dass das Fest unterbrochen und abgesagt wird. Das hat geholfen.«

»Gut. Lass uns gehen. Wir kommen dort, wo Benzina gesagt hat, nur von einer Seite ran. Zwei gehen deshalb an ihnen vorbei und drehen dann um. So können wir sie umstellen. Orte mal Benzinas Handy. Wir sollten keine Zeit verlieren. Wir sollten sie umstellen, bevor sie Wind davon bekommen, dass wir ihnen auf der Spur sind. Wir trennen uns, zu zweit kommen wir schneller und unauffälliger durch als zu viert.«

Sie rannten los, über die Piazza Reggio, in die Via Camurata, dann den Largo Tamagni hinauf, der weniger bevölkert war, hetzten über die Treppen nach oben und sprangen über die Brüstung am Vico Forno, die gleich neben der Bronzestatue der freundlichen Hexe auf den Platz führte.

Gallo und Rubbano hasteten den anderen, volleren und verstopften Weg zum Platz: Am Museum vorbei, durch die schmale Beato Lantura Gasse, bogen dann links ab in die Via Roma und hasteten über die Piazza del Mercato ein Stück weiter, bis sie links den Platz mit dem Hexendenkmal von der anderen Seite kommend sahen. Gallos energischer Auftritt half, die Menschenmassen vor ihnen zu teilen.

Sie nahmen Blickkontakt mit Giulia und Viale auf, bezogen diskret Position und suchten Benzina in dem Gewühl der fröhlichen Menschen um sie herum, die vor den zwei Hauptlokalen Trioras in dichten Trauben mit Biergläsern und Pappkartons mit Essen in den Händen zusammenstanden.

»Er ist Batman«, flüsterte Gallo zu Rubbano. »Siehst du einen Batman?«

»Wieso?«

»Ja, er hat sich verkleidet.«

Rubbano sah sich kurz um und schloss:

»Sehr schlau. Das ist sehr clever.«

»Siehst du ihn?«

»Nein, aber Giulia und Viale, dort drüben.«

Und dann sahen sie Batman.

Giulia drückte auf die Sprechtaste ihres Funkgerätes: »Alle in Position? Wir gehen ran, ruhig und unauffällig. Wir wollen keine Panik auslösen. Ich kann Benzina sehen. Und die vier Männer direkt daneben auch.«

Gallo nickte ihnen zu und legte die Hand auf seinen Pistolenknauf. Die zwei Zweierteams setzten sich in Bewegung. Gallo und Rubbano gingen unauffällig näher, taten so, als unterhielten sie sich, und ließen dabei die vier nicht einen Augenblick aus den Augen. Gallo musterte ihre Kleidung. Alle trugen mehr oder weniger denselben Stil: dunkle, praktische Funktionskleidung, mit der man aber auch zwischendurch ohne Weiteres in den Supermarkt hätte gehen können. Ein kleines aufgesticktes buntes Fahrrad prangte auf einigen der Kleidungsstücke.

Als sie nahe genug gekommen waren, blieben sie stehen und warteten, dass Giulia und Viale auf der anderen Seite aufgeschlossen hatten. Die Vier waren jetzt umzingelt. Dann pickte sich Gallo den vermeintlichen Anführer aus der Gruppe aus und sprach ihn auf Englisch an:

»Guten Abend«, sagte er freundlich, »Polizia di Stato, Sanremo. Wären Sie mit einer Personenkontrolle einverstanden?«

Verdutzt sah der Mann, ein blonder Hüne, Gallo an. Die anderen drei blickten neugierig, aber ohne jede Spur von Aufregung. Eher belustigt. Einer hatte bemerkt, dass hinter ihnen auch zwei Polizisten standen, und rückte ein Stück näher an den Anführer. Da sie alle zivile Kleidung trugen, schlug Viale in einer unmissverständlichen Geste seine Jacke zurück, ließ seine Waffe sehen und blickte dem ihm am nächsten Stehenden dabei fest in die Augen. Giulia konzentrierte sich auf die Hände der Vierergruppe, lauernd, ob einer von ihnen eine verdächtige Bewegung machte.

Gallo registrierte die Reaktionen seines Teams. Es war nicht leicht, inmitten einer sich ständig bewegenden Menschenmasse vier potenziell gefährliche Männer zu stellen. Sie waren auch nur zu viert. Aber er wusste, dass er sich auf sie im Notfall verlassen konnte.

Einer der Männer nahm seelenruhig einen Schluck aus seinem Becher Bier. Gallo dachte, entweder sind das Profis und hier bricht gleich die Hölle los, oder es sind harmlose Touristen. Wenn es Profis sind, dann würden sie auf Zeit spielen. Touristen würden entweder genervt maulen oder überschwänglich unterwürfig reagieren.

»Nein, also ja, natürlich«, sagte der Hüne, »kein Problem.«

Bevor er in seine Innentasche greifen konnte, packte ihn Gallo am Arm und blockierte seine Bewegung. Der Mann riss seine Augen auf.

»Nicht hier, lassen Sie uns in den Vorraum der Bar gehen, da stören wir die anderen Leute nicht. Ist nur eine Routinekontrolle.« Gallos Geste war unmissverständlich, der Ton seiner Stimme gerade laut und scharf genug, dass die Frage der Autorität geklärt war.

Aus dem Augenwinkel registrierte Gallo, dass keiner der vielen anderen Passanten um sie herum etwas von ihrer Umzingelung bemerkt hatte. Die Leute schoben sich in einem steten Strom an ihnen vorbei, schwatzten, kauten, balancierten ihre Becher und strebten vorwärts, auf Entdeckungsreise zum nächsten der gruseligen Arrangements, mit denen die vielen freiwilligen Einheimischen die Stadt in eine Open Air-Hexenshow verwandelt hatten, beleuchtet von Fackeln, die überall an den Steinwänden der Häuser hingen.

»Können wir Ihnen helfen?«, fragte jetzt ein anderer der Männer, an Gallo gerichtet.

»Bitte kommen Sie kurz mit, dauert nicht lange. Wohnen Sie in einem Hotel?«, fragte Gallo und deutete mit dem Kinn auf die Bottega, die zwei Meter weiter mit Spinnweben und einem ausgestochenen Kürbiskopf lockte.

»Ja, aber nicht hier. In Molini di Triora unten. Hier haben wir nichts mehr gefunden. Das *Heilig Geist Hotel*, Zimmer 204 und 206.«

»Gehen wir«, sagte Viale von gegenüber, »je schneller wir anfangen, umso schneller sind wir fertig.« Gallo sah, wie einer der Männer, der das schwächste Glied zu sein schien, sich von Viale sanft am Arm nehmen und in die

Bar bugsieren ließ. Seiner Meinung nach ging von den vier Männern keine Gefahr aus. Er entspannte sich, war aber vorsichtig.

Wo ist Benzina abgeblieben?, dachte er und schickte einen schnellen Blick in die Runde. Batman war nirgends zu sehen.

Die vier Männer folgten Viale in die Bar, Giulia sicherte neben der Türe, während Rubbano und Gallo die zwei flachen Stufen emporstiegen und hinterher gingen. Gallo sah an der Körperspannung der vier Männer, dass sie nicht planten, im nächsten Moment gewalttätig zu werden.

Viale lehnte sich über den Bartresen und sprach kurz mit der Barfrau, zückte seinen Ausweis und nickte ihr zu.

Das Publikum in dem kleinen Barraum war schlagartig still geworden, neugierig verfolgten sie die Szene. Rubbano war in der Tür stehen geblieben und blockierte den Ausgang so, dass keine weiteren Gäste hereinkommen konnten.

Die holländischen Ausweise waren bunt. Geometrische Muster zogen sich über die scheckkartenförmige Identifikation als Bürger des Königreiches der Niederlande. Gallo nahm die Ausweise an sich, tastete nach der Reliefschrift, kippte die Karte im Licht und sah die beiden Hologrammhälften, die je nach Lichteinfall sichtbar oder unsichtbar waren. Die Trennkante war scharf und korrekt.

Die Ausweise waren echt.

Maastricht.

Gronsveld bei Maastricht. Alle vier Ausweise waren dort ausgestellt. Gallo sah die Fotos an, suchte die dazu passenden Gesichter und musterte die vier Männer.

»Sind Sie schon länger hier?«, fragte Gallo.

»Erst fünf Tage, wir haben vor, weitere drei zu bleiben. Heute Abend wollten wir uns das Fest ansehen.«

»Und was haben Sie in der Umgebung von Triora gesucht? Erholung?«

Aus den Augenwinkeln sah Gallo, dass sich vor der Tür etwas tat. Es gab eine Art kleinen Tumult, in dessen Mitte er die Batman-Maske von Benzina sah, der drei uniformierten Polizisten der Polizia Locale herbeigelotst hatte, die vor der Tür Position bezogen.

»Nein. Wir sind auf Erkundungstour.«

»Was erkunden Sie denn?«

»Moment«, der Mann langte in seine Gesäßtasche, holte ein mehrfach gefaltetes Portemonnaie heraus und zog eine Visitenkarte hervor.

»Wir sind von *Nature Action,* der größten holländischen Reiseagentur für Biker-Reisen.«

Gallo studierte die Visitenkarte. Sie war aufwendig geprägt, mit einem Fahrrad dekoriert, ähnlich, wie sie auf einigen der Kleidungsstücke der vier Männer zu sehen war.

»All inklusive, Transport, Mechaniker, Verpflegung und Unterkunft. Sieben Schwierigkeitsstufen, da ist für jeden was dabei«, referierte der Hüne stolz.

»Wir erkunden die einzigartigen Pfade in der Umgebung, ob sie bikertauglich sind, ob man mit dem Servicewagen nahe genug ranfahren kann und ob es Unterkünfte gibt.«

»Ganz schön steil, teilweise, wir glauben, Triora ist ab Kategorie vier aufwärts. Experten. Das ist unser größtes Marktsegment«, sagte der Mann neben Viale.

»Nur mit den Hotels müssen wir aufpassen, da gibt es nicht viele. Aber die Situation der Ladestationen für die Akkus ist hervorragend!«, erklärte der vierte Mann, den Giulia im Auge behalten hatte.

»Wir sind die Scouts, die neue Touren erschließen. Morgen haben wir einen Termin mit dem Assessor für Tourismus in Sanremo, Gianluigi Battifuoco«, sagte der Hüne mit seinem niedlichen holländischen Akzent.

Gallo kannte Battifuoco, ein emsiger, ehrgeiziger Förderer der Tourismusregion Sanremo und der Blumenriviera, der sich für höhere Ämter empfahl.

Anscheinend waren sie einem Missverständnis aufgesessen.

»Und? Ist die Gegend geeignet für Ihre Gäste? Genügt das Ihren Ansprüchen?«

»Oh, und wie!«, beeilte sich der Hüne zu sagen, »das ist eine der schönsten Gegenden, die wir seit Langem gesehen haben. Wir haben gemessen, dass man dank des hügeligen und bergigen Geländes bis zu 1.500 Höhenmetern absolvieren kann auf einem Gebiet von 77 Quadratkilometern. Und praktisch unbewohnt und ohne Verkehr. All Terrain Mountain Trecking. Das ist 1 A!«

»Mit E-Bikes aber, oder?«, fragte Gallo freundlich und reichte die Ausweise zurück.

»Nein, nein, keine normalen Touren, sondern richtige Amateur-Profis. Das sind von der Performance her Privatleute, die aber von der Leistung her mit Profis mithalten könnten. Sie wissen ja nicht, wie populär das ist, ein riesiger Wachstumsmarkt für die Reisebranche. Und die Blumenriviera ist nicht umsonst längst kein Geheimtipp mehr. Morgens am Strand liegen und mittags durch den

Schnee mit dem Bike, abends wieder in der Strandbar frischen Fisch genießen. Das hat Zukunft und geht nur hier! Eine ältere Dame, die sich bestens auskennt, hat uns an die besten Plätze geführt. Aber wir haben nichts verraten, die Konkurrenz ist groß. Gerade die Deutschen und die Schweizer steigen gerade groß in dieses Freizeit-Touristik-Geschäft ein. Der Erste, der eine neue Gegend erschließt, macht das beste Geschäft.«

»Gut, meine Herren, entschuldigen Sie die Störung und viel Spaß noch auf dem Fest.«

Er reichte dem Hünen seine Hand und nickte ihm zu.

Mist, dachte er, falscher Alarm. Touristiker. Bike-Tour, keine Häscher oder Spitzel auf Mord-Tour.

Viale gab Benzina durch die Scheibe das Zeichen, dass die Show vorüber war. Die Agenten der Polizia Locale tippten sich an die Mütze und waren im nächsten Moment in der Menge verschwunden. Benzina in seinem Batman-Kostüm löste sich in Luft auf.

»Okay, besser so«, sagte Gallo zu Giulia, Viale und Rubbano, »keine Verbindung zu Bucher, aber wir sind keinen Schritt weiter. Wir wissen immer noch nichts. Und unsere beiden Verdächtigen sind abgetaucht. Ich glaube nicht, dass wir die hier finden.«

»Verbindung zu Bucher oder Sonia«, ergänzte Giulia.

»Was machen wir jetzt?«, fragte Rubbano.

»Ich schlage vor, wir besorgen uns was zu essen und warten ab. Wir halten die Augen offen und helfen zur Not der lokalen Polizei durch unsere Anwesenheit, sollte es heute Nacht zu einem Eklat oder einer Schlägerei kommen. Es waren wirklich alle sehr hilfreich, da können wir uns ruhig erkenntlich zeigen.«

»Ich ruf Chiara Percivaldi an, sie soll sich uns anschließen. Sie ist noch im B&B.«

»Mach das, Giulia, sag ihr, wir warten auf dem Platz vor der Hexenstatue auf sie. Dann mischen wir uns unter die Gäste und suchen uns was Feines zum Essen.«

»Mehr als was vom Grill auf Papptellern wird es aber nicht, Tomas, alles ist voll besetzt. Aber weiter unten gibt es echt feine Sachen! Und Bierbänke zum Hinsetzen.«

»Passt hervorragend, so können wir essen und die Leute im Auge behalten.«

»Wann geht es morgen früh weiter?«, wollte Rubbano wissen.

»Ab 7.30 Uhr stehen die Hunde zur Verfügung. Dann treffen wir die Rangers oben an der Fundstelle der Leiche und versuchen, mithilfe der Hundenasen herauszubekommen, wohin Mandragoni gegangen ist. Vielleicht kommen wir so weiter oder finden zumindest einen Hinweis, wie er unterwegs ist. Hat ja bei Bucher gut geklappt. Und dann brauchen wir noch seinen Neffen, das Motorrad muss ja irgendwann auftauchen. Echt ungünstig, diese Halloween-Nacht, da sieht man gar nichts und jeder kann sich in der Menge verstecken. Bucher und Sonia sind gut untergekommen?«

»Ja, Tomas«, sagte Viale, »ich habe sie im *Belvedere* abgesetzt und kurz mit dem Manager gesprochen. Sie haben ein Zimmer schräg gegenüber der Rezeption, da ist die Türe die ganze Nacht unter Beobachtung der Nachtschicht, und überall gibt es Kameras und Lichter mit Bewegungsmeldern. Ich habe ihnen eingeschärft, sich nicht aus dem Zimmer zu bewegen und von innen abzuschließen. Wenn sie was brauchen, sollen sie die Rezeption anrufen. Balkon gibt's da keinen, also bis morgen früh müssten sie sicher sein«, berichtete Viale.

Als sie die Tür der Bar öffneten, schlugen die Uhren vom hohen Kirchturm der neoklassizistischen Pfarrkirche Nostra Signora Assunta 23 Uhr, und das Herz von Triora pulsierte im Rhythmus der ausgelassenen Halloween-Party.
Gallos Telefon klingelte:
»Commissario, Maresciallo Amadori hier. Stellen Sie sich vor, der flüchtige Giovanni Mandragoni hatte einen Unfall mit seinem Motorrad. Er ist nur leicht verletzt. Und er ist humpelnd in der Caserma erschienen und hat sich gestellt. Ich habe die Straßensperren abgezogen.«
»Gut, danke, Maresciallo, ich danke Ihnen wirklich sehr!«
Gallo legte auf und ließ sein Telefon in die Gesäßtasche seiner Jeans gleiten. Giulia neben ihm sah ihn fragend an.
»Der junge Mandragoni hat sich gestellt, bei den Carabinieri.«
»Wir müssen ihn verhören! Soll ich das machen?«
»Nein, Giulia, das machen wir höchstens später. Wenn er sich gestellt hat, dann fällt er als Verdächtiger aus. Es ist nicht dringend, dass wir mit ihm sprechen.«

Die Gassen waren gefüllt mit einem Meer aus Kostümen, Lachen und der Musik, die von den Plätzen und aus den Bars schallte. Gallo, Viale, Giulia und Rubbano mussten auf den paar Metern von der Bar rüber zur Statue der freundlichen Hexe auf der Piazza am Vico Forno, wo sie auf Chiara Percivaldi warten wollten, Menschen, die Teller und Bierbecher balancierten, ausweichen, Müttern Platz machen, die versuchten, ihre Kinder nicht aus den Augen zu verlieren, angeregt schwatzenden, dicht zusammenstehenden Menschentrauben ausweichen und wurden so in Windeseile voneinander getrennt. Jeder von ihnen versuchte, sich durchzukämpfen, ohne jemanden anzustoßen oder mit Bier beschüttet zu werden.

Zwei Augenpaare folgten Gallo, wie er sich durch die Menge kämpfte. Eines davon gehörte einem kleinen Mann in einem Batman-Kostüm. Mitten im Getümmel hielt Benzina, unter 1.000 anderen Kostümierten bestens getarnt unter den Feiernden, ein wachsames Auge auf das Geschehen.

Das andere Augenpaar gehörte einem gedrungenen, kräftigen Mann mit auffällig buschigen Augenbrauen und wettergegerbtem Gesicht. Seine Augen fixierten Gallo.

Gallo hielt einen Moment inne und lehnte sich an die Balustrade, welche die Statue aus Bronze in der Mitte des Platzes schützte. Suchend sah er sich nach seinem Team um, ob sie wohl weitergekommen waren. Und sah sich die vielen, teils sehr aufwendigen Kostüme an, die um ihn herum gingen. Wo war Chiara Percivaldi?, dachte er. Sie muss gleich hier sein.

Gallo sah den Schatten nicht, der sich von der Wand unter dem Vordach löste. Er sah auch nicht, dass der Schatten beschleunigte und zwei Männer in mittelalterlicher Bauernkleidung grob auseinanderstieß – und dann mit drei, vier schnellen Schritten genau auf ihn losstürmte.

Er sah erst die Gefahr, als in der rechten Hand des dunkel gekleideten Mannes ein langes, schmales Messer aufblitzte. Gallos Blut wurde augenblicklich geflutet mit Adrenalin. Und dann ging alles sehr schnell: Gallo riss den linken Arm hoch und ließ sich fallen. Der Mann war jetzt über ihm, verdutzt, dass Gallo nicht mehr stand. Er konnte den Schwung nicht mehr stoppen, lenkte seinen Arm nach unten und die zweischneidige Klinge schnitt wie Butter in Gallos Unterarm, zerfetzte den Muskel, an dem die Fingersehnen befestigt waren, zertrümmerte einen Knorpel unterhalb des Ellenbogens und ragte 15 Zentimeter auf der anderen Seite heraus. Das Nächste, was Gallo sah, war, dass der Mann wie in Zeitlupe auf ihn zu fallen drohte. Er spürte keinerlei Schmerz und versuchte, sich aus der Fallrichtung zu rollen, und sah dann erst den fast einen halben Meter langen, schweren Radmutterschlüssel hinter dem Kopf des Mannes und kurz darauf die Maske von Batman. Dann krachte der 100-Kilo- Mann neben ihm auf den Boden. Benzina war über ihm und versuchte Gallo abzuschirmen. Er wurde abrupt von zwei Männern zurückgerissen und schrie wie am Spieß, sie sollen ihn sofort loslassen. Sein Zigarrenstumpen landete vor Gallos Gesicht.

Dann kam der Schmerz.

Die Männer hielten den zappelnden Batman mit eisernem Griff fest und brüllten: »Polizia! Polizia! Ambulanza, subito!«

Viale kam angeschossen, kniete sich neben Gallo und sah prüfend in sein Gesicht. Giulia schrie die Männer an, sie sollen Batman sofort loslassen, fuchtelte mit ihrem Dienstausweis herum und schrie: »Polizia!«

Jetzt waren sich die Menschen auf dem Platz bewusst geworden, dass etwas Schlimmes passiert war. Sie hielten sich vor Schreck die Hand vor den Mund und starrten geschockt auf Gallo, der, mit einem langen, bajonettartigen Messer im Arm, der wie leblos an ihm herabhing, sich krümmte und den bewusstlosen Mann neben ihm unverwandt ansah.

Ein Gesicht beugte sich über Gallo. Der Schmerz vernebelte ihm die Sinne. Er versuchte sich zu konzentrieren.

»Ist schon gut, Gallo, ich seh mir das mal an. Nicht bewegen«, sagte Chiara Percivaldi gefasst, strich sich eine Haarsträhne hinters Ohr und fasste vorsichtig nach Gallos Arm, in dem das Messer steckte. Sie hielt den Arm und beobachtete Gallos Gesicht dabei.

»Wird schon wieder, Gallo, bleib ruhig. Dein Arm hängt noch an der Schulter.«

Sie wandte sich um. Der Platz war totenstill. Alle starrten gebannt auf die junge Frau – offenbar eine Ärztin – und warteten gebannt auf das Urteil. Giulia, Viale und Rubbano hielten die Menge in Schach. Benzina starrte den beiden, die ihn festgehalten hatten, wütend ins Gesicht.

Chiara Percivaldi tat darauf zwei Dinge gleichzeitig: Sie langte mit ihrer freien Hand an den Hals des zusammengebrochenen Mannes und fühlte nach seinem Puls. Mit den Augen suchte sie dabei Batman und rief ihm unaufgeregt, aber bestimmt zu: »Ausziehen!«

Die beiden Männer ließen Batman los, Benzina schüttelte sie ab und kam näher.

»Ausziehen, Benzina, zieh das aus!« Dabei deutete sie auf sein Kostüm. »Dann reiß es in möglichst lange Streifen, ich brauche eine Press-Bandage, um das Blut abzubinden. Das Messer kann nicht drin stecken bleiben, ich muss es rausziehen, so schnell es geht. Also mach!«

Benzina riss die Knöpfe seines Kostüms ab und streifte sich Batman mit seinen Fransen vom Körper. Mit ein paar kräftigen Rucks hatte er vier lange Fetzen abgerissen und reichte sie Chiara Percivaldi.

Sie fühlte den Stoff. »Sehr gut, Plastik. Das ist es, was ich brauche. Komm, hilf mir, halt den Arm so«, zeigte sie ihm mit ihrer freien Hand. Benzina streckte in Zeitlupe seine Hand nach Gallos Arm aus, und sobald er Gallos Arm oberhalb des Ellenbogens gefasst hatte, zog die Rechtsmedizinerin das lange Bajonettmesser mit einer einzigen, fließenden Bewegung aus Gallos Arm, der sofort stark zu bluten begann.

»Nicht loslassen«, mahnte Chiara Percivaldi, wickelte die Stofffetzen von Benzinas Kostüm mehrfach um den Oberarm und drückte zu. Das Blut kam nur noch spärlich, dann hörte es auf zu bluten.

Gallo stöhnte auf.

»Festhalten«, befahl die Rechtsmedizinerin, presste einen zu einem Knäuel zusammengepressten Streifen auf die Wunde, nahm einen weiteren, wickelte ihn drum herum und machte schnell einen Knoten. »Jetzt gib mir den Rest von deinem Kostüm, aber lass noch nicht los.«

Geschickt knotete sie eine Schlinge, die sie Gallo um den Hals legte. Dann hob sie vorsichtig seinen Arm in die Schlinge und befahl: »So wenig bewegen wie möglich. Wir müssen so schnell es geht ins Krankenhaus. Das muss operiert werden.«

Sie half Gallo in eine sitzende Position und prüfte seine Augen auf Reaktionen.

»Bleib noch einen Moment sitzen, Giulia ist schon am Telefon.«

Gallo sah hinüber zu seinem Angreifer, der langsam zu sich kam. Er wollte sich an den Kopf langen, konnte das aber nicht, weil Viale auf seinem Oberarm kniete. Er schrie vor Schmerz auf, woraufhin Viale sein Gewicht etwas verlagerte.

Gallo sah fragend zu Viale: »Mandragoni?«

Viale nickte. »Baldassare Mandragoni.«

Gallo schloss die Augen. »Warum?«, murmelte er. »Warum?« Er kämpfte mit der Ohnmacht. Chiara Percivaldi stützte ihn an der gesunden Schulter. Giulia rannte los, um den Krankenwagen durch die engen Gassen zu Gallo zu lotsen, dessen blaue Lichter schon am Himmel zuckten.

Der Mann, auf dem Viale kniete, versuchte, einen Blick auf Gallo zu erhaschen, und drehte den Kopf. Rubbano scheuchte inzwischen die Leute auf dem Platz zur Seite im Versuch, dem Krankenwagen Raum zum Manövrieren zu schaffen. Die Menschen wichen zurück. Erschrocken und still die einen, aufgeregt wispernd die anderen. Chiara Percivaldi zog ihren Schal vom Hals und legte ihn um den hölzernen Griff des Messers, das sie eben aus Gallos Arm gezogen hatte und blutverschmiert auf dem Boden lag. Um die Szene mit Gallo, der von Chiara Percivaldi gestützt wurde, und Viale, der halb auf dem stöhnenden Mandragoni kniete – alle vier auf dem Boden kauernd – war eine Art Amphitheater entstanden.

Eine Bühne.

Der Lärm des Festes klang wie ein entferntes Orchester. Viele Menschen quetschten sich durch die enge Gasse, die zu dem kleinen Platz am Vico Forno führte. Neuankömmlinge dachten im ersten Moment, es sei eine theatralische Szene, eine der Szenen, welche die Schauspieltruppe so täuschend echt nachspielte, und in der sie die Zeit um 1580, die Zeit der Hexenprozesse, wieder auferstehen ließ. Aber sobald die Menschen merkten, dass sie kein Publikum, sondern Zeugen waren, standen sie leise murmelnd still.

Dann zerriss der markerschütternde, schrille Schrei einer Frauenstimme die Szene.

»Tommaso Galimberti della Casa – oder sollte ich sagen, Commissario Gallo. Nach all diesen Jahren stehen sich unsere Familien endlich erneut gegenüber.«

In ihren Worten schien ein Schmerz mitzuschwingen, der aus Jahrhunderten der Misshandlung und des Missverständnisses herrührte.

Die Menge hielt den Atem an. In einem Wimpernschlag schienen sich Theaterbühne und Tatort zu überblenden, denn die Frau war gekleidet wie eine edle Dame des 16. Jahrhunderts. Das Licht der Fackeln und das Zucken des Blaulichts des Krankenwagens schufen eine surreale Szenerie.

Gallo starrte die Frau an.

Sie löste sich aus der Menge, ging auf Mandragoni zu und erhob ihre Stimme: »Mandragoni!«, schrie sie ihn an, »Sie Nichtsnutz! Dafür werden Sie und Ihre ganze Sippe büßen! Sie sind so dumm und unfähig, so niederträchtig und verräterisch wie alle Ihre Vorfahren!«

Dann wandte sie sich an Gallo.

»Was ist mit der Gerechtigkeit für die, die als Hexen gebrandmarkt und verfolgt wurden, Tommaso? Kannst du die Ungerechtigkeiten der Vergangenheit wiedergutmachen?«

Gallo starrte sie verdutzt an. Er war auf der Hut. Keiner der Anwesenden rührte einen Muskel.

»Woher kennen Sie meinen Namen?«, brachte er hervor.

»Schschsch«, machte Chiara Percivaldi an Gallo gewandt, »bleiben Sie ganz ruhig, Gallo. Sie sind schwer verletzt.«

»Ha!«, schrie die Frau in dem bodenlangen schwarzen Kleid, »schwer verletzt, jammert er! Leugne nicht, du Scheusal! Wir kennen uns, du bist ein Galimberti della Casa, Tommaso, du bist ein Verdammter!«

»Was ... wie kommen ... was wollen Sie?«, stammelte Gallo schwach.

»Ich komme über dich, um meine Schwester endgültig zu befreien. Um sie aus Satans Händen zu befreien, in die du sie hineingetrieben hast. Dein Tod wird sie erlösen! Irdische Schwachköpfe sind dazu nicht in der Lage!« Damit trat sie mit ihren Stiefelspitzen Mandragoni kräftig in die Hüfte.

Der schrie auf und krümmte sich unter Viales eisernem Judogriff.

Giulia sah es als Erste. Aus ihrem Gewand zauberte die Frau eine nadelartige Metallspitze hervor und ging auf Gallo los. Giulia warf sich wie eine Furie von der Seite auf sie und fegte sie von den Beinen. Die beiden kugelten über den Platz, in einem ungleichen Ringkampf verschlungen, denn Giulia war stärker, wendiger und geschickter.

Die Menge war weiter zurückgewichen und hielt den Atem an. Der Krankenwagen hatte den Platz erreicht und kam nicht weiter.

»Wer sind Sie?«, fragte Gallo stockend in Richtung der Frau, die Giulia auf dem Boden festhielt.

»Franchetta Borelli! Du Idiot! Schau mich an! Du hast

mich zu Tode gequält!«, schrie sie. »Dein Blut ist pures Gift!«

Die Menge schaute von Gallo zu der Frau und zurück. Wäre da nicht Gallos blutender Arm, ein langes Bajonett voll Blut und ein echter Krankenwagen vorne an der Ecke, wäre es eine gelungene Theatervorstellung.

»Ich bin Franchetta Borelli, und du bist der Teufel, Commissario, du bist der Folter-Inquisitor Galimberti della Casa! Ich werde mich und die Welt von dir befreien!« Die letzten Worte gingen in ein Schluchzen über, Krämpfe durchzuckten den Körper der Frau.

Giulia lockerte ihren Griff eine Nuance, die Frau konnte sich nun zur Hälfte umdrehen. Mit einer verkrampften Hand fuchtelte sie in Richtung Gallo. Dann hielt sie inne. Sie erstarrte. Ihr Blick schweifte über das Rund der versammelten Menschen. Sie hob den Kopf, fasste sich – und plötzlich lächelte sie.

»Eine mindestens mittelschwere, bipolare Störung, gepaart mit heftigen Wahnvorstellungen, schätze ich auf den ersten Blick«, sagte Chiara Percivaldi leise zu Gallo. »Die braucht dringend Hilfe!«

»Aber woher kennt sie meinen Namen?«, flüsterte Gallo angestrengt.

Chiaras Antlitz verharrte nur Zentimeter über seinem. Er roch ihren frischen Atem und sah ihr vom im Fackelschein golden leuchtendes, ebenmäßiges Gesicht, perfekt umrahmt von ihren blonden Haaren.

»Gab es Vorfahren von Ihnen, die in der Kirche waren?«, fragte sie und sah ihn mit ihren blitzenden Augen an.

»Ja, viele. Jede Generation hatte einen Sohn in der Kirche.«

»Da haben wir's«, erwiderte sie und wandte ihren Blick hinüber zu Lena Dallobosco. »Die da glaubt, Sie sind jemand, der seit Jahrhunderten tot ist, Commissario, oder aber sie glaubt, Sie müssten für das, was ein Vorfahre von Ihnen getan hat, heute sterben.«

Gallo, auf dem Boden sitzend, sah zu Mandragoni, auf dem Viale immer noch kniete, dann zu der Frau, die verzückt lächelnd ins Publikum sah.

Chiara Percivaldi folgte seinem Blick.

»Ja, Gallo«, nickte sie und sah ihm in die Augen, »es ging die ganze Zeit um Sie, Commissario. Um niemand anderen.«

Ein Stich durchfuhr Gallos Nervenbahnen. Der Arm meldete sich schmerzhaft zurück. Chiara Percivaldi hatte es bemerkt, und eine Sorgenfalte erschien auf der glatten Stirn ihres Engelgesichts.

Jetzt wird es wieder nichts mit dem Treffen mit Sonia, dachte Gallo und kämpfte konzentriert darum, nicht in Ohnmacht zu fallen.

EPILOG

Während Commissario Gallo von den Sanitätern ein Druckverband angelegt wird, führt man Magdalena Dallobosco ab. Es gelingt ihr aber, sich vor dem Verlassen des Platzes loszureißen und zu versuchen, sich wie einst Franchetta Borello auf den Vico Forno zu stürzen, im Vertrauen darauf, von Satan gerettet zu werden. Giulia kann sie im letzten Moment am Knöchel packen und zurückreißen.

Monate später wird Magdalena wegen Anstiftung zum Mord und versuchtem Mord an Commissario Gallo zu lebenslanger Haftstrafe verurteilt. Da ihre Schuldfähigkeit zur Tatzeit durch Gutachten zunächst nicht eindeutig festgestellt werden kann, wird sie in eine Klinik für psychiatrische Forensik in der Nähe von Padua überstellt, wo sie einen Mitinsassen kennenlernt, der sich für Domenico Cortona hält, einen der berühmtesten Kastraten-Sänger der Geschichte.

Angelika Bucher kehrte einige Zeit später nach Triora zurück und beschloss, unterstützt von Sonia, sich dem Kampf mit dem Pharmakonzern zu stellen. Sie nahm in den Hügeln Trioras ein Video über die Heilkraft der Tannen-Teufelskralle auf, das innerhalb von 72 Stunden anfing viral zu gehen und eine halbe Milliarde Aufrufe erhielt. Das Start-Up Back-to-Nature aus Glasgow wurde auf sie aufmerksam und legte unter dem Namen Bucher's Smart eine Serie unterschiedlich dosierter Demenz-Hemmer auf. Es ist statistisch nicht möglich zu erfassen, wie viele rüstige Seniorinnen und Senioren überall auf der Welt dank der neuen Präparate mit geistigen Höchstleistungen aufwarten.

Die vier Holländer entpuppten sich tatsächlich als Scouts im Auftrag eines niederländischen Reiseunternehmens mit Spezialisierung auf den heiß umkämpften Markt für Trekking-Urlaub. In der Folge kam es aber leider immer wieder zu unschönen Begegnungen zwischen wild umherrasenden Hobby-Bikern und den Teilnehmern der enorm beliebt gewordenen Kräuterwanderungen rund um die Hügel von Triora.

Benzina wurde für die Rettung Gallos wie ein Held gefeiert. Laura Zendroni, die mütterliche Kommissarin, richtete eine Spendenbox auf dem Kommissariat an der Piazza Colombo ein, in welcher Geld für die Rettung der Reste von Benzinas Gebiss gesammelt werden sollte. Gallo kaufte ihm zum Dank ein eigenes, führerscheinfreies dreirädriges 50er Ape Pritschen-Gefährt mit 45 km/h Höchstgeschwindigkeit. Nach einigen Wochen der Umbauten wurde Benzina auf der Via Aurelia ohne Sicherheitsgurt mit 104 km/h geblitzt, wodurch ein Teil der angesammelten Gelder aus Lauras Spendenbox in die Staatskasse flossen.

Mandragoni wurde für den Mord an seinem Jagdkollegen und das versuchte Attentat auf Tomas Gallo zur gesetzlich möglichen Höchststrafe verurteilt. Sein Neffe führt seither den Holzhandel erfolgreich weiter.

Tomas Gallo erholte sich schnell. Seine Wunde würde dank der schnellen Reaktion Chiara Percivaldis rasch heilen und nur eine feine Narbe auf seinem Arm hinterlassen. Seine Hoffnung, dass Sonia sich wieder bei ihm melden würde, blieb unerfüllt.

Chiara Percivaldi erhielt als Belohnung für ihr beherztes Eingreifen während der Ereignisse in Triora endlich die Vollzeitstelle als Rechtmedizinerin der Questura von Imperia im Krankenhaus von Sanremo. Sie begann unverzüglich, ein ihren Neigungen entsprechendes Institut für Forensik aufzubauen. Sie hielt mit Tomas Gallo losen Kontakt …

*Weitere Titel finden Sie auf den
folgenden Seiten und im Internet:*

WWW.GMEINER-VERLAG.DE

Alle Bücher von Stephan R. Meier:

Commissario Gallo ermittelt:
1. Fall: Riviera Express – Dynamit in der Villa Nobel
ISBN 978-3-8392-0638-6

2. Fall: Riviera Express – Schatten über Triora
ISBN 978-3-8392-0667-6

WWW.GMEINER-VERLAG.DE
Wir machen's spannend

Anna Merati
**Tod im Piemont –
Trüffel, Nougat und Barolo**
Kriminalroman
288 Seiten, 13,5 x 21 cm,
Klappenbroschur
ISBN 978-3-8392-0723-9

Sofia Dalmasso betreibt ein kleines Café in einem Bergdorf unweit des Lago Maggiore. Während die einen wegen ihres Risottos bei ihr einkehren, kommen die anderen, um sich die Zukunft voraussagen zu lassen. Denn Sofia hat von ihrer Großmutter das Kaffeesatzlesen gelernt. Als eines Tages ein Fremder ihr Café betritt und auf ihrer Kunst besteht, sieht sie zum ersten Mal das Symbol für den Tod. Am Tag darauf wird der Mann leblos aufgefunden. Von Schuldgefühlen geplagt, beginnt Sofia sich im Dorf umzuhören.

GMEINER SPANNUNG

WWW.GMEINER-VERLAG.DE
Wir machen's spannend